LA CONFRÉRIE
DE
L'OMBRE

Landry Miñana

Chapitre 1

Un silence brumeux flottait dans les couloirs du cloître et venait se déchirer le long des poutres. Les lambeaux s'étiraient et se froissaient lentement comme brassés par le vent. Seuls quelques murmures restaient parfois accrochés aux médaillons sculptés de nombreux blasons qui faisaient la fierté de cette belle église de Durham en l'an de grâce 1537. Encore fallait-il lever la tête pour s'en apercevoir.

Soudain, les lambeaux, si paisibles, s'enfuirent, effrayés par un cliquetis cadencé et métallique que des éclats de voix, peu communs ici, venaient couvrir. Le bruit métallique se rapprochait rapidement et au détour d'un couloir, apparut un groupe d'une dizaine d'hommes en armes, bien déterminés à accomplir leur tâche. Un moine tournait autour d'eux affolé comme une mouche prisonnière de sa gourmandise dans un pot de miel.

— Mes seigneurs, mes seigneurs ! Je vous en prie, je vous en conjure, vous ne pouvez pas faire cela !

— Il suffit, je suis las de vos jérémiades, ce sont les ordres du roi ! rétorqua le plus âgé, le plus grand, mais aussi le plus richement habillé des hommes du groupe.

Ce devait être le commandant de cette délégation car même si son habit était d'un rouge saignant orné de broderies faites au fil d'or, l'énorme chaîne qu'il portait autour du cou, et qui était terminée par une grosse croix en or incrustée de pierres précieuses, trahissait son rang.

Le moine ne voulait pas en rester là, aussi, il se redressa comme pour prendre une bouffée de courage et continua sur un ton plus strict qui n'avait pas l'air d'être apprécié.

— Il est impossible que Sa Majesté ait ordonné un tel acte, Sa Sainteté n'y consentirait pas et risquerait fort de prononcer l'excommunication !

Le chef du groupe s'arrêta brutalement. Son visage était celui d'un homme dont la fureur était contenue à un point tel, qu'on ne pouvait prévoir si elle allait exploser ou imploser. Les autres membres de la délégation s'étaient arrêtés eux aussi et demeuraient figés comme s'ils redoutaient que la colère de leur commandant ne se retournât contre eux. Ainsi pendant quelques secondes le temps disparut.

— Comment osez-vous discuter les ordres de Sa Majesté ? explosa-t-il enfin.

— Mais Votre Seigneurie, aucun homme ne pourrait se prétendre chrétien en réalisant un tel blasph…

Une claque magistrale venait de s'abattre sur lui et l'empêcha de terminer sa phrase. Le moine chancela et faillit tomber à la renverse.

— Blasphème ! Tel est le mot que vous vouliez prononcer !

C'était le plus jeune du groupe qui venait de la lui infliger et qui lui hurlait dessus. Manifestement il était d'un rang moindre. Il portait un habit sombre en velours, certainement noir ou marron au contraire des autres qui arboraient plutôt le jaune, le rose, ou le vert très à la mode en ce temps. Son bonnet à bords relevés semblait, sortir tout droit de la boutique du chapelier. Par contre, on ne pouvait pas en dire autant de la pitoyable épée qu'il portait à la hanche et qui avait subi plus de coups qu'elle n'en eût donnés.

— Monsieur Nicholas Harpsfield ! Je vous prie ! hurla l'homme en habit rouge.

— Mais Monseigneur, il ose insinuer, que dis-je, affirme que Sa Majesté n'est pas chrétienne, ou pire encore.

— J'ai parfaitement entendu et je n'ai nul besoin qu'un jeune perroquet écervelé me le rappelle ! Vous semblez oublier que vous et votre ami, êtes seulement tolérés, jeune homme ! Alors réfrénez les ardeurs de votre jeune âge et apprenez ! C'est bien pour cela que vous êtes ici, me trompé-je ?

— Non Monseigneur ! Pardonnez-moi ! fit le jeune homme en baissant la tête et en reculant d'un pas vers son ami du même âge qui en profita pour lui souffler quelques mots.

— Nicholas, je t'en prie, ne t'attire pas les mauvaises grâces du baron d'Oakham !

— Robert, qu'il s'agisse de Sir Thomas Cromwell, tout baron qu'il soit ou de quelqu'un d'autre, ce n'est pas en se comportant comme une larve qu'on élève son rang…

— Certes Nicholas, mais prends garde tout de même, il n'est pas homme de clémence.

Le baron d'Oakham s'était tourné vers le prieur et le dévisageait d'un regard d'une noirceur telle qu'on eût dit que la Mort elle-même le regardait.

— Quant à vous prieur, je n'ai rien entendu ! Mais si par malheur je surprenais de telles paroles dans votre bouche ou celle d'une autre personne, sachez que cette personne aurait à en répondre… Si elle le peut encore après que je lui eusse moi-même arraché la langue sur le champ !

— Oui Votre Grâce… En aucune manière, je ne souhaitais faire offense ! Je cherche seulement à comprendre les désirs de Sa Majesté pour mieux la servir…

— Il n'y a rien à comprendre. Sa Sainteté et Sa Majesté sont en désaccord, ce n'est un secret pour personne. Cependant, il n'est pas non plus du goût de Sa Majesté de se faire spolier ses terres en y implantant des monastères, sans que Sa Sainteté ne s'en entretienne avec elle auparavant.

— Oui, bien sûr… mais de là à détruire des objets pieux, des reliques…

— Des babioles ! Vous dis-je, ce ne sont que des babioles ! La foi et la dévotion ne se trouvent pas dans ces babioles douteuses mais là ! dit-il en attrapant d'une main le moine par sa robe de bure et en lui frappant la poitrine de l'autre main pour désigner le cœur.

Le prieur se dégagea légèrement et reprit tout en réajustant sa robe.

— Oui assurément, mais nos rustres, vilains et autres manants ont parfois besoin de ce genre de choses pour conserver la foi.

— Eh bien n'est-il pas de votre charge d'éduquer ces fripouilles et de leur montrer la voie vers notre Seigneur ?

— Oui bien sûr… Je …

— Il suffit maintenant, prieur ! J'ai d'autres lieux à visiter et je commence à m'impatienter ! Montrez-moi donc l'endroit où vous avez mis les soi-disant reliques de Saint Cuthbert !

— Oui, oui, certainement Votre Seigneurie, suivez-moi !

Le pauvre moine avait compris qu'il était totalement inutile de s'opposer à cet homme et qu'il ne lui restait plus qu'à obéir ou perdre la vie. Aussi d'un pas résigné, il ouvrit la marche devant la poignée de soldats et les quelques gentilshommes qui constituaient la petite troupe. Au bout de quelques minutes de marche dans les corridors, ils arrivèrent dans une grande pièce qui ne pouvait être que l'autel de l'église. Les nones avaient été célébrées et nous étions encore loin des vêpres, aussi, l'autel était désert. Seuls deux moines s'occupaient à allumer des cierges avec la sérénité propre à ce lieu.

— C'est ici, dit le prieur.

— Où cela ? s'étonna Sir Cromwell.

— Juste à vos pieds, Monseigneur, fit le moine en montrant du doigt une grande dalle sur laquelle on pouvait deviner au milieu des inscriptions latines, un nom.

— Fort bien ! Gardes, allez-y, ouvrez-moi cette pierre tombale !

Quatre gardes s'exécutèrent immédiatement et glissèrent leur pique dans les fentes pour mieux dégager les contours de la dalle tandis que deux autres commencèrent à frapper les coins de la pierre à l'aide de burins et de marteaux. La procédure semblait bien rodée. Les deux moines qui se trouvaient là, s'étaient retournés et n'osaient plus bouger devant un tel spectacle auquel ils étaient fort peu accoutumés. Au bout d'une vingtaine de minutes, les gardes purent passer une bonne corde dans les trous fraîchement réalisés et commencèrent à tirer pour soulever la plaque de pierre. Très rapidement, on put voir l'intérieur du tombeau. Il était garni d'un simple sarcophage en pierre venu d'un autre temps mais parfaitement conservé sans aucune autre inscription que le nom de son locataire : Saint Cuthbert.

Les gardes s'arrêtèrent après avoir dégagé le sarcophage et regardèrent Sir Thomas Cromwell comme pour attendre son assentiment.

— Eh bien, qu'attendez-vous ? Ouvrez-moi ça qu'on en finisse ! tonna-t-il.

Encore une fois les gardes ne se firent pas prier pour exécuter les ordres de leur chef. Une fois le couvercle ôté, ils ressortirent du tombeau. L'intérieur de celui-ci était bien visible à présent et quelques rayons de soleil décidèrent de percer les vitraux pour illuminer l'endroit d'une lumière pleine de couleurs, qui contrasta avec la pénombre dans laquelle était plongé le reste du bâtiment.

Le prieur, suffisamment ému pour que l'on puisse percevoir une larme lui couler sur la joue, s'approcha pour mieux voir. Mais au lieu de s'en tenir là, celui-ci tomba à genoux, en se signant plusieurs fois et en commençant à prier avec une telle intensité que Sir Thomas Cromwell s'en étonna. Les deux autres moines s'approchèrent eux aussi et l'imitèrent en tout point.

— Et voilà donc nos moines en dévotion devant quelques ossements, quelle pitié !

— Monseigneur, regardez, ce n'est pas normal, fit le jeune Nicholas Harpsfield.

Les trois gentilshommes s'approchèrent à leur tour et furent estomaqués parce qu'ils voyaient.

— Comment est-ce possible, Robert ? Quelle est donc cette supercherie ?

— Je ne comprends pas non plus, Nicholas ! C'est miraculeux !

— Ne dites pas de bêtises, voyons, ce n'est pas la première fois qu'un cadavre se trouve en si bel état en sa dernière demeure ! dit l'homme en rouge sur un ton qui ne semblait guère convaincre les deux autres.

— Certes, Votre Seigneurie, mais il est mort depuis… exactement 850 ans et je n'ai jamais vu une telle conservation des chairs.

— Oui regardez mieux, il semble même être encore vivant qu'on croirait qu'il nous sourit.

— Cessez vos balivernes, Nicholas ! Allez voir plutôt ce qu'il en retourne. Je suis sûr qu'il doit y avoir de la cire pour créer cette illusion !

Les soldats murmuraient dans leur coin, un peu à l'écart du tombeau. Nicholas Harpsfield s'exécuta et se glissa dans le trou pour y examiner la sépulture de plus près.

— Aucune trace de cire, Votre Seigneurie !

— Allons donc, regardez-mieux, je suis certain d'y voir un trucage !

— Je vous assure, il s'agit bien de chairs…

— Mais touchez donc, vous en serez certain, que craignez-vous enfin ?

Le jeune Nicholas Harpsfield osa à peine effleurer la tunique du cadavre. Il pensait qu'il était déjà très étrange qu'un tel homme eût porté une tunique aussi simple, presque celle d'un moine ordinaire. Ensuite, voyant le regard agacé de Sir Cromwell, il prit plus d'assurance et commença à tâter plus fermement les membres du corps. Ceux-ci étaient suffisamment souples pour qu'on puisse sentir des muscles gorgés de sang.

— Je vous assure, Votre Seigneurie, ce corps est en parfait état, je n'y vois aucun artifice !

— Prieur ! Que pouvez-vous me dire là-dessus ? demanda Sir Cromwell.

Le moine arrêta de marmonner ses prières et répondit :

— Votre Seigneurie, vous devez savoir que le tombeau fût ouvert par deux fois, en 698 puis en 1104 et par deux fois d'autres constatèrent ce que vous voyez là. Tout est consigné dans les archives de l'Église, c'est véritablement miraculeux.

— Allons donc, j'ai vu moi-même des animaux morts trouvés dans la glace qui, une fois fondue, étaient parfaitement intacts… Et puis j'ai aussi ouï dire que dans certaines contrées lointaines, des peuples savaient donner à leurs morts l'apparence du vivant ! Alors ne donnez pas du miraculeux là où il n'y en a pas !

— Pourtant Votre Seigneurie, c'est consigné par l'Église.

— Balivernes !

Pendant ces quelques palabres, Nicholas Harpsfield continuait d'inspecter le cadavre.

— Nicholas, je ne crois pas qu'il soit prudent de profaner ce corps !

— Je ne fais rien de mal, Robert, mais on dirait que quelque chose brille entre ses mains… Je veux juste voir ce que c'est.

Nicholas essaya d'écarter les mains de Saint Cuthbert pour mieux y glisser les doigts.

— Je sens quelque chose de chaud…

— Que faites-vous, Monsieur Harpsfield ? dit soudain Sir Cromwell qui venait de réaliser les agissements du jeune homme.

— Je crois qu'il y a quelque chose qui mérite attention, Votre Seigneurie… j'essaye de…

Mais il ne put continuer de parler. Son corps s'était raidi et il ne pouvait plus bouger bien qu'il eût conscience de tout ce qui se passait autour de lui. Il perçut une vague de chaleur lui remonter le long du bras sans qu'il puisse se dégager puis il sentit la panique l'envahir.

Une lueur bleuâtre était en train de remonter le long de son bras et commençait à totalement couvrir son corps.

— Qu'elle est cette diablerie ?

— Nicholas, sors de là ! lui cria Robert qui avait reculé par prudence.

Cependant, Nicholas ne pouvait rien faire, il se sentit défaillir et finalement perdit conscience. Il eut l'impression de tomber dans un gouffre sans fin baigné par cette lumière bleue qui l'aveuglait de plus en plus. Il n'entendait plus rien de ce qu'il se passait autour de lui, et ne voyait rien non plus, sauf cette lumière intense. Il se crut mort.

— Mourir à 17 ans ce n'est pas un mal si l'on est appelé par Dieu, pensa-il.

À ce moment il sentit sa chute se ralentir puis s'arrêter en douceur, la lumière se faisait progressivement plus supportable et il pouvait enfin voir où il était.

Autour de lui, il n'était que plaines verdoyantes, le ciel était d'un bleu intense et une brise douce et chaude venait lui caresser le visage. Un petit peu plus loin, il pouvait apercevoir la mer. Il en était certain, il pouvait entendre le ressac.

— Je ne savais pas qu'au Paradis il y avait l'océan !

Un bruit de bêlement attira son attention. Non loin de lui, un mouton gambadait vers le haut de la colline. Il décida de le suivre, ne serait-ce que pour avoir une vue d'ensemble une fois là-haut. Arrivé au sommet, il vit un peu plus bas une personne à genou, certainement en train de prier, face à une espèce de tube noir assez long qui aurait pu contenir au moins deux hommes allongés.

Il s'approcha de celle-ci qui ne l'avait pas entendu venir et lui posa doucement la main sur l'épaule pour ne pas l'effrayer. La personne se retourna et lui sourit comme s'il avait perçu sa présence. Il reconnut immédiatement Saint Cuthbert. Il n'y avait aucun doute! Certes son visage était plus jeune, beaucoup plus jeune, c'était celui d'un enfant, mais n'était-il pas au paradis? Celui-ci ne semblait pas troublé par cette rencontre et il se remit à prier en se tournant à nouveau vers l'objet. Nicholas crut comprendre qu'il l'invitait à l'imiter, ce qu'il fit immédiatement.

Il n'avait ni chaud, ni froid, il était bien, tout lui était que sérénité et apaisement. Il n'eut pas longtemps à prier qu'un halo bleu sortit du tube dont on ne sait où et prit forme humaine. Du moins, il lui semblait apercevoir à travers la lumière un être au visage doux et barbu. Était-ce Dieu lui-même?

L'enfant s'arrêta de prier et tendit les mains vers cet être magnifique, comme s'il s'attendait à recevoir un présent.

Une lumière apparut au creux des petites mains et un objet long et doré commença à se matérialiser. C'était une corne d'or! Nicholas n'aurait pas su dire s'il était question d'une corne de guerre ou d'une corne pour boire mais ce qu'il voyait brillait de tous les feux divins. La lumière continua son œuvre et une deuxième corne pratiquement jumelle de la première, quoi que plus petite, apparut elle aussi. Les deux objets étaient richement décorés de curieux dessins entrecoupés de drôles d'inscriptions qui pouvaient être des lettres. Il n'avait pas reconnu le latin, ni le grecque mais il était persuadé d'avoir déjà vu ce genre d'inscription quelque part, une langue ancienne qu'il avait certainement étudiée ou survolée lors d'un cours au *New College* d'Oxford.

Saint Cuthbert se tourna alors vers Nicholas et lui confia les cornes, mais ses mains étaient encore pleines de lumière. Il devait certainement apparaître encore quelque chose d'autre. L'enfant reprit sa position, les mains tournées vers le tube et un cristal d'un bleu profond incomparable à ce qu'il connaissait déjà, se matérialisa au creux de la petite main infantile.

L'être dans la lumière bleue sourit à l'enfant et disparut aussi rapidement qu'il était arrivé. L'enfant glissa le cristal dans une poche de sa tunique et se tourna encore une fois vers Nicholas en lui tendant les mains comme pour lui demander de lui rendre les deux cornes. Aucun son n'avait été échangé entre les deux êtres mais chacun semblait comprendre les pensées de l'autre et les mots étaient complètement inutiles. Nicholas encore tout troublé par ce qu'il venait de vivre, lui remit presque sans réfléchir les deux objets en or comme s'il avait été guidé par la foi. Dès que ce fût fait, le long tube noir se changea instantanément en poussière. À peine eut-il le temps de s'en rendre compte que l'enfant disparut lui aussi comme par enchantement.

— Qu'est-ce que cela signifie ? Qu'est-ce que cela signifie ? n'arrêtait-il pas de se demander.

Autour de lui, il n'y avait plus personne, ni même le mouton qu'il avait suivi. Il se redressa et observa les alentours qui lui paraissaient étrangement familiers.

Bien sûr! Il se souvint qu'ils avaient longé la côte avec Sir Cromwell pour rejoindre Durham. Il reconnaissait à présent Lindisfarne! Soudain il se sentit devenir léger, aussi léger que la brume qui commençait à apparaître le long du rivage. La brume devenait de plus en plus épaisse et se transforma rapidement en un épais brouillard au travers duquel il ne pouvait absolument rien voir. Au sol, il aperçut quand même quelques pavés. Il était à présent à l'intérieur d'un monument. Le bruit du ressac était couvert par des bruits de métal qui s'entrechoquaient et des cris bien caractéristiques. On se battait à l'épée à l'extérieur! Le brouillard sembla alors prendre une couleur rougeoyante puis se dissipa complètement.

La pièce était faiblement éclairée et il faisait frais, aussi frais que le petit matin anglais au printemps. Manifestement, il était à l'intérieur d'une vieille chapelle ou d'une église, peut-être même un monastère, il ne put dire avec exactitude la nature du bâtiment mais il était certain d'être à l'intérieur d'un monument chrétien car il put apercevoir dans la pénombre un crucifix.

Il n'était pas seul! Deux moines étaient à côté de lui et ne semblaient nullement lui prêter attention. Le voyaient-ils seulement? Ils étaient a priori trop occupés à s'affairer sur un sarcophage de pierre. De qui s'agissait-il? Nicholas se glissa sans mal à proximité du tombeau sans inquiéter ni troubler les deux moines. Il se mouvait tel un fantôme, était-ce son âme? Il contempla le corps bien visible à l'intérieur du sarcophage: il s'agissait encore de Saint Cuthbert! Cette fois il avait le même visage que celui qu'il avait vu à Durham et il était bien mort. Il tenait dans sa main le cristal de l'enfant. Les deux moines s'arrêtèrent d'un seul coup, complètement effrayés. Deux vikings venaient subitement d'apparaître en courant au sortir d'un corridor qu'il n'avait tout d'abord pas remarqué. Les deux vikings échangèrent quelques mots en vieil anglais ce qui sembla apaiser les moines. Cependant quelque chose se produisit et les quatre personnes regardaient à présent dans la même direction. Nicholas fit de même et vit que le halo bleu était réapparu, mais cette fois le visage à l'intérieur n'était pas tout à fait le même, peut-être plus vieux… Il y eut des paroles échangées entre les vikings et cette lueur bleue, tantôt en latin, tantôt en vieil anglais et tantôt dans une langue qui lui était totalement inconnue. Quoiqu'il en soit il ne comprit pas un traître mot de ce qu'il se disait. Soudain il y eut un grand tremblement et le toit du bâtiment s'effondra laissant un trou suffisamment grand pour y voir le ciel. Il était rouge et rempli de fumée. Des objets volaient dans tous les sens, sans doute l'œuvre des catapultes. Le halo de lumière bleue avait disparu. D'énormes blocs de pierre se détachèrent alors de ce qui restait du toit et vinrent tomber directement sur les gens qui se trouvaient là pour les écraser. Mais une espèce de dôme lumineux se matérialisa autour d'eux et retint les cailloux dans leur chute. Les débris flottaient dans l'air comme retenus par la main divine.

Il regarda alors Saint Cuthbert. Le cristal dans sa main lançait des jets de lumière bleue dans tous les sens.

Un des vikings dit quelque chose aux moines en latin qui s'enfuirent aussitôt emportant avec eux le cristal et d'autres choses dans le caveau.

Nicholas se sentit alors plus lourd, il était en train de perdre à nouveau connaissance…

— Nicholas! Nicholas! Réponds-moi!

— Diantre, Nicholas Harpsfield, reprenez-vous!

Il discerna la voix autoritaire de Sir Cromwell et celle plus familière et plus amicale de son ami Robert. Il ouvrit les yeux et constata qu'il se trouvait dans les bras de son ami qui lui tapotait la joue et reconnut l'église de Durham. Il se releva doucement avec toutes les précautions propres à quelqu'un qui vient de s'évanouir et qui appréhende de défaillir à nouveau.

— Que s'est-il passé, Robert? dit-il en sortant de sa torpeur.

— Eh bien c'est difficile à dire, Nicholas, tu es devenu d'un seul coup raide comme un tronc d'arbre et une lumière bleue a envahi ton corps.

— Nous avons juste eu le temps de vous sortir de là et la lumière a disparu, reprit Sir Cromwell, mais vous êtes demeuré inconscient.

— Ce n'est que l'expression de la parole de Dieu! dit le prieur qui se penchait sur lui. Nul n'a le droit de profaner une église ni de s'en prendre à ses saints!

— Oui, j'ai vu la lumière de Dieu! J'ai vu aussi la puissance divine.

— Mais que dis-tu donc, Nicholas?

— Je te dis que j'ai vu Dieu!

— Ce garçon est fou! Il a reçu un coup sur la tête en tombant, voilà tout!

— Non Votre Seigneurie, je suis sûr que ce garçon a perçu la parole divine.

— Sottises… Jamais les divagations d'un homme n'ont été commanditées par Dieu.

C'était bien là l'esprit pragmatique de Sir Cromwell! Rien de ce qu'il pouvait connaître n'était miraculeux.

— Je vous assure, je suis certain que Dieu m'a délivré un message, Dieu me demande…

— Silence Harpsfield! Je n'ai nulle envie d'écouter les délires d'un homme qui a reçu un coup sur la tête!

— Mais enfin Votre Seigneurie, vous ne pouvez nier qu'il y a bien eu miracle?

— Prieur, il ne m'appartient pas de décider si miracle il y a eu ou pas, ni vous-même du reste. Par contre je vous concède qu'il y a étrangeté sur la chose.

— Oui Votre Seigneurie est clairvoyante… Que faisons-nous pour les reliques?

— Hum…

Pour la première fois, le baron d'Oakham hésita sur la décision qu'il devait prendre. Il avait reçu l'ordre du roi lui-même de démanteler les monastères du royaume et d'éparpiller ou de détruire les reliques qui s'y trouvaient. Devait-il risquer la fureur du roi, qui comme lui, ne souffrait d'aucune clémence en cas de désobéissance? Ou bien devait-il détruire quelque chose qu'il ne comprenait pas et risquer de s'attirer les foudres de la puissance divine ? Le problème était épineux. Il fallait contenter les deux parties et user de finesse.

— Nicholas, que sont pour vous des reliques ?

— Comment ?

— Je vous demande de me dire ce que vous appelez des reliques !

— Votre Grâce, je ne suis pas expert en la matière, et le prieur ici présent saurait mieux vous renseigner.

— Monsieur Harpsfield, dois-je comprendre qu'il est en votre plaisir de me mécontenter aujourd'hui ?

— Certes non Monseigneur ! répondit immédiatement Nicholas de peur d'être mis en pièce par son chef. Pour moi, ce sont les ossements d'un saint ou bien quelque chose qui lui aurait appartenu, Monseigneur.

— Bien ! Et vous Robert ?

— Pareillement Votre Seigneurie, je n'aurais pas mieux dit !

— Fort bien… Quant à vous, prieur, quelle est votre opinion sur le sujet ? dit-il en affichant un curieux sourire aux lèvres qui fit froid dans le dos au pauvre moine.

— Je dirais de même, Votre Grâce, ces gentilshommes ont fort bien parlé.

Le baron d'Oakham regarda fixement les deux moines qui se tenaient au côté du prieur. Il n'eut pas besoin de leur poser la moindre question, les deux moines firent immédiatement un signe d'approbation en acquiesçant.

— Fort bien tout cela ! Tout est réglé !

Tous se regardèrent les uns les autres comme pour essayer de se rassurer dans le regard de l'autre, ou de percevoir un signe qui leur fit comprendre les paroles de Sir Cromwell. Tout le monde semblait perdu, mais personne n'osa faire répéter le baron. Pourtant le prieur se risqua timidement à s'adresser à Sa Seigneurie :

— Plaît-il ?

— Comment cela ?

La conversation commençait mal et le ton qu'y mettait le baron garantissait l'arrivée imminente d'un désastre.

— Euh… Cela plairait-il à Votre Seigneurie de bien vouloir nous éclairer sur ses intentions afin que nous puissions la suivre ?

Le prieur pensait agir avec habileté. Déjà le baron l'avait menacé de lui arracher la langue lui-même, aussi n'avait-il pas très envie de passer par l'épée ou pire encore en abordant ce personnage avec rudesse.

— Avez-vous vu des reliques à l'intérieur de ce caveau ?

— Eh bien… Pas au sens que nous avons dit tout à l'heure, Votre Grâce !

Le pauvre prieur ne savait plus s'il devait jouer de « Sa Seigneurie » ou du « Votre Grâce » tant la tension se faisait sentir et des gouttes de sueur perlaient le long de son cou.

— Nous sommes donc d'accord !

L'atmosphère se détendit d'un coup. Chacun venait de comprendre la finesse de la ruse du baron d'Oakham pour se sortir de ce mauvais pas, sans mécontenter ni Dieu ni le roi !

— Les ordres du roi sont formels ! Je dois détruire toutes les reliques que je trouverais ! Or ici, je n'ai rien trouvé. Il y a bien un sarcophage avec un corps à l'intérieur mais pas d'ossements ! N'est-ce pas ?

Tous acquiescèrent, soulagés par les paroles de Sir Cromwell.

— Quant au miracle ! Il ne m'appartient pas de le déterminer et je ne saurais que dire. Il appartient à l'Église de régler ses affaires. Aussi je vous engage à tenir votre langue !

Le baron d'Oakham venait de reprendre son visage macabre qui ne laissait aucun doute à qui aurait eu l'idée saugrenue de le contredire ou qui aurait la stupide idée de lui désobéir. Les gardes, qui avaient été jusque-là si discrets comprirent immédiatement qu'il fallait se mettre en ordre de marche. Aussi ils se mirent en rang et marchèrent au pas cadencé pour se placer derrière le baron. Nicholas s'adressa alors à son ami tout doucement de sorte qu'il ne soit pas entendu par Sir Cromwell.

— Il nous faut trouver les cornes d'or !
— Que dis-tu ?
— Dieu m'a choisi pour ordonner la justice divine !
— Quoi ?
— Les cornes je te dis, il nous faut trouver les cornes de Dieu !
— Je ne comprends rien à ce que tu dis, je pense qu'il faut te reposer.
— Robert, de retour à Oxford nous contacterons le cercle de nos amis du *New College* et alors je vous expliquerai tout.

Chapitre 2

Douglas était songeur et rien ne semblait pouvoir le perturber. Comment cette mission avait-elle pu se transformer en un tel fiasco ? Assis au fond de l'hélicoptère, le menton enfoncé dans ses mains jointes, il se tapotait le nez avec l'index, ça l'aidait à réfléchir. Dans sa tête, les images défilaient sans arrêt comme dans le métro à l'heure de pointe. Il essayait pourtant de les attraper au vol mais à chaque fois il n'arrivait pas à saisir le détail qui le dérangeait. Il revoyait bien Matthaeus lui prendre le pistolet des mains et tirer sur la jeune Anna, puis Éric qui le propulse comme un vulgaire ballot de paille à travers la pièce avec une force inouïe… Comment avait-il pu être aussi aveugle au sujet de Matthaeus, son avidité, sa folie ? Il n'avait rien vu venir ! C'était pour lui la première fois qu'il manquait de discernement et c'était peut-être aussi pour lui le signe de raccrocher, de prendre sa retraite… Quoi qu'il en fût, le résultat était sans appel : Matthaeus se trouvait dans un sale état, s'il n'était pas déjà mort, quant à Anna, la pauvre, elle l'était certainement. La balle qu'elle avait reçue était fatale, il connaissait que trop bien ce genre de blessure. Il laissait deux morts derrière lui, et ça, il n'arrivait pas à le digérer.

Douglas n'avait pas l'habitude de se poser de telles questions qui torturaient sa conscience. D'ordinaire, il s'arrangeait pour réussir ses missions sans que personne n'en pâtisse vraiment, ou ne soit blessé, sauf peut-être légèrement. C'était en quelque sorte sa marque de fabrique. Pour la première fois de sa vie, des gens avaient souffert à cause de lui et pour la première fois de sa vie, il pensait sérieusement à raccrocher. Il n'avait jamais songé à finir en beauté, mais raccrocher sur un échec ne le réjouissait pas non plus. Et puis, Éric l'intriguait. Comment ce jeune homme pouvait-il être en possession du Draupnir ? Et d'ailleurs était-ce vraiment le pouvoir du Draupnir ? Avait-il déjà trouvé les cornes ? Fallait-il se méfier de lui ou au contraire le considérer comme un allié ?

Il avait beau prendre les questions par tous les bouts, les enfiler les unes à la suite des autres, dans l'ordre ou dans le désordre, chercher les éléments qui lui avaient échappé, rien ! Il ne trouvait rien de valable, aucune réponse ne le satisfaisait vraiment. La seule chose qu'il avait réussi à faire, c'était d'attraper un de ces maux de tête à vous rouler par terre.

De toute façon, pour le moment, il avait un autre problème, plus urgent celui-là et il avait tout intérêt à trouver une parade ou une réponse qui satisfasse le grand Maître. Il ne le connaissait que trop bien, lui et ses explosions de colère, ses décisions prises à l'emporte-pièce et trop souvent de manière radicale, d'ailleurs.

Aussi, lui fallait-il cacher tout ce qui se rapportait à Éric… Beaucoup trop dangereux !

Il jeta machinalement un coup d'œil par le hublot de la porte de l'hélicoptère. Dehors la nuit était encore noire, néanmoins il pouvait discerner quelques petites lumières qui brillaient à la surface de l'eau. Certainement des bateaux de pêche qui jetaient là leurs filets. Bien plus loin vers l'horizon, des lueurs indiquaient que le soleil n'allait pas tarder à faire son apparition tandis que sur la gauche il aperçut d'autres lumières plus intenses. Ils ne devaient plus être très loin des côtes anglaises ! Encore une petite demi-heure, tout au plus, et ils seraient arrivés. Le débriefing promettait d'être salé…

Une voix rude claqua dans sa tête et l'arracha de ses pensées.

— Alors Douglas ? Pas fâché de rentrer ?

C'était Nathan ! Ah celui-là ! Il en tenait une couche. Le parfait stéréotype du mercenaire : costaud et stupide, bien que très bon combattant, et c'était bien là le problème ! Le grand Maître l'avait pris pour être son bras droit, mais en fait, il le chargeait surtout de toutes ses sales besognes. Nathan et ses un mètre quatre-vingt-dix, c'était le genre bulldozer qui ne s'arrête pas, à moins de lui loger une balle entre les deux yeux ! Et il fallait bien avouer que l'idée lui avait parfois traversé l'esprit. Cependant Douglas n'était pas homme à céder à la violence sans une vraie bonne raison. Cet homme de Néandertal avait bien dû faire une centaine de campagnes avant de se faire virer de l'armée. Même l'armée n'en voulait plus, c'est dire ! Enfin c'est ce qui se racontait. Mais vrai ou faux, il valait mieux l'avoir dans son équipe !

— Hein ? Ah ! Non bien sûr !

— Ras-le-bol du hareng, hein ?

— Mais quel rapport avec le hareng ? se demanda Douglas.

Nathan se croyait spirituel et aimait faire des plaisanteries qui ne valaient guère mieux qu'un pet de lapin, ses conversations ne volaient pas non plus très haut, alors discuter avec son poisson rouge eut été infiniment plus enrichissant !

— Ah le hareng ! Oui, rien ne vaut un bon hamburger, répondit Douglas, qui comprit, enfin, qu'il faisait allusion aux spécialités culinaires danoises.

— Ha ha ha ! Oui, un bon hamburger ! Sans hareng !

Ce n'est pas possible, qu'est-ce qu'il pouvait être stupide ! Douglas espérait que le voyage ne s'éternise pas trop, car il n'aurait pas supporté longtemps ce genre de discussions débiles. Le type primate ça va cinq minutes ! Machinalement, à tâtons, il chercha sa chevalière qu'il portait habituellement au doigt, mais il ne la sentit pas.

— Ce n'est pas possible ! s'étouffa-t-il.

— Quoi qu'est-ce qu'il a ? fit Nathan.

— Ma chevalière ! Elle n'est plus là !

— Ah ? Et c'est de qu'elle arme ?

— Comment ça qu'elle arme ?

— Oui, Westpoint, SAS, CIA ?

— Mais non, ce n'est pas l'emblème d'une école militaire, c'est juste quelque chose de sentimental !

rétorqua Douglas visiblement agacé par les paroles du Néandertalien qu'il avait en face.

— Sentimental ? Un porte-bonheur ?

Décidément, cet abruti ne comprenait rien à rien, c'était insupportable ! Douglas préféra lui répondre quelque chose qu'il pouvait comprendre.

— Oui c'est ça ! Je ne fais aucun saut sans elle …

— Ah ! Je comprends, mais là on ne saute pas, tu n'as rien à craindre !

— Pff… Oui, oui, je sais, merci !

Une lumière rouge venait de s'allumer dans l'habitacle et éclairait faiblement leurs visages en leur donnant un air bizarre. C'était le signe qu'il fallait se préparer.

— 3 minutes avant l'objectif ! dit une voix grésillante dans le casque.

Nathan se leva, prit deux harnais dans le filet accroché à la carlingue et en tendit un à Douglas.

— Je n'ai pas besoin de te montrer ? Tu sais encore faire ça ?

— Merci ça va !

Les deux hommes enfilèrent rapidement leur harnais et ajustèrent les sangles comme il se doit. Nathan vint alors contrôler le harnachement de son binôme et Douglas en fit de même pour lui.

— Parés ! dit Nathan dans le micro de son casque.

La lumière rouge céda alors la place à une verte qui ne les mettait pas plus en valeur. Ils allaient pouvoir descendre. Nathan ouvrit la porte latérale et une bouffée d'air frais envahit subitement l'habitacle.

— Un peu d'air frais, ça fait du bien !

— C'est sûr ! répondit Douglas.

La fraîcheur de l'air était effectivement revigorante mais surtout elle avait réussi à faire disparaître presque instantanément son mal de tête, du moins le croyait-il.

Nathan débloqua le treuil électrique et actionna le mécanisme pour vérifier qu'il était bien fonctionnel. Celui-ci grinça quelque peu mais sembla répondre correctement aux sollicitations, ce qui eut l'air de satisfaire le mercenaire. La petite porte qui menait au cockpit s'ouvrit et le copilote apparut.

— Un coup de main les gars ?

— Tu nous descends ? fit Nathan avec le sourire d'un gamin qui va à la fête foraine pour la première fois.

— Allez, c'est parti ! Donnez-moi vos casques…

Les deux hommes s'exécutèrent et lui confièrent leurs casques. Ensuite le copilote attrapa le mousqueton du treuil et l'accrocha à la boucle prévue à cet effet dans le harnais de Nathan.

— Il n'y a pas de vent ce soir ! C'est du velours ! lui cria-t-il.

— OK, J'Y VAIS ! hurla Nathan.

L'hélicoptère s'était mis en vol stationnaire au-dessus de Durham. Le bruit du moteur n'était pas assourdissant comme la plupart de ces gros appareils militaires car le pilote venait d'actionner le mode furtif pour plus de discrétion. Les habitants n'auraient sans doute pas apprécié d'être réveillés à cette heure-ci par le vacarme d'une tuyère. Ainsi seules les vibrations du moteur et le bruit des palmes fendant l'air, indiquaient que l'appareil était en marche. Nathan tourna le dos au vide puis se jeta à l'extérieur suspendu par le filin du treuil. Le copilote actionna immédiatement le mécanisme et Nathan descendit en filant à travers les volutes de poussières. Au bout d'une minute, le filin remonta le harnachement de son ancien occupant. Le copilote décrocha le harnais et tendit le mousqueton à Douglas.

— À toi, maintenant, Douglas !

— Ok !

Douglas s'approcha du copilote puis il accrocha lui-même le mousqueton mais celui-ci vérifia quand même la fixation.

— Ok ! À la prochaine ! lui dit-il en effectuant un petit salut de la main.

— Oui c'est ça, à la prochaine ! fit Douglas qui décidément n'appréciait pas trop ce genre d'acrobaties même s'il en avait l'habitude.

Douglas se mit en position et le copilote le fit descendre aussi vite que son compagnon de vol. Une fois à terre, Douglas ôta son harnais qui remonta tout aussi rapidement qu'il était descendu. D'ailleurs, il eut juste le temps de le voir disparaître que le pilote remit les gaz et l'hélicoptère s'éloigna du secteur.

— Le grand Maître nous attend, il faut y aller ! dit Nathan qui déjà se dirigeait vers le cloître.

Douglas eut à peine le temps de réajuster sa veste qu'il dût lui emboîter le pas et traverser le gazon.

C'était un endroit magnifique ! Le cloître était éclairé de partout et donnait une petite note magique au lieu. La charpente était magistralement mise en valeur, les petits médaillons et les blasons sculptés dans les entretoises étaient bien visibles, on pouvait même en décrire précisément les détails. C'était d'ailleurs une des particularités de cette église, très prisée par les touristes.

Douglas se hâta de rejoindre Nathan, qui, après avoir traversé quelques couloirs arrivait déjà à la porte de la bibliothèque à côté de l'ancien dortoir des moines. Elle n'était pas verrouillée et il l'ouvrit sans aucune difficulté. Douglas était déjà venu là à plusieurs reprises, mais à chaque fois il était impressionné par le nombre de livres qui s'y trouvaient.

La pièce était tout en longueur et au milieu, une bibliothèque basse qui servait aussi de table, à moins que ce fût le contraire, venait envahir toute la surface, ne laissant qu'un petit passage de chaque côté pour les visiteurs. C'était le paradis du livre. Des gros, des petits, des vieux, partout il y avait des livres : sur la table, dans les étagères, tantôt ouverts, tantôt fermés, parfois en pile, en vrac ou bien sagement alignés sous la table. Un simple coup d'œil sur certaines couvertures, laminées par le temps et l'humidité, permettait de se faire une idée bien précise de l'âge du livre. Au milieu de tout ce capharnaüm, il n'aurait pas été surprenant de trouver un vieil ermite centenaire et bougonnant qui vivrait là. Sur les murs étaient accrochés des portraits d'ecclésiastiques, de nobles ou de bourgeois datant du Moyen Âge et entre deux toiles, une grande tenture d'un autre âge venait revêtir les pierres, certainement pour servir un tant soit peu d'isolant.

Nathan disparut sous l'une des tentures et on entendit un cliquetis suivi d'un bruit de mécanisme, puis sa tête d'ahuri réapparut.

— Bien alors ? Qu'est-ce que tu fabriques ? Avance !
— Tu vois bien que j'arrive ! Ça va !

Douglas n'avait pas vraiment hâte de le suivre dans ces escaliers étroits et sombres. Il aurait mille fois préféré un bon lit bien au chaud. La nuit avait été pour lui suffisamment rude comme ça, et il commençait sérieusement à en ressentir les effets. Néanmoins, il le suivit et descendit les escaliers en moins de temps qu'il faut pour le dire pour atteindre la grande crypte.

Là, une bonne cinquantaine de personnes encapuchonnées dans des robes violettes répétaient en chœur des versets en latin. Bien alignées, elles portaient la main droite sur le cœur tandis que le bras gauche, poing fermé, était tendu droit devant elles. Il avait toujours trouvé ça malsain, mais il s'était bien gardé de le dire. Une dizaine d'énormes cierges plantés sur d'imposants chandeliers, avaient été disposés tout autour de la crypte le long des poteaux soutenant les énormes voûtes. Leur flamme était assez grande et la lumière qu'elle dégageait, était assez intense. Malgré tout, on n'y voyait pratiquement rien, il en aurait fallu bien plus pour parvenir à deviner le visage d'une de ces personnes. Seul un petit autel, où s'agitait par moment un vieillard en robe noire autour d'une table en pierre, était bien éclairé.

La cérémonie commençait toujours très tôt le matin lorsque le soleil n'était pas encore levé et se terminait systématiquement au petit jour. En général, cela ne durait guère plus de deux heures. Deux heures de bras en l'air, de sermons en latin et en anglais, de grands signes de ralliement, de chants et c'en était fini. Les choses importantes ne se discutaient jamais pendant ce simulacre de grande messe mais plutôt avant ou après, dans la salle qui jouxtait la grande crypte et où seuls quelques rares initiés ou privilégiés avait le droit d'entrer.

Encore quelques versets et l'assemblée serait dissoute. Nathan et Douglas se faisaient tout petits au fond de la pièce en attendant patiemment la fin de la cérémonie.

Soudain, un silence très pesant s'installa. On aurait dit que subitement tout le monde s'était rendu compte de leur présence. Au bout d'une bonne minute qui leur sembla interminable, toutes les personnes présentes se retournèrent en même temps comme si elles avaient été téléguidées. Elles faisaient maintenant face à Douglas et Nathan qui restaient impassibles. Elles demeurèrent immobiles encore un instant, puis une à une, elles passèrent lentement devant Douglas pour remonter l'escalier par où ils étaient venus. Bien que leurs visages eussent été cachés par la grande capuche sur leur tête et que la lumière fût bien trop faible pour y voir clair, Douglas reconnut quand même quelques personnalités notables de Grande Bretagne, dont le « Commissioner » de Scotland Yard, le grand chef de la police londonienne.

Une fois la pièce vide, le vieillard s'adressa à eux.

— Eh bien ! Venez, tous les deux, vous voyez bien que j'ai terminé !

Nathan s'exécuta immédiatement, suivi de Douglas qui sentait petit à petit l'angoisse remonter lentement le long de sa gorge tandis que le vieillard se servît un verre d'eau avec la cruche qui se trouvait là. Les deux hommes se tenaient maintenant devant la table en pierre pratiquement au garde à vous et attendaient que le vieillard leur parle.

C'était un homme assez nerveux, pas très grand et plutôt rondouillard. Les rares cheveux blancs qui stagnaient encore sur son crâne dégoulinaient de sueur. Sa peau était maculée de tâches rosâtres et brunes, trahissant un âge très avancé et impossible à déterminer. Pourtant son œil était vif. Douglas lui avait toujours trouvé un regard étrange, et même par moment on aurait dit qu'il luisait. Le vieillard but son verre d'un trait et le reposa assez fortement sur la table en pierre.

— Au rapport Douglas, au rapport ! piaffa-t-il.

— Oui monsieur, bien sûr… répondit Douglas sur un ton très académique pendant que Nathan s'était éloigné à la recherche d'un siège dans le fond de la pièce. Il revint d'ailleurs rapidement et déplia assez bruyamment une chaise en bois dans laquelle il se vautra la jambe bringuebalant sur l'accoudoir.

— Eh bien, j'attends !

— Oui mais je ne sais pas par où commencer…

— Ont-ils trouvé les cornes ?

— Eh bien non, monsieur…

— Mais enfin, ce professeur Christiansen a-t-il trouvé les pages manquantes de Snorri, oui ou non ? lança nerveusement le grand Maître.

— Oui monsieur, il semblerait… Mais les tablettes qu'ils ont trouvées sont assez difficiles à déchiffrer… Vous savez, il y a ce symbole qui…

— Oui je sais déjà tout cela. Pourquoi n'as-tu pas rapporté le message ?

— C'est à cause de Matthaeus, je vous avais averti monsieur !

— Oui, oui, je sais bien qu'il n'est pas très fiable !

— Fiable ? Il a une telle soif de richesses et de gloire qu'il fait n'importe quoi ! Il a déjà rendu la mission pratiquement impossible à réaliser en tentant d'éliminer de son propre chef le professeur Christiansen et son épouse. Maintenant il se met à tirer sur tout le monde…

— N'exagère pas, veux-tu ! Ce ne sont que quelques petits dommages collatéraux…

— Collatéraux ? Depuis quand, il est dans les règles de la confrérie d'accepter des dommages collatéraux ? Douglas était tout rouge tellement les réponses du grand Maître le mettaient en pétard.

— Il y a des causes supérieures qui nous dépassent, Douglas ! Elles justifient amplement de tels actes.

— Je ne suis pas d'accord ! Aucune cause ne peut revendiquer d'être supérieure si elle nécessite de tuer d'autres personnes !

— Je te trouve bien vindicatif aujourd'hui, tu connais pourtant notre cause depuis plusieurs années, Douglas, que me vaut donc ce revirement ?

— Ce n'est pas un revirement, je suis simplement contre l'idée de tuer des gens !

— Nous sommes trop près du but pour nous laisser distraire par quelques personnes, ce sont les derniers obstacles ! La fin ne justifie-t-elle pas quelques petits sacrifices ?

— Justement non !

— De toute façon, tu t'énerves pour rien.

— Comment ça ? Douglas sentit qu'il s'engageait sur un terrain miné, le grand Maître devait en savoir bien plus qu'il ne le laissait paraître.

— Tu n'es pas au courant ?

— Je suis parti dès que la police est arrivée, comment saurais-je quelque chose ?

— Mon contact m'a tout raconté ! dit-il en se servant à nouveau un verre d'eau.

Douglas était mal à l'aise et il espérait bien que le grand Maître ne s'en aperçoive pas. Qui était ce mystérieux contact ? Un coup de bluff peut-être ? À présent, tout le scénario qu'il avait échafaudé dans sa tête pour cacher l'existence d'Éric, risquait fort de s'effondrer.

— Et que vous a-t-il donc raconté, votre contact ?

— Que la jeune assistante du professeur va très bien ! Elle n'a aucune égratignure !

Douglas était abasourdi ! Il avait vu Anna s'effondrer devant lui et tout le sang qu'elle perdait ne laissait entrevoir qu'une issue fatale ! À moins que… Il ne s'agisse encore d'une ruse du grand Maître, fin adepte du « prêcher le faux pour connaître le vrai » !

— C'est faux, complètement faux ! Je l'ai vue mourir devant moi ! tempêta-t-il encore.

— Et pourtant ma source est formelle ! Seul ce Matthaeus a été blessé ! Il serait, paraît-il, passé à travers le mur, c'est incroyable ne trouves-tu pas ?

Enfin quelque chose de vrai, pensait-il… Que cherche-t-il donc à savoir ou à me faire dire ? Douglas jugea qu'il valait mieux éviter la question qui l'orienterait inévitablement sur Éric, aussi il décida de continuer sur la même voie.

— Il lui a tiré dessus pourtant !

— Oui, oui, c'est a priori ce qui a été noté dans le rapport de police de ce… comment s'appelle-t-il déjà ?

— Anders, le commissaire Anders, monsieur.

— Oui… Anders… C'est cela. Ce commissaire Anders a noté quelque chose au sujet de coups de feux mais la jeune fille est indemne, je te l'assure. Bon ceci dit, ce n'est que son rapport préliminaire… Son brouillon en quelque sorte. Attendons donc de voir ce qu'il va nous livrer dans son rapport définitif.

— Oui moi aussi je suis très curieux de savoir ce qu'il va coucher sur le papier, il y a quand même des zones d'ombre.

— Ah ça ! Je te l'accorde ! Par contre cette histoire a fait bien trop de bruit, et tout ce vacarme n'est pas bon pour nos affaires. Il va falloir y mettre bon ordre.

— Comment ça ?

— Ce Matthaeus a réussi à braquer les projecteurs sur lui, il serait fâcheux que l'on découvre un lien avec nous, n'est-ce-pas ?

— Mais il n'y en a pas… Il n'y a aucun document pouvant nous compromettre !

— Et l'argent, Douglas, que fais-tu de l'argent que nous lui avons donné ?

— L'argent ? Ce n'est pas un problème… Toutes nos transactions financières sont sécurisées et passent par des comptes off-shore. Il n'y a aucune chance qu'un flic arrive à obtenir le moindre nom…

— Peut-être as-tu raison, mais peut-être pas ! Nous sommes beaucoup trop proches de notre but ! Je ne veux prendre aucun risque, un grand nettoyage s'impose !

Puis il lui tourna le dos, la conversation était terminée ! C'était le signe pour Douglas de partir. Le grand Maître se dirigeait déjà vers la petite porte qui donnait sur la salle. Cependant Douglas avait parfaitement compris de quoi il s'agissait et il ne l'entendait pas de la même oreille ! Il était hors de question pour lui de faire disparaître Matthaeus, ni personne d'autre !

— Hors de question ! Je n'ai jamais rejoint la confrérie pour commettre des meurtres ! lui lança-t-il furieux…

Le grand Maître s'arrêta net, la main sur la poignée de la petite porte. Il resta comme ça quelques secondes puis se retourna d'un seul coup, le visage rouge de colère.

— COMMENT ? hurla-t-il. Comment oses-tu me contredire, sale vermisseau ! Il ne t'appartient pas de penser… Je suis le seul à penser ici !

Les poings serrés le long de son corps raidi par l'âge, le grand Maître se contrôlait pour ne pas étrangler Douglas.

— Que ça te plaise ou non, il faut faire disparaître tout ce qui pourrait nous compromettre !

Le grand Maître perdait sa voix et commençait à s'étouffer, lorsqu'une grosse quinte de toux vint l'empêcher de terminer ses phrases et le fit vaciller. Il devint subitement tout pâle. Un liquide noir mêlé à du sang s'échappait de sa bouche et lui coulait le long de la gorge. Nathan se précipita pour le soutenir.

— Ne craignez rien ! Je suis là je vous ramène dans votre pièce.

— Douglas, tu vas terminer le travail ! Je te le dis… dit-il avec une voix entremêlée de toux.

Nathan entoura le vieil homme de son bras et le soutint jusqu'à la petite porte qu'il ouvrit sans mal. Les deux hommes disparurent dans l'autre pièce et la porte se referma brutalement. Douglas resta alors seul dans la crypte avec une furieuse envie de casser quelque chose. Les flammes sur les cierges dansaient lentement créant de drôles d'effets d'ombre sur les murs. Douglas décida d'emprunter la chaise en bois de Nathan et d'attendre leur retour.

À l'intérieur de la petite pièce, Nathan coucha le grand Maître sur une sorte de petite banquette qui devait aussi servir de lit d'appoint. Il lui apporta un grand verre d'eau qu'il prit dans le réfrigérateur qui se trouvait dans un coin de la pièce.

Le grand Maître sortit de sa poche un petit pilulier qu'il donna à Nathan. Celui-ci semblait habitué et saisit 2 petites pilules jaunes et les lui glissa dans la bouche. Le grand Maître serra le verre d'eau que lui présenta Nathan et entreprit péniblement d'engloutir le liquide. Au bout de quelques minutes, le visage du grand Maître avait repris des couleurs.

— Nathan…

— Maître je vous en prie ne parlez pas, reposez-vous encore un peu.

— Nathan ! Nathan, écoute-moi !

— Oui Maître, mais ce n'est pas raisonnable.

— Je vais mourir et tu le sais… c'est pour bientôt.

— Je sais…

— Tu vas continuer mon œuvre, n'est-ce pas ?

— Oui Maître, n'ayez pas peur.

— Tu vas te rendre à Roskilde avec Douglas et tu vas faire le ménage !

— Vous voulez que j'élimine ce Matthaeus ?

— Oui, il faut une solution radicale.

— Bien ce sera fait !

— Ce n'est pas tout… Tu vas aussi te charger de Douglas !

— Douglas ? Je peux le faire immédiatement si vous voulez ?

— Non, non… Depuis quelques temps, je trouve son comportement suspect, laisse-le venir. Nous apprendrons peut-être quelque chose sur lui.

— Ah ! Alors je fais quoi ?

— Bien, vous allez tous les deux vous rendre discrètement à Roskilde et vous allez vous débarrasser de Matthaeus à l'hôpital, un accident est si vite arrivé !

— L'hôpital, on y meurt autant qu'on guérit, alors un de plus ou un de moins ça ne se verra pas mais je ferai comme vous voulez, ce sera un accident.

— Bien, bien… et en même temps tu fais disparaître Douglas ! Je n'ai plus confiance en lui et de toute façon il est grillé au Danemark ! Il ne nous sert plus à rien.

— Bien ce sera fait ! Autre chose ?

— Non, laisse-moi à présent… Je vais suivre ton conseil et me reposer un peu.

— Je vous laisse alors…

Nathan pris la main du grand Maître, embrassa sa chevalière et sortit rejoindre Douglas.

— Comment va-t-il ? demanda Douglas en voyant réapparaître le mastodonte.

— Ça va, il se repose… Tu as remarqué ?

— Quoi donc ?

— Ses crises sont de plus en plus fréquentes, il pense que c'est bientôt la fin.

— Comment ça?

— Tu as bien vu comme moi, il crache du sang, ce sont des signes qui ne trompent pas.

— Oui... On ne peut pas grand-chose pour lui. Que fait-on maintenant?

— Maintenant?

— Oui, maintenant?

— Maintenant tu te reposes, demain on repart à Roskilde et on élimine les traces de notre passage!

— Il n'est plus question d'éliminer Matthaeus alors?

— Ça dependra de ce qu'on trouvera.

— Bien!

Douglas savait bien que le grand Maître n'aurait jamais changé d'avis aussi rapidement, tout souffrant qu'il était. Aussi, préféra-t-il faire mine de se rallier à Nathan. Il valait mieux endormir ses soupçons, s'il en avait, que de l'avoir derrière soi, prêt à vous sauter dessus. Nathan glissa le bras autour de son cou comme un vieux camarade.

— Avant d'aller dormir, je t'offre une bière!

— Une bière? À huit heures du matin?

— Eh quoi?

— Les pubs sont fermés à cette heure-ci!

— Ah? Euh oui bien sûr! Je suis bête!

Pour une fois que le Néandertalien faisait preuve de lucidité, Douglas crut bon de se montrer sympathique.

— Bon, alors c'est moi qui t'offre un café!

— Où ça?

— En bas de la rue, c'est un petit bar sympa qui ouvre très tôt.

— Ah ?

— Il est tenu par un français…

— Un français ?

— Oui, il te plaira, c'est un ancien de la légion étrangère et il fait des croissants extra avec son café !

— Des croissants ?

Décidément, l'homme de Néandertal était retourné à son paléolithique natal. La conversation autour du petit noir promettait d'être consternante et ennuyeuse à souhait…

Chapitre 3

Sans trop de conviction ni d'ardeur, le gros bonhomme de la maintenance du musée maniait la pelle pour ramasser les gravats qui jonchaient le sol de la salle de réunion et les entassait dans sa petite brouette. Chaque départ de brouette était assorti du même rituel : il commençait à pester et maugréer de tout son saoul et à qui voulait bien l'entendre contre l'administration danoise qui lui faisait faire n'importe quoi ou qui ne savait rien faire comme il faut, puis il poussait son engin en soufflant tout ce qu'il pouvait comme une vieille locomotive à vapeur, tout en marmonnant encore et encore.

Anna et Éric ne prêtaient pas vraiment attention à ce qu'il faisait, ni à ce qu'il disait d'ailleurs. Parfois Éric relevait la tête en captant quelques mots qui l'intriguaient mais il replongeait bien vite dans les livres tant le flot de paroles de l'homme était lancinant.

Ce matin, Anna avait apporté quelques croissants à la pâte d'amande qu'elle avait réussi à dénicher dans une petite boutique de Roskilde spécialisée dans la viennoiserie française, chose pas très courante au Danemark. Elle pensait continuer les recherches avec

Éric dans le bureau de Matthaeus tout en se régalant d'un petit déjeuner entre amoureux. Par contre elle n'avait pas imaginé un seul instant qu'une grosse locomotive suante et sifflante ne vienne perturber ses projets, et qu'en guise d'intimité, elle ne reçoive qu'une marée de complaintes nauséabondes et discontinues. Ça l'avait tellement contrariée, que sa bonne humeur matinale avait été anéantie et qu'une bouderie sans nom l'avait remplacée. Malheureusement, aucune des pitreries d'Éric, ni aucune de ses petites attentions n'avait réussi à lui faire esquisser le moindre sourire.

Aussi entre deux gorgées de café ou de thé et quelques bouchées de croissants, les deux jeunes gens fouillaient, dans un silence glacial, les profondeurs des pages à la recherche d'informations sur la chevalière que Douglas avait perdue dans sa fuite.

— C'est quand même curieux, cette croix est à la fois un peu particulière et aussi tellement banale, dit Éric.

— Oui, mais moi ce qui me titille c'est l'aspect très ancien de cette bague, on dirait un vestige des premiers chrétiens.

— Je ne pourrais pas te dire… Même si la photo est bien prise, c'est pas si évident. Et franchement, Anders aurait pu nous prêter la chevalière, ça aurait été plus pratique, non ?

— Eh ! Comme tu y vas, toi ! Bien sympa qu'il nous ait fait passer la photo !

— Oui, oui, mais elle n'est pas franchement top… Et en plus c'est du noir et blanc !

— Tu sais qu'il a pris des risques pour avoir ça! Tout commissaire qu'il est, il n'a pas le droit de sortir les éléments d'un dossier, et encore moins de les donner à des personnes impliquées!

— Oui, oui, je sais ça, Anna, mais il nous a quand même dit que nous étions hors de cause!

— Oui... En omettant quand même volontairement de rapporter ce que tu as fait!

— Comment ça?

— Allons Éric! Tu ne vas pas me dire que tout le monde a cru que le mur était fragile et que Matthaeus est passé à travers comme s'il avait glissé sur une peau de banane!

— Ouais, ouais, ça va… De toute façon Anders n'a jamais cherché à savoir ce qui s'est passé réellement.

— Tu sais, ce n'est pas parce qu'il ne demande rien, qu'il ne se doute pas de quelque chose. Je te parie qu'il a fait analyser le sang par terre.

— Tu crois?

— Oui! Et je suis certaine qu'il sait que c'est le mien!

— Et alors?

— Alors? Réfléchit idiot, il y avait au moins 2 litres de sang par terre! La tâche était gigantesque!

— Hum…

— Enfin Éric! Anders a vu des scènes de crime en pagaille et une mare comme ça, il sait très bien ce que ça veut dire…

— Je ne comprends pas, où veux-tu en venir?

— Tu le fais exprès aujourd'hui ou quoi ? C'est le croissant ? T'es allergique à la pâte d'amande ?

— Enfin non voyons !

— Pff ! Qu'est-ce que t'es lourd… Anders sait très bien que quelqu'un qui perd autant de sang ne peut pas se relever comme une fleur ! C'est forcément un macchabée ! Là, tu piges ?

— Oui, oui j'ai bien compris mais tu penses qu'il va faire quelque chose contre nous ?

— Pour l'instant rien ! Je le connais trop bien depuis le temps, tu sais ! Je pense qu'il va rester tranquillement en observation, de loin, comme si de rien n'était… Et puis il agira quand il aura récolté suffisamment d'informations.

— Mais il nous a couverts quand même.

— Oui je sais, ça c'est… C'est peut-être à cause de moi !

— C'est-à-dire ?

— Lui et moi c'est une longue histoire… Je lui dois beaucoup et il n'a jamais eu d'enfants alors je suis un peu sa fille. Enfin tout ça tu le sais déjà.

— Oui je sais qu'il t'aime beaucoup, mais je ne sais pas si ça fera de lui un beau-père acceptable !

— Hé ! Parce que tu crois que toi, tu es son gendre idéal ?

Elle lui envoya sa serviette en papier roulée en boule en pleine tête.

— Attends tu vas voir, ce que tu vas voir…

Il chiffonna lui aussi sa serviette en papier et s'apprêta à la lui lancer lorsqu'il fut interrompu par l'agent de maintenance.

— Moi, J'ai fini ! Pour le reste, dit-il en désignant le trou béant, je ne suis pas maçon ! Vous pourrez dire au professeur Christiansen que c'est à lui de s'en occuper !

— Oui, oui, nous lui dirons, répondit Éric, en se retenant d'éclater de rire.

L'homme sortit en grommelant une fois de plus et disparut dans le corridor avec sa brouette gémissante et sa pelle.

— Ah, je vois bien ton oncle avec une truelle, c'est sûr ! ricana Anna.

Immanquablement ils éclatèrent de rire tant l'image du scientifique stupide ne sachant pas quoi faire avec sa truelle au pied du mur pouvait être comique, surtout connaissant le professeur Christiansen… Exactement le contraire d'un bricoleur et bien loin d'un Indiana Jones !

— Bon sérieusement, qu'est-ce que tu as trouvé sur la chevalière ?

— Pas grand-chose, mais ça me fait quand même penser à l'Angleterre.

— L'Angleterre ? Pourquoi ?

— La croix, elle ressemble à celle des templiers mais c'est différent et ça me rappelle un truc que j'avais vu une fois là-bas, quand le professeur m'avait emmenée, une conférence sur l'art viking je crois… J'avais vu une sorte de croix qui lui ressemblait mais je ne me rappelle plus où.

— Toi tu penses que c'est anglais ? Pourquoi pas, Anna… Après tout Douglas est anglais, ça peut coller.

— Et pour toi, l'inscription autour de la croix, ça te parle ?

— Bien, en fait, « Sic itur ad astra » c'est du latin…

— OK, Éric, Bravo ! Je n'ai peut-être pas le don des langues comme toi mais j'avais déjà compris !

— Je m'en doutais, mais écoute plutôt la traduction : « c'est ainsi qu'on s'élève vers les étoiles ».

— Tu es sûr ? C'est pas plutôt un truc du genre « c'est ainsi qu'on se rapproche de Dieu », enfin quelque chose plus en rapport avec la religion ?

— Non justement, c'est ça qui est bizarre, ici il s'agit bien des étoiles !

— Ça ne fait pas très religieux ça !

— Pas vraiment, c'est sûr ! Mais j'ai trouvé des petites maximes ou des phrases comme ça dans ce livre sur l'héraldique… Enfin sur les blasons quoi.

— Et ?

— Euh rien !

— Mais tes phrases de blasons c'est dans quel pays ?

— Ah ! C'est *british* ! Des trucs d'Oxford, des confréries universitaires, des choses pour les grosses têtes…

— Tu ne percutes jamais toi !

— Quoi ?

— Rien ! Je me demande ce que je peux te trouver, répondit-elle en l'embrassant goulûment.

— Qu'est-ce que j'ai fait ?

— Matthaeus avait parlé d'une confrérie… Alors confrérie, Oxford, anglais… Tout ça c'est plutôt clair !

— Oui tu as raison je n'avais pas fait le lien, reste à trouver quelque chose en Angleterre qui nous parle d'étoiles, de religion, ou d'une université…

— Je ne suis pas totalement d'accord, Éric !

Elle tournait autour de lui en lui glissant des petits bisous dans le cou ce qui avait le don de le chatouiller, sa mauvaise humeur semblait s'être totalement évaporée.

— Je dirais qu'il faut d'abord rechercher du côté des églises anglaises ! C'est une croix, donc c'est religieux !

— Bon, des églises, des croix, en Angleterre ! Et hop !

Éric partit enjamber le trou dans le mur pour aller dans la salle de réunion.

— Mais qu'est-ce que tu fais, Éric ?

— J'ai vu un guide touristique sur la Grande Bretagne dans un des cartons… Où c'était déjà… Ah ! Oui je l'ai !

— Pas bête ! Bravo !

— Merci, mademoiselle, fit-il en tirant une révérence avec la grâce d'un éléphant à trois pattes ce qui eut le mérite de la dérider définitivement.

— Allez, arrête tes pitreries et viens me montrer !

Éric posa le guide sur le bureau et commença à parcourir l'index à la recherche des églises…

— Tiens regarde Anna ! Ici on parle de suivre les pas de Saint Cuthbert !

— Saint Cuthbert ? Je ne le connais pas celui-là ! Il n'est pas dans le calendrier.

— Tu te vois toi, appeler tes enfants Cuthbert… Ça sonne un peu comme « grosse Berthe », ça doit être pour ça qu'ils ne l'ont pas mis dans le calendrier.

— Ne te moque pas ! Aujourd'hui c'est peut-être démodé mais à son époque il devait avoir son charme !

— C'est certain, ça devait grouiller de petits Cuthbert…

Tout en plaisantant, Éric feuilleta rapidement le livre à la recherche de quelques images ou gros titres qui auraient pu les mettre sur la bonne voie.

— Bingo !

— Quoi bingo ?

— Une belle croix comme ça ! C'est pas beau Anna ? dit-il en lui montrant l'illustration qu'il avait trouvée.

— Oui d'accord, complètement d'accord même. C'est la même croix, mais regarde l'inscription, c'est en anglais, pas en latin, c'est marqué « St. Cuthbert's way », le chemin de Saint Cuthbert ou la manière de Saint Cuthbert, ça dépend de ce qu'on veut dire…

— Pas faux ! Mais malheureusement il n'y a pas trop de rapport entre les étoiles et le saint en question !

— Moi je dis que justement il y a un rapport ! D'abord, la croix, c'est la même et apparemment c'est celle de Saint Cuthbert, tu es d'accord avec ça ?

— Oui, oui, pas de problème, on est d'accord, il s'agit de Saint Cuthbert.

— Ensuite, tu as l'inscription en anglais… tu es d'accord encore pour dire que c'est récent, on aurait quelque chose en latin si c'était plus vieux, tu me suis toujours Éric ?

— Oui, toujours, Anna, tu veux dire que la chevalière de Douglas serait antérieure à ce que nous avons là.

— Tout à fait ! Je sais que c'est peut-être tiré par les cheveux, enfin un poil tiré…

—Hihihi ! Non à peine ! Mais ça pourrait expliquer ce que tu disais tout à l'heure quand tu parlais de l'aspect de la chevalière.

— En plus si c'est en latin ça doit dater d'avant Henri VIII…

— Pourquoi Henri VIII, Anna ?

— J'ai lu quelque part qu'il y avait des embrouilles politiques avec le Pape et du coup il a préféré gérer lui-même les affaires de l'Église en devenant son chef, d'où l'inscription en anglais et non en latin… Tu vois, Éric, ce n'est pas si tordu !

— Mais je n'ai jamais dit le contraire, mon amour, j'adore ce qui est tordu… Chez toi !

— Pff idiot !

— Hihihi !

— Essaye plutôt de faire le malin en trouvant des infos sur ce Saint !

— Et hop, une histoire de Saints… À vos ordres mademoiselle… Je cherche !

Éric fit le tour de la pièce en sautillant comme une jeune biquette en attrapant sur les étagères des ouvrages qui pouvaient faire allusion à l'histoire anglaise ou l'histoire des saints en général.

Après quelques bonds supplémentaires, il déposa les livres sur le bureau en affichant un large sourire.

— Bon… Voyons ce que ce kangourou français a ramené dans sa poche ? dit-elle en lui caressant affectueusement la tête.

Les deux jeunes gens reprirent leurs recherches mais ils n'eurent pas besoin de chercher bien longtemps…

— Je l'ai ! fit Éric

— Déjà, mais tu as à peine feuilleté deux ouvrages !

— J'ai de la chance, voilà tout !

— Qu'est-ce que ça dit ?

— Dans ce bouquin… Je crois, qu'il est fait référence à un vieux livre sur les Saints, et on y parle de ce Saint Cuthbert.

— Vas y raconte !

— OK, il n'y a pas grand-chose mais voilà… Il est écrit que ce Saint Cuthbert est le saint patron de la Northumbrie et qu'il est né en 634 et qu'il est mort en 687.

— C'est quoi la Northumbrie ?

— Attend, j'ai une info dans le dico… C'est un vieux royaume qui date du Moyen Âge et apparemment il doit se situer au Nord pas loin de la ville de York… Ah ! Quelque chose d'intéressant… Il est question des vikings ?

— Des vikings ?

— Oui, ça dit que c'est au monastère de Lindisfarne qu'a eu lieu la première attaque viking en 793.

— Effectivement c'est intéressant et sur Saint Cuthbert, il y a autre chose ?

— Pas vraiment dans le dico on dit qu'il a un rapport avec les évangiles de Lindisfarne justement, mais rien de plus.

— Et dans l'autre bouquin ?

— Eh bien, pas trop de choses non plus… Ça parle un peu de sa vie…

— Attends passe-le moi… Hum, au départ il vient d'une famille modeste. Petit, il est gardien de moutons et un jour qu'il amène ses moutons dans les pâturages, il voit quelque chose, une lumière, et il pense que c'est l'âme de Saint Aidan qui est emmenée par les anges.

— Ouais, bof, rien d'original, il a vu quelque chose qu'il n'a pas pu expliquer et paf c'est forcément une « bondieuserie » !

— J'en sais rien Éric, peut-être… Ce qui est sûr, enfin si on peut l'être avec ces choses-là, c'est qu'il aurait vu quelque chose qui, pour lui, était extraordinaire à cette époque.

— Admettons…

— Bref, je continue… Il va au monastère et il devient moine.

— On reste dans le banal… Du très classique pour un Saint, je présume qu'il a fini en martyr comme tous les autres… Une mort atroce…

— Attends Éric… Il y a quelques petites notes intéressantes… Ici il est dit que « son endurance et sa résistance était hors du commun par rapport aux autres moines ».

— Mouais, ils arrangent la sauce pour faire de lui quelqu'un d'exceptionnel, c'est de la propagande de clergé ça.

— Oui peut-être mais là, il est dit qu'on lui prête plusieurs miracles de guérison.

— Des miracles de guérison ?

— A priori, il partait dans les campagnes chez les miséreux et il les soignait… Euh… Et puis il a fini évêque, et non ! Il n'est pas devenu martyr, il est mort de vieillesse… Peut-être à Lindisfarne… Mais son cercueil a été déplacé dans l'église de Durham.

— Un évêque, tu parles qu'il devait s'occuper des pauvres ! À l'époque et à ce rang, il devait nager dans l'opulence…

— Justement, pas lui ! J'ai une autre note ici, elle dit qu'il portait le même costume que les moines et qu'il n'en changeait que lorsqu'il était vraiment usé… Qu'il était aussi pauvre que ceux qu'il voyait… On dit même qu'il devait sortir en douce pour aller voir les pauvres gens sans que ses supérieurs ne le sachent.

— En douce ? Ah là, il me plaît !

— Hihihi ! Attends c'est pas tout… Se sentant trop vieux, il est parti s'isoler dans les îles de Lindisfarne et durant tout ce temps, il a observé les oiseaux des îles et il aurait même écrit les premières lois sur la protection des oiseaux.

— Eh bien, décidément, il n'est pas banal celui-là ! Finalement je l'aime bien, tu as encore autre chose encore sur lui, Anna ?

— Non je ne crois pas… Ah, si! Là! Mince alors!

— Quoi? Quoi? Raconte!

— Il y a un truc bizarre, son cercueil a été ouvert plusieurs fois!

— Et alors?

— Alors, à chaque fois qu'il a été ouvert, les gens ont été surpris de voir l'état de son cadavre.

— En putréfaction, c'est horrible! Normal!

— Non, justement, parfaitement conservé!

— Comme une momie?

— Non, vraiment parfaitement conservé comme s'il était mort la veille.

— Bien ça dépend quand ils ont ouvert le cercueil…

— C'est ça le truc, Éric! Il a été ouvert en 698 puis en 1104 et enfin en 1537 et à chaque fois ça dit que le corps était frais comme s'il était mort la veille. Il y a presque mille ans d'écart entre sa mort et la dernière ouverture de cercueil, tu te rends compte?

— Oui mais est-ce que ce ne serait pas du folklore religieux pour impressionner les gens de cette époque et rajouter un peu plus de mystère à sa personne?

— C'est possible, mais généralement chaque mystère a son origine. Comment dites-vous en France? « Il n'y a pas de fumée sans feu » c'est ça?

— Oui, oui, Anna, c'est la bonne expression, tu te mettrais au français peut-être?

— Euh, je dirais qu'il vaut mieux bien connaître son ennemi…

— Comment ça son ennemi?

— Hihihi, ça c'est une expression anglaise je crois…

— Pff!

— Bon, sérieusement Éric, si on résume un peu, on a une personne d'origine modeste, qui décide de devenir moine lorsqu'il lui apparaît quelque chose. Puis qui est plus fort que les autres moines et à qui on prête des miracles de guérison.

— Oui…

— Autre chose curieuse, il y a un mystère autour de son cadavre qui reste dans un état de conservation remarquable…

— Et que c'est un type qui fait le mur pour aller soigner les pauvres!

— Ah, il te plaît son caractère de rebelle!

— Oui, je trouve qu'il te ressemble en plus, c'est toi la rebelle d'habitude!

— Oui, oui n'en rajoute pas, j'ai compris! dit-elle en lui envoyant gentiment son coude dans les côtes.

— Bon, on a presque fait le tour, il y a plus qu'à rajouter la sauce viking là-dessus!

— C'est vrai! Mais il y a deux choses qui me titillent.

— Quoi encore Anna?

— Pourquoi ont-ils ouvert son cercueil plusieurs fois?

— Euh, peut-être pour faire un inventaire des reliques? Je ne sais pas, moi! Peut-être pour voir s'il était encore là?

— Idiot! Celui de 1537 est encore plus bizarre.

— Pourquoi celui de 1537?

— Eh bien les deux premières ouvertures de cercueil coïncident avec le déplacement du cercueil de Lindisfarne vers Durham ou quand ils ont voulu le protéger des saccages vikings. Mais celui de 1537, on est en pleine période Henri VIII !

— Henri VIII ? C'est le même dont tu parlais tout à l'heure pour l'inscription anglaise plutôt que latine ?

— Oui Éric, il a dû se passer quelque chose à ce moment quand ils ont ouvert le cercueil.

— Hum… C'est quoi la deuxième chose qui te titille ?

— À vrai dire c'est par rapport à toi !

— M'enfin Anna, qu'est-ce que j'ai encore fait !

— Rien, voyons ! Je veux dire que ce type avait un don pour guérir les gens… Et il a vu une lueur qu'il lui a fait penser à l'âme d'un autre Saint… Ça ne te dit rien ?

— Tu penses qu'il était comme moi ?

— Mise à part que lui ne fait pas passer les gens à travers les murs, oui !

— Hé ! Pour le mur ce n'est pas de ma faute ! Il fallait bien se défendre !

— Éric, je te charrie !

Elle l'enlaça et plongea ses yeux dans les siens à la recherche de la petite lueur bleue qui se cachait tout au fond.

— Je sais bien que tu nous as tous sauvé… Mais je crois que cette force où ce pouvoir, tu dois apprendre à le domestiquer, le juguler ! Non ?

— Et tu penses que ce type peut m'aider à trouver des réponses ?

— Je ne sais pas, je pense que ça vaut le coup de vérifier, tu ne crois pas ?

— Oui tu as raison, d'autant qu'il y a encore des histoires de vikings là dessous, donc c'est la même piste.

— Peut-être que non ou peut-être que oui ! Pour ça il faut allez voir !

Il plaça les mains autour de sa taille et la serra davantage contre lui.

— Et tu crois qu'Anders nous laissera faire ?

— Je ne sais pas.

Elle en profita pour lui glisser un petit baiser dans le creux du cou, puis elle lui susurra à l'oreille.

— Il faut être bien gentil et peut-être qu'il nous aidera, c'est dans son intérêt.

Elle le repoussa alors gentiment et retourna farfouiller dans les livres sur le bureau.

— Comment ça dans son intérêt ?

— Oui, pour son enquête il doit absolument retrouver Douglas, et nous, on lui fournit la piste qui lui manque !

— Rien ne dit qu'il va nous aider, je pencherais même plutôt pour le contraire.

— Pas forcément, qu'est-ce qu'il peut faire en Angleterre ? Rien ! Ou plutôt, avant d'avoir le droit de faire quelque chose, il faut que ça passe par les ambassades, les ministères, Interpol ou d'autres organismes. Le tout saupoudré de politique et de politiciens… Autant dire que la piste sera froide quand il mettra le pied à Durham !

— Oui mais de là à ce qu'il nous aide… Et pourquoi Durham ?

— Anders est un type plein de ressources, crois-moi ! Quant à Durham c'est un bon point de départ puisque c'est là où est enterré Saint Cuthbert ! Euh enfin je crois… dit-elle en feuilletant les pages du livre qu'elle tenait, à la recherche de l'information.

— Oui c'est bien ça, dit-elle en tapotant du doigt une ligne du livre.

— Sur ce coup-là, je te laisse te débrouiller avec lui, moi, je suis hors-jeu.

— Il vaut mieux, en effet, je sais comment le prendre. Tiens, d'ailleurs je vais l'appeler tout de suite.

Elle décrocha le téléphone du bureau et composa tout naturellement le numéro du commissariat de police.

— Oui bonjour, je suis Anna, je voudrais parler à Anders, le commissaire Anders, c'est important !

Éric n'entendait pas ce que son interlocuteur lui disait mais visiblement le froncement de ses sourcils laissait penser que ça devait la contrarier.

— Il n'est pas là ? souffla-t-il.

— Attends Éric, c'est la standardiste, elle essaye de me mettre en rapport avec sa voiture, répondit-elle de la même manière en masquant le combiné.

Au bout d'un petit moment, Anna reprit.

— Oui je comprends ce n'est pas grave, ne t'en fais pas. Je vais aller directement à l'hôpital.

— Quoi ? Il lui est arrivé quelque chose ? Il est blessé ?

— Non attends…

Elle ne quittait pas le combiné et faisait signe de la main à Éric qu'il lui fallait attendre encore avant d'obtenir une réponse. Cependant elle voyait bien qu'il s'impatientait… Enfin, elle raccrocha.

— Il n'a rien ! Ne t'inquiète pas, Éric !
— J'avais cru à ton regard qu'il y avait quelque chose de grave.
— En fait, il a été appelé à l'hôpital parce que Matthaeus est sorti du coma.
— Merde ! C'est pas bon pour moi ça !
— Je ne sais pas… en tout cas Vilma n'arrivait pas à joindre sa voiture, ça veut dire qu'il est déjà là-bas.
— Vilma ?
— Oui, la standardiste, on se connaît bien.
— Oui c'est vrai, j'oubliais que le commissariat était ta deuxième maison !
— Pff, j'y ai des amis !
— Anna, je rigole, je n'ai rien contre les flics et puis j'aime bien Anders.
— Je crois qu'il t'aime bien aussi…
— Bon qu'est-ce qu'on fait ?
— As-tu un peu de sous sur toi ?
— Oui j'ai quelques billets, pourquoi ?
— Suffisamment pour un taxi, tu crois ?
— Oui, Anna, certainement…
— Parce que si on y va en bus on en a pour une éternité, l'hôpital est à l'autre bout de la ville, le taxi sera plus rapide.

Elle tira une petite fiche sous le téléphone de Matthaeus sur laquelle étaient inscrits plusieurs numéros dont celui d'une société de taxi.

— Astucieux !

— Oui, dans les bureaux on a tous une petite liste de numéros utiles qui est mise à jour tous les ans. Généralement on la glisse en dessous pour l'avoir à portée de main.

Elle décrocha à nouveau le téléphone et composa le numéro de la compagnie de taxi. Au bout de quelques secondes elle obtint son interlocuteur.

— Bonjour, je voudrais un taxi pour l'hôpital, c'est possible ?

— …

— Ah, oui pardon, on est au musée… Oui…

— …

— D'accord et rapidement c'est possible ?

— …

— Super ! Vous en avez un qui dépose quelqu'un à côté… Ah ? Il se libère...

— Merci beaucoup… Ah oui attendez, c'est combien le montant de la course ?

— … 22 couronnes…

Elle mit la main sur le combiné et s'adressa à Éric

— 22 couronnes c'est bon pour toi ?

Éric plongea la main dans son jeans et en ressortit une poignée de billets puis il acquiesça…

— OK pas de problème ! dit-elle. On l'attend, merci beaucoup ! Et elle raccrocha.

— Il arrive dans 5 minutes, le temps de déposer une personne à côté.

Éric l'attrapa par les hanches et l'enlaça…

— Ça veut dire qu'on a quelques minutes pour un baiser !

— Deux minutes Éric ! Il nous attend sur le parking à l'entrée !

Chapitre 4

Le taxi s'arrêta sous le porche du grand hôpital de Roskilde.

— Donc c'est 22 couronnes, c'est ça ? dit Éric au chauffeur.

— Oui c'est cela… Euh, excusez-moi mais vous ne travailleriez pas au musée par hasard ? répondit-il en s'adressant à Anna.

— Si, comment savez-vous ! répondit-elle tandis qu'Éric fouillait dans sa poche de jeans à la recherche de quelques pièces pour compléter son billet de 20 couronnes.

— Vous ne seriez pas la chef ?

— Euh la chef ? Non, je ne suis pas la directrice si c'est ce que vous voulez dire.

— Non… « LA » chef des vikings… Vous savez, celle avec les épées, les combats, tout ça !

— Ah ça ! Si, si, c'est moi, celle avec le casque doré ?

— Oui c'est ça, j'en étais sûr, je vous avais reconnue !

— Eh bien Anna, on peut dire que tu es célèbre, toi ! se moqua Éric.

— Tu parles…

— Si, si, tout le monde la connaît par ici, on l'appelle la guerrière de Roskilde ! ajouta le chauffeur de taxi.

— La guerrière de Roskilde ? Une vraie terreur, dis donc !

— Mon petit neveu participe aux activités pour les enfants au musée mais il est fasciné par les combats… Ils font tellement vrais !

— Il faudrait qu'il vienne nous voir à l'entraînement, si ça lui plaît, on lui mettra un casque sur la tête et il viendra se battre avec moi.

— C'est vrai, vous pourriez faire ça ?

— Mais oui, bien sûr, vous demandez Anna, mais chut ! C'est secret… Le mot de passe c'est « hydromel » !

— AHAHAHAHAH ! D'accord pour « hydromel » ! Oh, laissez tomber la course, c'est pour moi ! dit-il à Éric qui lui tendait l'argent.

— Non vraiment on va la régler !

— Bon… Alors je vous la fais moitié prix, ça va ? Je ne voudrais pas que la guerrière de Roskilde se mette en colère.

— 11 couronnes ? D'accord, se réjouit Éric.

— Mais vous êtes obligé de venir avec votre neveu ! Promis ? continua Anna.

— Promis ! Juré et craché si vous voulez !

— Non, non, ça ira comme ça, dit-elle en riant, merci beaucoup… On doit vous quitter maintenant, on va voir un ami qui…

— Ne m'en dites pas plus… Je comprends… Et puis je gêne, là, j'ai un confrère derrière qui veut la place…

dit-il en jetant un bref coup d'œil à son rétroviseur. À très bientôt alors !

Éric tendit son billet et le chauffeur de taxi lui rendit la monnaie.

— Oui à très bientôt… Et n'oubliez pas le mot de passe !

— Oui, oui, je n'oublierais pas, « hydromel », au revoir !

— Au revoir, monsieur, répondirent-ils tous les deux en claquant la portière.

Éric et Anna se dirigèrent vers l'entrée de l'hôpital et gravirent les deux petites marches qui les séparaient du palier tandis que le taxi s'en allait, laissant la place à son confrère. Le deuxième taxi se gara mais aucun des deux passagers à l'arrière ne se pressa de descendre.

— Eh bien messieurs les anglais, vous ne voulez plus descendre à l'hôpital ? demanda le second chauffeur étonné de les voir rester immobile à l'arrière de son véhicule.

— Si, bien sûr répondit l'un des deux hommes, nous souhaitons seulement terminer notre petite conversation, mais nous en avons pour deux minutes tout au plus, cela ne dérange pas ?

— Faites ce que vous voulez, j'ai personne derrière, mais ne traînez pas trop quand même sinon je serais obligé de laisser tourner le compteur !

— Ce n'est pas grave, faites ce que vous avez à faire, nous n'en avons vraiment pas pour longtemps.

— C'est vous le patron ! répondit le chauffeur en prenant le journal qui traînait à l'avant du véhicule.

Les deux passagers reprirent alors leur discussion en anglais :

— Douglas, pourquoi ne veux-tu pas qu'on descende ?

— Écoute, Nathan, juste devant nous, là, les deux jeunes qui vont pousser la porte, là, tu les vois ?

— Quoi qu'est-ce qu'ils ont ces jeunes ?

— La fille travaille au musée et son copain est le neveu du professeur Christiansen, ils connaissent mon visage !

— Ah ? D'accord, attendons un petit peu, le temps pour eux de prendre de la distance, après on évitera les ascenseurs, ils ne nous verront pas !

— Si tu veux, Nathan, mais s'ils sont là, c'est certainement pour Matthaeus… Je pense qu'il vaudrait mieux revenir un autre jour.

— Pas question ! Le grand Maître ne veut laisser aucune trace, et chaque seconde compte, alors terminons le travail ! Le travail que tu as foiré, d'ailleurs !

— Je n'ai rien foiré du tout ! Et je te dis que c'est trop risqué maintenant… Il doit y avoir des flics partout à l'intérieur.

— Et alors ? Un bon flic est un flic mort !

Voilà tout à fait le genre de remarque qui vous clouait le bec. Encore une fois, impossible de tenir une conversation plus d'une minute avec ce primate buté, pensait Douglas. Par contre, il était clair que quoi qu'il fasse, le primate serait entré dans l'hôpital et finirait la mission coûte que coûte. Douglas ne voyait pour l'instant aucune opportunité lui permettant de déjouer le dessein du grand Maître, aussi se résigna-t-il à descendre du taxi… Il trouverait bien quelque chose d'autre rapidement.

— Eh bien dans ce cas, tu payes! dit Douglas en claquant la porte.

Nathan s'exécuta et descendit à son tour du taxi pour rejoindre son partenaire sur le perron, puis ils entrèrent dans le grand hall d'accueil.

Comme dans tous les hôpitaux, il y avait un peu de monde mais cela ne les empêcha pas de remarquer tout prêt du comptoir le commissaire Anders en pleine conversation avec Anna et Éric. Par chance, les deux jeunes gens leur tournaient le dos, de sorte que seul Anders pouvait les voir. Malheureusement, le commissaire était bien incapable de les identifier: il ne les connaissait pas! Le duo anglais se glissa donc le long du mur et se faufila entre les personnes pour finalement s'engouffrer dans la première cage d'escalier venue.

— Anders, je t'assure qu'il n'y a pas d'autres solutions pour faire progresser l'enquête! dit Anna.

— Je ne sais pas, ce n'est pas à vous de faire ça! Et puis rien ne dit que votre piste anglaise est la bonne!

— Si, commissaire, réfléchissez! reprit Éric. Douglas est anglais et d'après ce que nous avons trouvé, la chevalière l'est certainement aussi. C'est là-bas que nous avons le plus de chance d'obtenir des réponses.

— Peut-être! Mais en aucun cas je ne peux vous y envoyer!

— Je t'en prie tu n'as pas le choix, surenchérit Anna, qu'est-ce que tu peux faire toi?

— Anna, Interpol c'est fait pour ça !

— Oui d'accord mais pour quel résultat ? Et puis sous quel motif veux-tu lancer un mandat d'arrêt international contre Douglas ?

— Eh bien…

— Rien du tout ! Tu n'as rien, tu sais très bien que sur ce coup-là, tu es coincé ! Nous sommes ta seule et unique solution !

Le commissaire Anders n'était pas homme à se faire dicter les décisions mais Anna n'avait tout de même pas tort. Après tout, qu'avait-il à perdre ? Anna et Éric passeraient inaperçus et pourraient circuler librement comme de simples touristes sans éveiller les soupçons. Et puis, de toute façon, il lui était interdit de mettre un pied sur le territoire britannique sans avoir une autorisation officielle. La solution d'Anna n'était pas dénuée d'intérêt, grâce à elle, son enquête pourrait peut-être enfin avancer, car pour l'instant, et même s'il n'osait pas se l'avouer, elle était au point mort ! D'un autre côté, il ne pouvait pas non plus les envoyer, c'était bien trop risqué… Et même si Anna savait parfaitement se défendre, le jeu en valait-il la chandelle ?

Un homme en blouse blanche, à coup sûr un médecin, s'avança vers lui et le tira de ses réflexions.

— Excusez-moi, commissaire !

— Pardon ? répondit Anders surpris.

— Vous êtes bien le commissaire Anders ?

— Oui, oui c'est cela !

— Bien, bonjour, je suis le docteur Mayers, je m'occupe de monsieur Matthaeus Vogter, dit-il en lui tendant la main pour le saluer.

— Ah, parfait! C'est vous que j'attendais répondit Anders en lui rendant la politesse assorti d'un sourire de convenance. Comment va-t-il?

— Comme je vous l'ai dit au téléphone, il est sorti du coma et il a beaucoup de chance de s'en remettre vu la violence du choc.

— Oui, il a effectivement fait une sacrée chute! Mais a-t-il dit quelque chose?

— Pas vraiment.

— Que voulez-vous dire?

— Il n'a rien dit! Enfin rien de très clair, quelques mots, rien de très cohérent.

— Il est encore en état de choc?

— C'est difficile à dire, commissaire, sa motricité est tout à fait correcte malgré les quelques côtes cassées et une vertèbre fracturée.

— Une vertèbre fracturée? Vous voulez dire qu'il ne marchera plus?

— Non, non, de ce côté-là tout va bien, la fracture est bénigne et la moelle épinière n'a pas du tout été touchée.

— Eh bien alors qu'est-ce qui ne va pas?

— La tête, commissaire, la tête! Il ne se rappelle pas des événements qui l'ont amené ici, quant à son nom c'est à peine s'il s'en souvient.

— Une amnésie post-traumatique?

— Oui… Mais c'est très curieux… C'est comme si des parties bien délimitées de sa mémoire avaient été effacées…

— C'est bien le propre d'une amnésie post-traumatique !

— Oui et non. Normalement, au pire, les patients oublient les quelques heures qui précèdent l'événement déclencheur, mais jamais plus. Dans le cas de Vogter, il s'agit de pertes de mémoire qui se comptent en années, en plus certaines choses ont disparu, par exemple il ne sait pas comment tenir une cuillère ou boire dans un verre.

— Vous pensez que son cerveau a subi des dommages irréversibles ?

Anna et Éric ne bronchaient pas et écoutaient sagement la conversation des deux hommes. Pourtant Anna sentait bien le malaise qui montait progressivement chez son ami. Elle lui prit la main pour le rassurer. Éric n'avait pas à se sentir coupable, après tout, il n'avait fait que la défendre contre la folie de ce Matthaeus qui lui avait tiré dessus. Elle savait très bien que pour lui c'était trop difficile à porter et elle voulait de tout son cœur l'aider à surmonter tout ça.

— Nous avons fait des tests et tout semble normal, nous n'avons pas non plus trouvé de trace de cortisol…

— Du cortisol ? Qu'est-ce que c'est ?

— Un substance qui à forte dose est neurotoxique…

— Je ne comprends pas pourquoi vous auriez dû en trouver ?

— Eh bien, en fait cette substance apparaît lors d'un stress extrême ou de survoltage émotionnel… Nous aurions dû en trouver plusieurs traces, mais ici rien ! Comme si le cerveau était bloqué mais il serait plus exact de dire que certaines fonctions ne veulent pas se remettre en marche, comme si quelque chose le bloquait d'un point de vue psychique.

— Et vous pensez que tout cela peut rentrer dans l'ordre ?

— Si vous parlez des blessures, aucun problème ! Mais du point de vue neurologique, je ne m'avancerai pas. Nous sommes dans l'inconnu.

— Hum… Vous pensez donc que l'interroger, c'est peine perdue !

— Pour être franc avec vous, commissaire, je pense que vous n'obtiendrez rien de lui avant plusieurs mois. Cependant, et c'est le médecin qui vous parle, tout échange ou interaction avec lui, peut ramener des souvenirs à la surface et donc accélérer sa guérison.

— Donc si je vous ai bien suivi, je vais perdre mon temps mais d'un point de vue médical ça lui fera du bien…

— Vous m'avez parfaitement compris !

Anders resta pensif une poignée de secondes. Matthaeus amnésique, c'était toute son enquête qui tombait à l'eau. Il était dans l'impasse la plus complète et il lui fallait plus de temps. Malheureusement du temps, il n'en avait plus ! Déjà que le procureur lui avait ordonné de classer l'affaire et qu'il traînait à transmettre le dossier, il n'y avait aucune chance qu'on lui permette de continuer. Et ce n'est pas les quelques miettes de liberté qu'il s'était octroyées qui changeraient la donne. L'espoir de résoudre l'affaire s'était définitivement envolé avec les paroles du médecin. Celui-ci perçut le désarroi du commissaire dans ses yeux, aussi il continua :

— Commissaire, une seule pièce peut suffire à terminer un puzzle !

— Pardon ?

— Oui, rien n'est écrit ! Il est tout aussi possible, que la remémoration d'un seul souvenir entraîne la remémoration de beaucoup d'autres voire de la totalité ou le déblocage complet du cerveau.

— C'est bien utopique !

— Non commissaire, je vous assure que cela arrive vraiment ! Par contre je vous mentirais si je vous disais que c'est fréquent.

— Vous me conseillez donc de tenter le coup !

— C'est ça ! Je vous conduis si vous voulez, c'est au 4e, chambre 420.

— Qu'est-ce que j'ai à y perdre, allons-y !

Les quatre personnes se dirigèrent vers l'ascenseur. Le médecin appuya sur le bouton d'appel et essaya encore de rassurer le commissaire en attendant que la porte ne s'ouvre.

— Il est arrivé à un de mes patients quelque chose de similaire…

— Vraiment ?

— Oui, il avait perdu les dix dernières années de sa vie, il ne reconnaissait personne, ni sa femme, ni sa fille !

— Mais, c'est affreux !

— Oui… Un jour sa famille est venue lui rendre visite avec son chien !

— Je ne savais pas que les chiens étaient autorisés dans l'hôpital ?

— Non bien sûr, c'était lors d'une promenade dans le parc à côté… Enfin, bref, il n'a pas reconnu son chien non plus… Par contre la bête s'en est trouvée tout particulièrement vexée, à tel point qu'elle l'a mordu assez fermement du reste.

— Ah bon ?

— Attendez, le plus beau arrive… Le patient a tellement rouspété après le chien que tout est revenu comme par enchantement.

— Se faire mordre a donc son avantage !

— Et, vous avez essayé cette méthode avec d'autres patients, s'amusa à ajouter Éric.

— Vous voulez dire les mordre ? Ne dites pas n'importe quoi jeune homme !

— Là je crois que tu l'as vexé, lui glissa Anna dans le creux de l'oreille.

Enfin l'ascenseur venait d'arriver et le petit groupe s'engouffra à l'intérieur.

Pendant ce temps, Nathan et Douglas avaient entrepris de faire diversion pour avoir le champ libre. Ils avaient pénétré dans les chambres les plus éloignées et avaient débranché quelques appareils afin de faire sonner les alarmes dans le poste des infirmières pour qu'elles s'y rendent promptement. À présent, il n'y avait plus personne au poste de surveillance et les deux hommes entrèrent dans la chambre 420 sans être vus.

Matthaeus était à demi allongé sur son lit et fixait bêtement l'écran éteint de la télévision. La venue des deux hommes ne le perturba pas et il continua à fixer l'écran vide comme si de rien n'était. Nathan claqua ses doigts à côté de l'oreille de Matthaeus ce qui n'eut aucun effet.

— Arrête! Tu vois bien qu'il est complètement sonné! Partons!

— Pourquoi ça?

— Qu'est-ce que tu veux qu'il nous fasse? Il ne m'a même pas reconnu!

— Ce n'est pas parce qu'il ne t'a pas reconnu qu'il ne peut pas parler à tort et à travers!

— Ne sois pas idiot, comment veux-tu qu'il raconte quoi que ce soit, regarde le pauvre gars, c'est un légume!

— Légume ou pas, il représente une menace potentielle, il doit disparaître!

— Il n'en est pas question, c'est un meurtre!

Nathan sortit son couteau et s'apprêta à frapper Matthaeus qui ne comprenait rien à ce qui lui arrivait. Douglas saisit le poignet d'une main et de l'autre la gorge de Nathan qu'il serra le plus fort qu'il put en le plaquant contre le mur.

— Je ne serais jamais complice d'un meurtre! lâcha-t-il.

L'ascenseur venait d'atteindre le quatrième étage. Le médecin et Anders devaient discuter encore du dossier de Matthaeus qui se trouvait au poste de surveillance. Aussi, en attendant, Anna et Éric furent autorisés à lui rendre visite. Ils ouvrirent la porte de la chambre 420…

— Douglas! crièrent-ils tous les deux.
— APPELEZ LA POLICE! leur hurla-t-il.
— Espèce de traître!

Nathan profita de ce moment d'inattention pour envoyer un violent coup de coude dans la mâchoire de Douglas qui lâcha prise. Sa main dégagée, il lui assainit deux violents coups de couteaux dans le ventre. Douglas s'effondra dans une mare de sang. Quant à Matthaeus, il était totalement effrayé et hurlait comme un cochon qu'on égorge en gigotant sur son lit. Nathan comprenant qu'il ne pourrait plus être maître de la situation, prit le parti de fuir. Il fonça droit vers la sortie en bousculant Éric et Anna qui n'eurent pas le temps de réagir. La tornade passée, Éric sauta par-dessus le lit pour porter secours à Douglas dont il pouvait percevoir le râle. Celui-ci n'était pas encore inconscient mais les trous béants dans son abdomen et le sang qui giclait en disaient suffisamment sur son état. Éric lança un tel regard désespéré qu'Anna comprit immédiatement ce qu'il voulait faire. Elle se posta dans l'encadrement de la porte, prête à faire le gué et accessoirement barrage. Éric se concentra, ses yeux devinrent luminescents et bleus, sa main entourée du halo de lumière frôlait déjà la plaie du pauvre Douglas, grimaçant, qui ne le quittait pas du regard. Le sang s'arrêta de couler et les plaies commencèrent à se refermer… À ce moment le docteur Mayers et Anders, arrivèrent en trombe, alertés par les hurlements de Matthaeus. Éric s'arrêta immédiatement de peur d'être découvert mais déjà le médecin le jeta en arrière pour examiner Douglas. Le médecin saisit l'oreiller du lit et en ôta la taie qu'il mit en boule et appliqua fermement sur les plaies du mourant.

Anders avait déjà disparu à la poursuite de l'assaillant.

Éric s'entêta et voulut absolument interroger Douglas de peur de ne plus pouvoir le faire après !

— Douglas, votre chevalière, d'où vient-elle ? s'empressa-t-il de lui demander.

— Jeune homme ce n'est pas le moment, dégagez je vous prie ! répondit Mayers, agacé.

— Tu… Tu es sur la bonne voie… Éric… Éric… gémit Douglas.

— Monsieur, restez tranquille, gardez vos forces ! dit Mayers tout en appuyant plus fermement sur les plaies.

— Oui, Douglas, dites-moi !

— Va…les réponses… là où tout a commencé…

Douglas n'eut pas le temps de dire autre chose qu'il sombra.

— Il est mort ? demanda Anna à Mayers.

— Non… mais fichez moi le camp ! répondit Mayers furieux.

Anna et Éric sortirent de la pièce juste au moment où un groupe de soignants arrivèrent en portant un brancard.

— Je peux le soigner, je peux le soigner ! répétait-il fébrilement.

— Calme-toi, Éric, tu as fait ce que tu pouvais, il est entre bonnes mains ici.

— Mais s'il meurt ?

— Il ne mourra pas ! Tu as fait ce qu'il faut !

— Je n'en sais rien, je n'ai pas pu terminer.

— Ah ?

— J'ai peur que cela ne soit pas suffisant…

L'équipe évacua rapidement Douglas sur le brancard. En passant devant lui, Éric pu constater qu'il continuait à perdre du sang, ce qui ne le rassura pas.

— Avoir ce don et laisser mourir quelqu'un ! Ce n'est pas juste ! pesta-t-il

— Éric, tu n'y peux rien, lui dit Anna en le serrant fort dans les bras.

À ce moment, Anders réapparut, rouge comme une pivoine et soufflant comme une baleine. Entre deux grandes inspirations, il réussit à glisser quelques mots. Anna et Éric ne comprirent absolument rien mais il était évident que le commissaire n'avait pas réussi à rattraper l'agresseur. Il fit signe de la main qu'il fallait attendre un peu pour qu'il puisse parler à nouveau tout en s'agrippant au montant de la porte de la chambre pour se retenir. Les deux jeunes attendirent quelques instants puis Anna rompit le silence :

— As-tu eu le temps de le voir au moins ?

— Non, non… C'est à peine si j'ai pu voir son dos… Et puis il courait tellement vite, ça doit être un sportif !

— Une armoire à glace d'un mètre quatre-vingt-dix, les cheveux super courts ! Moi je dirais un militaire, ajouta Éric.

— Oui, c'est possible, mais je n'ai pas vu son visage, et vous deux ?

— Ça s'est passé trop vite, il nous a bousculés dès qu'il nous a vus pour s'enfuir… Je n'ai rien pu voir commissaire, dit Éric.

— Et sinon qu'est-ce que vous avez vu alors ?

— Quand nous sommes entrés, Douglas et le grand type étaient en train de se battre. Je pense que Douglas l'a empêché de poignarder Matthaeus.

— Décidément ce Douglas est plein de surprises !

— Oui, il nous a même crié d'appeler la police.

— Je pense qu'il voulait empêcher l'homme de s'en prendre à Matthaeus. Il devait être là pour le tuer.

— C'est certain, mais il en a fait les frais. Pourquoi vouloir le tuer ? marmonna Anders qui commençait à réfléchir à haute voix. Il faut un mobile, une raison… Pourquoi voudrait-on assassiner un conservateur de musée ? Et amnésique en plus !

— Pour le faire taire, répondit Anna.

— C'est certain mais que pourrait cacher un conservateur…

— Un trésor ? Un secret ? Des papiers, de l'argent… Enfin ce genre de choses, précisa Éric.

— Oui c'est évident, ou peut-être tout ça à la fois…

— Mais le professeur Christiansen disait que les richesses de la prophétie devaient être des qualités humaines dans le sens viking et non un trésor.

— Oui mais Matthaeus a toujours parlé d'un trésor, il n'a jamais cru le professeur, et manifestement il n'est pas le seul à le penser. De toute façon nous n'apprendrons rien du professeur Matthaeus avant des mois, vu son état. J'ai hâte de pouvoir interroger Douglas… Je suis certain qu'il possède la réponse à bon nombre de mes questions.

— Je crains que cela ne soit pas possible, dit une voix derrière lui.

Anders se retourna brusquement. C'était le docteur Mayers qui revenait.

— Vous n'avez pas pu le sauver ? Il est mort ?

— Il n'est plus là.

— Comment ça ?

— Il n'est plus là !

— Comment ça plus là ? Vous vous fichez de moi… Je l'ai vu sortir de la pièce dans un brancard entièrement couvert de sang et inconscient.

— Il s'est enfui… Et je ne comprends pas comment il a fait. J'ai bien vu les traces des deux coups de couteau quand j'ai appliqué la compresse… Mais arrivé au bloc une des deux plaies avait disparu.

— Qu'est-ce que vous racontez ?

Cette fois c'était le visage du médecin qui montrait du désarroi.

— Je vous jure ! Je n'ai jamais vu ça ! On dirait un cas de guérison spontanée.

— Vous divaguez, une guérison spontanée dans un hôpital ? Et pourquoi ne pas soigner dans les églises à coup d'eau bénite !

— Je sais c'est incroyable. Par contre, la blessure qui lui reste est très profonde. J'ai bien l'impression que la rate est touchée. Il n'en a pas pour longtemps s'il ne revient pas immédiatement à l'hôpital.

— Merde ! Merde ! Merde ! tempêta Anders en donnant un coup de poing dans le bâti de la porte. C'est pas possible je suis damné !

Anna et Éric avaient suivi la conversation religieusement et chuchotaient entre eux.

— Tu vois, Éric, ça a marché, une des deux plaies est guérie !

— Oui, ça a continué d'agir sans moi. Par contre, je ne lui donne pas cher de sa peau à cause de sa deuxième blessure… Ça pissait le sang !

— Peut-être pas, si ça continue d'agir ?

— Je ne pense pas, tu as entendu le médecin. Jusqu'à présent on n'a pas vu non plus que ce pouvoir avait une action à long terme.

— Moi je pense que si ça a pu guérir une des deux plaies, ça va forcément limiter les dégâts de l'autre, peut-être qu'il peut s'en tirer.

— Pour en être sûr il faudrait pouvoir le retrouver.

— Qu'est-ce que vous racontez tous les deux dans votre coin ? questionna Anders.

— Oh rien ! Seulement que Douglas détient certaines réponses et ça serait dramatique de le perdre.

— Oui, commissaire… Je pense qu'il faut absolument le retrouver.

— Il n'a pas dû aller loin avec sa blessure de toute façon.

— Oh ce n'est pas sûr, Éric, rappelle-toi, la dernière fois qu'il s'était enfui, un bateau l'attendait pour le conduire à un hélicoptère ! Il y a toute une logistique derrière lui.

— Tu as tout à fait raison, Anna. Si ça se trouve il est déjà en Angleterre, ajouta le commissaire.

Anders se grattait doucement l'oreille, d'évidence, il obtiendrait des réponses qu'en retrouvant Douglas ou en remontant sa piste. Par contre, la donne avait changé. Il ne s'agissait plus de retrouver un seul individu, mais plutôt de se frotter à tout un groupe. Et ça, ce n'était pas bon signe. Éric avait raison, le grand type au couteau devait être un professionnel. Et pour couronner le tout, il lui était absolument interdit d'avertir le procureur royal, sauf s'il voulait être radié de la police. Sur ce coup-là, il était seul et complètement coincé !

— Tu vois… Je pense qu'il va falloir nous laisser partir !

— Je sais… Laisse-moi réfléchir Anna.

— Anders, que crois-tu qu'il peut nous arriver ?

— Regarde ce qu'il vient de se passer ! Ces gens-là sont prêts à tuer !

— Et tu crois que ça me rassure ?

— Mais je sais me défendre !

— Il y a quand même une différence entre réaliser une chorégraphie de combat et se battre avec des armes réelles.

— Là tu es injuste, commissaire Denis Anders !

— Oui, oui, c'est vrai mais tu ne t'es jamais frotté à la réalité de ces choses, c'est trop risqué !

— Qu'est-ce qui est trop risqué ? D'attendre qu'un type nous plante son couteau dans le dos ou d'aller chercher des informations ?

— … Je sais où tu veux en venir Anna !

— Commissaire, personne n'ira soupçonner deux jeunes touristes ! dit Éric qui voyait bien que la conversation n'avançait pas.

— Encore faudrait-il vous faire entrer en douce…

Le regard d'Anders s'illumina subitement. Une idée venait de germer dans son cerveau de flic qui semblait le satisfaire.

— Attends, j'ai peut-être une idée…

— Ah ?

— Il faut juste que tu me jures de ne pas prendre de risque et de m'informer matin et soir !

— Oui ne t'inquiète pas, je suis une grande fille maintenant !

— Oui commissaire, et puis c'est la guerrière de Roskilde, non ?

— Ah n'en rajoute pas, Éric, sinon je te colle derrière les barreaux ou je te réexpédie en France.

— Hihihi ! Enfin Anders, Éric a raison, tu oublies que je mets la pâtée à tes hommes.

— Hum oui, oui, mais bon ils te connaissent depuis que tu es toute petite et puis là c'est du terrain ! Tu ne sais pas à qui tu vas avoir affaire.

— Si ! À des gens déterminés qui ne veulent pas qu'on en sache trop sur eux… Je sais très bien à quel genre de personne on va se frotter et nous serons nous montrer prudent.

— Hum… J'ai bien mon copain Jon qui travaille à la poste royale.

— La poste ? Qu'est-ce que ça vient faire là ?

— On a fait notre service militaire ensemble, j'ai confiance en lui c'est un vieux copain… Et pour la petite histoire, il est pilote pour la poste. Tous les jours, il se pose en territoire anglais ! Il pourrait vous embarquer en douce.

— Génial !

— Euh, ne t'emballe pas, Éric, il faut déjà qu'il accepte et puis il reste la question de l'argent.

— L'argent ?

— Oui, sur place il faut bien se nourrir, se loger…

— Les mandats ça existe !

— Mais oui, bien sûr ! Anna tu es géniale. Je vais vous envoyer un mandat à l'aéroport avec les fonds du service… Par contre vous n'oubliez pas de faire des factures… Je risque ma place là !

— Oui, on demandera la TVA aussi, ne t'inquiète pas…

La question était réglée. Anna et Éric allaient décoller pour l'Angleterre à la pêche aux infos et l'idée de jouer les espions était très excitante. Pourtant ce n'était pas l'exaltation qui l'emportait chez Anders. Même s'il ne le montrait pas, il était mort d'inquiétude à la seule idée de les mettre en danger.

Chapitre 5

Le bruit de ressac venait mollement rebondir sur les parois couvertes de mousses pour se perdre sans pouvoir atteindre le fond de la grotte. Apparemment celle-ci devait se remplir régulièrement lors des marées et un filet d'eau courait sur le sol sablonneux témoignant de la proximité de la mer.

Douglas gisait dans la pénombre, appuyé contre le rocher humide et pressant un pansement rudimentaire bricolé avec un morceau de sa veste. Le sang coulait lentement le long de son flanc. Le visage blafard, les yeux hagards, il fixait l'entrée comme s'il attendait sa fin.

— Dans quoi t'es-tu encore fourré, mon frère ?

La silhouette caractéristique d'un moine en robe venait d'apparaître dans le contre-jour. Douglas essaya de se redresser un peu tout en écarquillant les yeux pour mieux identifier la personne qui venait de lui parler.

— C'est toi Fergus ?

— Bien sûr, qui veux-tu que cela soit ? dit la silhouette en s'approchant de lui.

— C'est une longue histoire, mon ami, mais je ne sais pas si je vais avoir le temps de te la raconter. Mais merci pour le transport !

— Y a pas de quoi, mais ce va et vient d'hélicoptères va finir par attirer l'attention. Allez montre-moi !

Il souleva son pansement de fortune afin que le moine puisse se rendre compte de l'étendue de ses blessures.

— Eh bien c'est un sale coup ! dit Fergus, surpris.

— Oui, je crois que je me fais vieux… Ajouta Douglas en affichant un rictus de douleur.

— Je ferais mieux de te conduire à l'hôpital !

— Non, ils me retrouveront et puis je ne tiendrai pas jusque-là. L'as-tu avec toi ?

— Oui je l'ai… Mais je ne suis pas sûr qu'il soit encore très efficace.

— Je n'ai pas le choix ! Il faut essayer.

Le moine sortit une petite bourse en cuir de sa robe et défit délicatement le lien qui servait de fermeture. Il s'approcha ensuite de son ami mourant et souleva le linge souillé.

— Mais … On dirait qu'il y avait deux blessures !

— Oui, dépêche-toi…

Fergus fit glisser le contenu de la bourse dans le creux de sa main. C'était une très ancienne bague en argent surmontée d'un cristal bleu dont l'éclat était bien terne. Il glissa la bague à son doigt et approcha la main de la blessure. Dès qu'il fût suffisamment proche, le cristal s'illumina et un halo bleu enveloppa entièrement la main de l'ecclésiastique. La lumière bleue se communiqua ensuite à la plaie et fit son œuvre. Le sang s'arrêta presque instantanément de couler et la plaie commença à se refermer doucement. Malheureusement le halo bleu faiblit petit à petit pour finalement s'éteindre sans que la plaie ne puisse totalement disparaître.

— Je crois que le cristal ne fonctionne plus ! Comment te sens-tu ?

— Je n'ai plus mal… Enfin c'est supportable.

Il jeta un coup d'œil à sa blessure et constata que celle-ci n'était pas complètement guérie.

— Je crois aussi que le cristal a rendu son dernier office, mais je pense que ça ira.

Fergus posa à côté de la blessure une petite trousse pas plus grande qu'un livre de poche sortie dont on ne sait où.

— Je crois qu'il va falloir passer au traditionnel fil et aiguille, Douglas !

— Oui, vas-y, fait le nécessaire mon frère.

L'homme sortit un sachet de poudre de la petite trousse qu'il répandit généreusement sur la blessure puis tira d'une poche stérile une aiguille déjà garnie de fil à suturer et s'appliqua à le recoudre. Une fois sa tâche achevée, il rinça abondamment la plaie avec le liquide d'une petite bouteille et enfin y appliqua un large pansement.

— Voilà qui devrait tenir jusqu'à l'hôpital !

— Pas question, Fergus, je te l'ai déjà dit !

— Bon ! Comme tu voudras, mais tu vas rester tranquille, j'ai peur que la blessure ne s'ouvre à nouveau.

— Oui, oui… dit Douglas en essayant de se lever.

— Holà ! Il n'est pas question que tu te lèves. Attends encore un peu que tout ça agisse et puis nous irons à la planque.

— Tu as raison, je ne suis pas à une heure près.

— Mais enfin, pourquoi es-tu pressé, tu es en sécurité ici !

— Je sais bien, Fergus, mais il faut que je retrouve le jeune homme.

— De quoi parles-tu ?

— Tu te rappelles la dernière fois que je suis venu ?

— Oui tu devais rejoindre la confrérie… mais tu n'as jamais rien transmis d'autre que des signes de vie.

— Oui, tu sais ce que c'est, c'était trop risqué.

— Ça a un rapport avec eux ?

— Oui !

— Le jeune homme ? C'est celui que tu m'as demandé de faire surveiller ?

— Oui… Il détient le pouvoir du cristal !

— Quoi ? Il existe un autre cristal ?

— Non tu ne m'as pas compris ! C'est lui le cristal ! C'est lui qui détient le pouvoir.

— Ça explique ta deuxième cicatrice toute fraîche. Je suppose que c'est son œuvre ! Mais enfin pourquoi ne t'a-t-il pas complètement guéri ?

— Oui c'est ça, mais il n'a pas eu le temps.

— Il lui est arrivé quelque chose ?

— Non… Il a juste été interrompu. La jeune fille qui l'accompagne semble être au courant et le protège.

— Un agent extérieur ?

— Je ne sais pas… Elle est très surprenante, elle met en scène des combats de vikings au musée de Roskilde. Je l'ai déjà vue à l'œuvre et sa technique est plutôt originale mais aussi diablement efficace, je suis certain qu'elle viendrait à bout d'un commando. Elle est très forte. C'est une bonne couverture pour un agent effectivement.

— Ils sont une menace ?

— Je ne suis pas sûr. Lui semble ne pas comprendre ce qui lui arrive, il est assez naïf et cherche des réponses. Quant à elle, je ne sais pas. Elle joue peut-être un double jeu. Tant que je ne suis pas certain de son implication là-dedans, il ne faut pas la perdre de vue.

— Bon, je vais transmettre…

— Attends… Il faut que tu saches aussi. Le garçon détient le *Draupnir* !

— Quoi ! Tu divagues… Ce n'est pas possible !

— Si ! Je l'ai vu faire ! Il ne le maîtrise pas, je pense qu'il vient juste de le découvrir. C'est le directeur du musée qui en a fait les frais.

— Ils ont donc finalement réussi à percer le mystère de la prophétie.

— Le jeune garçon a réussi à déchiffrer les runes que Christiansen avait découvertes mais le message n'est pas très clair pour moi. Il est probable qu'il soit le fils de Lif de la prophétie.

— Je vois… Tu as besoin d'eux pour aller jusqu'au bout !

— J'ai surtout besoin qu'ils ne tombent pas aux mains de la confrérie ! Tu imagines si elle réussit à maîtriser un tel pouvoir ?

— Oh que trop bien ! Ce serait la disparition de tout ce que nous connaissons.

— Oui mais je ne sais pas encore si je dois faire confiance aux deux jeunes ou les éliminer.

— Les éliminer ? Vraiment, il n'y a pas d'autres solutions, Douglas ?

— Non mon frère ! Et crois-moi ça ne me plaît pas non plus. Mais il vaut mieux détruire un tel pouvoir que de risquer de voir quelqu'un s'en servir.

— Oui tu as raison… J'espère seulement que Dieu pourra nous pardonner pour ce que nous faisons.

— Je pense que si nous faisons fausse route il saura nous envoyer un signe.

— Je souhaite que tu aies raison mon frère.

— Je le souhaite aussi, Fergus… Je le souhaite aussi…

— Mais que savent-ils au juste ?

— Je ne suis pas sûr… Je pense qu'ils ont compris qu'il fallait mettre la main sur les cornes d'or ou ils ne vont pas tarder à le comprendre.

— Et sur la confrérie, ils savent ce que c'est ?

— Non, ils savent seulement qu'elle existe mais ils ne connaissent pas son véritable but. Le problème est que la confrérie ne va pas tarder à avoir connaissance de leur existence et à ce moment elle voudra s'emparer d'eux.

— Mais as-tu au moins découvert qui renseigne la confrérie ?

— Je n'en ai aucune idée, mais ça vient de haut ; le flic qui gère l'enquête a reçu l'ordre de classer l'affaire, c'est pour dire.

— Et ce flic ? Il est dangereux ?

— Le commissaire Anders ? Hum… De ce que j'en sais il serait plutôt intègre mais il a l'esprit du Pitbull.

— Du Pitbull ? Que veux-tu dire ?

— Quand on lui donne un os à ronger… Il ne le lâche plus !

— Alors il va nous mettre des bâtons dans les roues… Il faudrait s'en occuper.

— Ne t'inquiète pas, Fergus, c'est déjà fait ! Il a essayé de prendre des renseignements sur moi mais il n'a pas pu aller bien loin… J'avais passé des consignes et il en est resté là.

— Bien, alors c'est réglé !

— Sais-tu où sont les deux jeunes actuellement ?

— Oui, le contact de Copenhague dit qu'ils arrivent à Darlington dans deux heures tout au plus, via l'avion postal.

— L'avion postal ! Ils sont malins ! J'espère que la confrérie n'a pas eu la même idée.

— Je présume que tu sais où ils se rendent ?

— Oui Fergus ! Je les ai mis sur la voie, je suppose qu'ils vont à Durham, ils remontent la piste.

— Eh bien… Nous avons donc le temps de les intercepter avant qu'ils ne se jettent pas dans la gueule du loup, ce n'est qu'à 100 km d'ici !

— « JE » vais les intercepter, Fergus, toi tu restes à Lindisfarne.

— Mais enfin, Douglas, tu n'y comptes pas, dans ton état !

— Cesse de t'inquiéter pour moi mon frère, je me sens bien, je t'assure ! Et puis j'ai besoin de toi ici pour organiser la cache.

— Je ne sais pas si…

— C'est raisonnable ? De toute façon, ils ne te suivront pas, ils ne te connaissent pas ! Tu vois, il faut que j'y aille !

— Pff, de toute façon tu es têtu comme un mulet !

— Je te remercie !

— Y a pas de quoi ! Ne bouge pas !

Fergus lui tourna le dos et se dirigea vers l'entrée de la grotte où il ramassa un sac à dos qu'il avait laissé là.

— Qu'est-ce que c'est ?

— Un sac !

— Je le vois bien ! Mais qu'est-ce qu'il y a dedans ?

— Des vêtements… Je pense que couvert de sang comme ça, tu n'iras pas très loin avant qu'un flic ne te demande quelque chose.

Douglas regarda sa chemise, sa veste en lambeau et son pantalon. Il est vrai qu'il n'était pas très présentable.

— Euh… Ce n'est pas comme la dernière fois ?

— Quoi la dernière fois ?

— La dernière fois tu m'avais apporté un survêtement ! J'ai horreur des survêtements !

— Qu'est-ce que tu crois ? Tu m'as tellement seriné sur ce survêtement… Tiens regarde par toi-même. Et il lui jeta le sac aux pieds.

Douglas ouvrit le sac et en tira un t-shirt blanc à manches longues, un pantalon en toile noire qui ressemblait plus à un treillis et une paire de rangers, puis il regarda Fergus avec des yeux désespérés.

— Quoi ? Tu voulais un costume Armani ? Et tu aurais accepté que je mette en boule un costume à 1300 livres dans un sac à dos ? Si tu préfères je te passe ma robe, tu verras elle est presque neuve !

— Non, je plaisante, c'est parfait comme ça Fergus ! Mieux vaut quelque chose de pratique, il risque d'y avoir un peu de sport.

Douglas commença à se changer sous le regard désabusé de son ami Fergus.

— As-tu une voiture pour moi ?

— Monsieur ne va pas encore faire le difficile ?

— Moi ? NOON ! Sauf si tu m'as récupéré une 2CV !

— Tu m'énerves ! Un 4x4 Nissan ça te va ?

— Parfait ! Tu vois quand tu veux ! Il est garé où ?

— Sur le parking de la jetée, c'est le bleu-marine ! lui dit-il en lui jetant les clefs.

— Merci ! Qu'est-ce que je ne ferais pas sans toi ?

— Eh bien c'est très simple, tu serais mort depuis longtemps et moi je consolerais ta vieille maman.

— Assurément ! Mon ami, assurément… La voiture est « clean » ?

— Oui, oui… Les plaques sont fausses mais les papiers sont vrais, alors tu ne risques rien.

— Bon alors je vais y aller… Tu fais en sorte qu'il y ait ce qu'il faut à la cache quand je reviendrai avec les deux jeunes.

— Tu es bien sûr de toi ! Prends une arme au moins !

— Non pas question ! Il y a déjà eu trop de problèmes avec les armes… Et puis que peuvent-ils faire ? Me tirer dessus en plein jour et dans une cathédrale en plus ?

— Hum ! Ce n'est pas vraiment ce qui les gênerait.

— Non crois-moi, ils veulent se faire discrets maintenant, ils ont déjà suffisamment attiré l'attention sur eux avec l'histoire du conservateur du musée qui est passé à travers les murs, alors tu penses, il ne manquerait plus que Scotland Yard s'en mêle et ce serait l'apothéose.

— Ah bon ? Tu le penses vraiment même si le chef de Scotland Yard en fait partie ?

— Réfléchis ! Il serait bien obligé de mener une enquête et si elle est trop vite menée ou si elle est vide, ce sera encore plus suspect.

— De toute façon, cela ne nous appartient pas… Ils sauront faire ce qu'il faut.

— Comme tu dis ! Allez, j'y vais !

— Fais attention Douglas ! Je n'ai pas envie de tenir compagnie à ta mère !

— Hihihi ! Elle non plus !

Douglas franchissait déjà l'entrée de la grotte et commençait à disparaître dans la lumière du soleil d'été qui caressait les côtes de Lindisfarne.

— Hé Douglas ! Attrape-ça !

Douglas attrapa dans un mouvement réflexe l'objet que venait de lui lancer son ami.

— Une nouvelle chevalière ? Il en existe d'autres ?

— Non mon frère, c'est la dernière, prends en grand soin !

Fergus resta un instant immobile le regard figé dans la lumière en regardant son amis disparaître. Puis il entreprit de réunir les affaires de Douglas pour en former un tas. Il sortit de la grotte quelques secondes et revint un bidon d'essence à la main. Il aspergea abondamment les vêtements souillés de son ami de carburant et y jeta une allumette enflammée… Le feu ne fit qu'une bouchée du costume de Douglas et déjà il ne restait qu'un petit tas de cendres fumant sur le sol humide.

— Au moins avec Armani, ça brûle bien ! Si c'est pas malheureux !

Le moine ôta la bague de son doigt puis l'embrassa avant de la remettre dans la petite bourse en cuir qu'il rangea sous sa robe. Ensuite il réunit le reste des affaires qui restaient là et les enfouit au fond du sac à dos avant d'empoigner son jerrycan ! Enfin il jeta un dernier coup d'œil à l'intérieur de la grotte à la recherche d'objets qu'il aurait oublié de faire disparaître et satisfait, il s'éclipsa lui aussi dans la lumière extérieure.

Chapitre 6

— Merci beaucoup Jon ! dit Anna en descendant de l'avion postal.

— De rien ! Ça fait toujours plaisir de dépanner les vieux copains ! Ah oui, un conseil, pour sortir évitez les accès voyageurs !

— Oui, oui, répondit Éric sans trop savoir de quoi il parlait.

Jon leur fit un petit signe de la main et continua à brasser quelques sacs postaux dans la soute. Éric et Anna s'éloignèrent de l'appareil et se dirigèrent vers le bâtiment principal du petit aéroport de Darlington.

— Tu as compris ce qu'il a voulu dire par là, Anna ?

— Non, pas vraiment !

— Bon on verra bien ! D'abord, il faut trouver le guichet postal à l'intérieur, on pourra récupérer les sous qu'Anders nous a expédiés.

— Oui bonne idée, répondit Anna en poussant la porte vitrée.

— Hep ! Jeunes gens ! Par ici !

C'était un policier qui les interpellait et qui manifestement souhaitait vivement les contrôler.

— Mince, un flic, qu'est-ce qu'on fait Anna ? lui souffla-t-il.

— On fait ce qu'il demande, n'attirons pas l'attention…

— Bonjour Jeunes gens… Que faites-vous ici ? demanda le policier avec un petit air suspicieux.

— Nous visitons l'aéroport ! répondit Éric dans un anglais parfait.

— Vous visitez ?

— Oui je voulais montrer l'aéroport à ma copine danoise.

— L'aéroport ? Voyez-vous ça… Mais vous étiez sur les pistes…

Éric ne sut pas quoi répondre et son malaise fut perceptible. Anna comprit immédiatement qu'il fallait qu'elle entre en scène et qu'elle trouve quelque chose à dire… Son anglais n'étant pas terrible, elle risqua quand même quelques mots en forçant horriblement son accent danois.

— Ça être interdit, voir avions ?

— Oui jeune fille « ça être beaucoup interdit » !

— *ja ? undskyldning*… euh.

— Qu'est-ce qu'elle dit ?

— Elle dit qu'elle ne savait pas et qu'elle s'excuse…

— Hum… Ça fait longtemps qu'elle est sur le sol anglais ?

— Non, non, elle est arrivée il y a juste deux jours, elle devait récupérer un mandat postal aujourd'hui… Des sous de son oncle… Et j'en ai profité pour lui montrer l'aéroport… Je suis désolé c'est de ma faute, je ne savais pas.

— Bon, bon, vous m'avez l'air honnête tous les deux! dit le policier en leur jetant un regard plus sympathique. Je vais passer l'éponge pour cette fois. Par contre je vais devoir fouiller vos sacs c'est le règlement!

— Nous n'avons que ça! dit Éric en montrant son sac à dos!

— Bien, montre-moi ça.

Le policier déversa le contenu du sac sur la petite table qui lui servait de comptoir, puis il commença à inspecter les objets en les énumérant.

— Bien, une bouteille d'eau minérale… C'est bien! Un calepin, un portefeuille… Quelques billets français… Tiens? Pourquoi faire?

— Ah euh, je reviens d'un séjour en France, je n'ai pas encore eu le temps de les changer.

— D'accord… Pourquoi pas… C'est quoi ça?

L'agent de police avait pris la pièce métallique et la regardait sous tous les angles. Il la soupesait, la touchait, la caressait et même la reniflait! Visiblement elle l'intriguait beaucoup.

— Qu'est-ce que c'est que ce métal? Je n'ai jamais rien vu de semblable!

— Ah ça c'est une pièce spéciale qui provient d'un avion… Enfin, d'un prototype qui s'est crashé… C'est un souvenir que mon cousin m'a ramené… Vous savez j'adore tout ce qui touche à l'aviation!

— Quel crash?

— Ah euh… je crois que ça provient d'un missile et…
— Un missile ?

Plus il essayait de se justifier et plus le policier le questionnait, à tel point qu'Éric complètement déstabilisé ne savait plus ce qu'il devait répondre.

— Euh, mon cousin était infirmier pendant la guerre du Golfe et il a ramassé ça dans le désert et…

— Eh bien voilà ! Nous y sommes !

— Où ça ? demanda Éric qui se voyait déjà passer la nuit au poste.

— Eh bien, je n'aimerais pas visiter votre chambre, jeune homme, ce doit être un vrai capharnaüm si vous collectionnez les débris !

— C'est ce que ma mère me dit aussi !

— Bon, c'est en ordre vous pouvez ranger tout ça !

— Merci monsieur l'agent, dit Éric, soulagé, en rangeant son sac à dos.

— À propos… Bon séjour mademoiselle, dit-il en saluant Anna qui lui répondit par un petit sourire.

Anna et Éric s'éloignèrent tandis que l'agent de police reprenait la position du chien de chasse, le nez au vent, scrutant les visages et les attitudes des gens qui passaient à la recherche du moindre détail suspect.

— Les accès voyageurs ! J'ai compris ce que voulait dire Jon !

— Ah ?

— Oui Éric ! On aurait dû passer par la grille et faire le tour pour entrer par la porte principale, comme ça nous passions pour des « visiteurs » pour le coup et non pour des voyageurs qui reviennent du tarmac.

— On a eu de la chance qu'il nous ait crus !

— Oui ! Tu peux le dire… Tu as vu… Il n'a même pas vérifié nos papiers !

— Un vrai coup de bol ! Bon ne traînons pas, allons récupérer l'argent au guichet là-bas, puis on file d'ici…

Éric jeta son sac sur l'épaule et pris Anna par la main pour la mener vers le guichet postal où s'endormait la préposée.

— Bonjour, Madame !

— Euh ah… Bonjour jeune homme, répondit la vieille dame en sursautant.

— Je viens récupérer un mandat au nom d'Anna Thorsen.

— Vous avez une pièce d'identité car je suppose que ce n'est pas vous !

— Non, non, bien sûr c'est ma copine, là ! dit-il en montrant Anna. Elle est danoise et ne parle pas bien l'anglais.

— Il y a un début à tout, c'est pour ça qu'elle est ici, non ?

— Mais quelle drôle de question ! pensait Éric. Qu'est-ce que ça pouvait lui faire à cette vieille de savoir pourquoi Anna était ici ?

Anna avait compris ce que voulait la vieille femme et déposa son passeport sur le guichet. La préposée s'en saisit immédiatement comme si elle avait peur qu'on le lui vole.

— T.H.O.R.S.E.N, c'est bien ça... Bon voyons ce mandat... 500 livres...

— 500 livres ?

— Oui, qu'est-ce qui ne va pas ?

— Rien, rien, continuez.

Éric glissa un mot à l'oreille d'Anna qui lui répondit en Danois.

— Je pense qu'Anders a dû racler ses fonds de tiroir !

— C'est une somme énorme !

— On va essayer de ne pas tout dépenser... Ça lui fera plaisir.

— Alors jeunes gens, je fais quoi, Moi ? Je vous donne des grosses coupures ou des petites ?

— Ah... Excusez-moi, des petites coupures s'il vous plaît, Madame.

La vieille femme partit en bougonnant au fond de la pièce où Éric pu discerner un coffre-fort de la taille d'une petite armoire. Elle farfouilla dedans puis revint au bout de quelques minutes après avoir pris soin de verrouiller la porte du coffre.

— Voilà... 25 billets de 20 livres... Recomptez je vous prie.

Anna compta les billets soigneusement et en fit deux liasses à peu près équitables. Elle en tendit une à Éric mais la vieille femme s'interposa.

— Pas si vite jeune fille ! Vous devez signer le reçu d'abord !

Anna agacée, regarda la vieille femme plus attentivement. En fait, en premier lieu, elle l'avait prise pour une vieille femme acariâtre qu'on aurait dû mettre à la retraite depuis longtemps. Mais à y regarder de plus près, la femme était bien plus jeune qu'elle ne le paraissait à première vue. Ce devait être l'aigreur et la méchanceté qui avaient dû friper son visage de la sorte. En tout cas ce n'était pas l'amabilité qui en était la cause. Anna signa le papier et la vieille femme lui rendit son passeport ainsi qu'un double du papier.

— Merci, Madame ! dit Anna en s'efforçant d'être aimable.

La vieille dame ne dit rien et plongea la tête dans un tiroir sous son comptoir en guise de réponse.

— Viens Anna, tu vois bien que ce n'est pas la peine…
— Oui, partons… Tiens !

Anna lui confia la liasse de billets qu'Éric s'empressa de glisser dans une poche de son sac à dos tout en se dirigeant vers la porte principale de l'aéroport. Devant eux, une file de taxis, sagement garés les uns à la suite des autres attendaient leurs clients. Éric s'arrêta au niveau du premier taxi et s'adressa au chauffeur par la fenêtre ouverte.

— Bonjour, vous êtes libres ?
— Bonjour ! On ne peut plus libre mon ami ! Où voulez-vous aller ?
— À Durham, c'est possible ?
— Mais vous y êtes déjà !
— Comment ça ?
— Vous êtes dans le comté de Durham…
— Non je parle de la ville, c'est loin ?

— J'avais bien compris, je plaisantais! Durham est à 20 kilomètres d'ici, une petite demi-heure... Sauf si vous voulez emprunter la route touristique.

— Euh... À vrai dire, on voudrait aller à l'église de Durham...

— L'église? Vous voulez parler de la cathédrale?

— Euh certainement...

— Celle avec le tombeau de Saint Cuthbert!

— Comment savez-vous?

— Comment je sais quoi?

— Pour les reliques de Saint Cuthbert?

— Tout le monde le sait. Ici il y a plein de choses qui portent le nom de Saint Cuthbert...

— Plein de choses?

— Oui, ici aussi on a notre église de Saint Cuthbert!

— Ah?

— Mais, il y a beaucoup mieux à voir que les saints!

— Pardon?

— Oui! Pourquoi s'intéresser aux vieilles choses, toutes ces bondieuseries alors que Darlington est le berceau du chemin de fer! Vous vous rendez compte?

— Ah oui c'est géant! Mais on veut aller quand même à la cathédrale de Durham...

— Bon, bon c'est vous qui voyez après tout! Mais si ça vous intéresse revenez me voir ici, je vous donnerai de bonnes adresses.

— C'est gentil, merci...

— Allez, montez, les jeunes! Dorothy et moi on vous emmène!

Anna et Éric montèrent à l'arrière du véhicule qui démarra immédiatement.

— Qui est Dorothy ? demanda Éric au bout de quelques minutes de route.

— Mon taxi ! Là d'où vous venez vous ne donnez pas de nom à votre voiture ?

— Eh bien…

— Elle ne dit jamais rien votre copine ?

— Anna ? Si, mais elle ne parle pas bien l'anglais.

— Ah ? Et pourquoi donc ?

— Elle est danoise !

— Tu entends ça Dorothy ? On a des vikings à bord, c'est pas tous les jours !

Subitement, Anna éclata de rire ce qui surprit le chauffeur. Elle venait d'apercevoir la petite poupée grotesque collée sur la planche du tableau de bord à l'effigie de « Betty Boop » et sur laquelle le chauffeur avait écrit assez grossièrement le mot « Dorothy ».

— Pourquoi est-ce qu'elle rit ? demanda l'homme qui s'engagea sur la voie rapide.

Anna expliqua à Éric en danois que c'était franchement ridicule d'avoir appelé Betty Boop comme ça.

— Euh, elle avait compris quelque chose de travers, c'est tout ! préféra-t-il répondre.

— Ah !

La petite demi-heure de trajet passa finalement assez vite. Il faut dire que les échanges avec le chauffeur du taxi étaient assez particuliers. Un grain de folie, une once d'informations égrainées ici et là, et un bon morceau de n'importe quoi suffisaient à définir ce chauffeur du taxi. C'est d'ailleurs ce qui le rendait plutôt sympathique !

Le taxi s'arrêta à quelques mètres de la grande cathédrale de Durham.

— Voilà, ça vous fait 27 livres…

— Voici 40 livres, je n'ai pas plus petit, dit Éric en tendant ses billets.

— C'est pas grave, on doit avoir ce qu'il faut.

L'homme attrapa dans la boite à gants un sachet rempli de pièces. Il compta 3 livres et sortit de sa veste un billet de 10 livres.

— Voilà… Et votre fiche, Dorothy pense à tout !

Éric récupéra sa monnaie et le papier en s'efforçant de ne pas pouffer de rire.

— Merci beaucoup, à une prochaine fois peut-être ! dit-il.

— Avec plaisir jeunes gens ! Dorothy sera contente elle aussi.

Les deux jeunes sortirent du taxi et une fois dehors, leurs regards se croisèrent et ils ne purent s'empêcher d'éclater de rire. Mais en apercevant à quelques mètres d'eux un petit groupe de moines en train de discuter paisiblement, ils reprirent très vite leur sérieux. Il n'était pas question de se faire remarquer et puis ce n'était pas vraiment l'endroit adéquat pour faire des pitreries. Ils décidèrent alors de remonter la route bitumée qui longeait l'imposant monument pour gagner l'entrée. Éric et Anna furent surpris par la longueur du bâtiment et du gigantesque clocher central, il n'y avait pas à dire c'était vraiment une grande cathédrale. En arrivant sur le parvis, Éric pensa immédiatement à Notre Dame de Paris à cause des deux clochers de part et d'autre du vitrail central. Cependant la cathédrale de Durham semblait plutôt puiser ses sources dans l'art Roman. Elle devait certainement dater d'une période intermédiaire au Gothique, pensait-il. En entrant dans la nef centrale qui se déroulait sur une bonne cinquantaine de mètres, les voûtes croisées qui reliaient les colonnes confirmèrent les hypothèses romanes d'Éric. Ils avancèrent sans trop regarder devant eux, séduits par le gigantisme du plafond. Du coup ils ne virent pas arriver à leur gauche un homme enveloppé d'une robe violette et manifestement très pressé qui les bouscula et projeta Anna au sol.

— Hey ! Regardez où vous allez ! Imbéciles !

— Désolé ! Mais…

Éric n'eut pas le temps de finir sa phrase que l'homme s'était déjà éloigné et continuait son chemin tout aussi rapidement, en réajustant sa robe.

— Non mais tu as vu ça, Anna ? Il n'a même pas vu que tu étais tombée ! dit-il en lui tendant la main pour l'aider à se relever.

— Dépêche-toi ! Il faut le suivre !

Éric n'eut même pas le temps de lui demander comment elle allait, qu'à peine relevée elle courait déjà derrière l'homme en violet.

— Hé ! C'est parce qu'il t'a fait tomber sans s'excuser que tu lui coures après ?

— Non ! Parce qu'il porte une arme.

— Quoi ?

— Je l'ai sentie lorsque nous nous sommes rentrés dedans et puis je l'ai aperçue lorsqu'il s'est rhabillé.

— Tu… Tu es sûre ? C'est un moine quand même !

— T'en connais beaucoup toi des moines qui te traitent d'imbécile et qui ne t'aident même pas à te relever ?

— Oui effectivement de ce point de vue-là, ce n'est pas très charitable.

— Ouais… En plus il porte des rangers, je ne crois pas que ce soit à la mode chez les ecclésiastiques, non ?

— Et tu as vu tout ça en deux secondes, toi ?

— Hé ! Il y en a qui sont doués pour soigner les gens ou apprendre les langues étrangères et d'autres pour l'observation ! dit-elle en appuyant son clin d'œil. Et puis tu oublies que j'ai été à bonne école !

— Oui c'est vrai… Attends ! Il va sortir par la porte de côté.

Les deux jeunes se tapirent derrière une grosse colonne tandis que le soi-disant moine poussa la porte en jetant un rapide coup d'œil en arrière afin de vérifier qu'il n'était pas suivi.

— Il se méfie, c'est suspect. On va mettre un peu de distance, Éric !

— Oui mais pas trop, on ne voit pas où il va !

Anna se dépêcha de retenir la lourde porte qui se refermait pour passer rapidement la tête et jeter un regard discret. Puis ils se glissèrent à l'extérieur.

— Il est dans le cloître, il fait le tour… Viens !

Éric la suivit à petite distance en frôlant les colonnettes du corridor pour mieux se dissimuler. Anna s'arrêtait pratiquement à chaque colonnette et glissait un œil de côté pour ne pas perdre le type de vue. Soudain, ils entendirent d'autres pas qui approchaient. C'était un petit groupe d'individus habillés eux aussi avec des soutanes violettes qui arrivait d'un passage adjacent. Anna repéra un petit banc et y jeta Éric qui, surpris, n'eut pas le temps de comprendre ce qui lui arriva lorsqu'elle s'assit sur ses genoux et l'embrassa langoureusement. Dès que le petit groupe fût passé, elle s'arrêta et les observa discrètement.

— Quoi déjà ? fit Éric qui manifestement avait pris goût à la ruse de son amie.

— On n'est pas là pour ça, gros malin ! Allez suis-moi ! Ils viennent de franchir cette petite porte !

Les deux jeunes ouvrirent la porte le plus doucement possible… Mais à leur grande surprise, la pièce était vide.

— Mince ! Où sont-ils tous passés ?

— Il doit y avoir une autre porte, sinon c'est impossible !

— Mais non Éric ! Regarde il n'y a que des tentures, des vieux cadres sur les murs et des tonnes de vieux bouquins partout, partout, partout… mais pas de porte !

— Attention, j'entends encore quelqu'un ! Vite passe derrière les étagères.

À peine eurent-ils le temps de sauter derrière l'imposant meuble que la porte s'ouvrit à nouveau, laissant apparaître un nouvel individu, lui aussi vêtu d'une robe violette. L'homme se dirigea immédiatement vers la tenture du fond et s'y glissa dessous. On entendit alors une sorte de cliquetis puis le bruit d'une ouverture et l'homme disparut complètement. Anna se précipita immédiatement sous la tenture.

— Viens voir, Éric, c'est une porte secrète !

Mais Éric était tombé en arrêt devant un des portraits accrochés au mur qui l'intriguait plus particulièrement. Anna n'obtenant pas de réponse à sa question, ressortit de dessous la tenture.

— Qu'est-ce que tu fais ?
— Regarde !
— Oui et alors ? C'est marqué Nicholas Harpsfield… Qu'est-ce qu'il a de spécial ?
— Regarde ses mains !
— Merdouille, la même chevalière que Douglas !
— Non, pas exactement ! Celle-ci porte une inscription en anglais « Sur le chemin de Saint Cuthbert ».
— Oui c'est vrai ! Qui c'est ce type ?
— Je ne sais pas, mais il a l'air important et puis ce portrait a quelque chose de spécial, il m'intrigue.
— Il y a peut-être quelque chose au sujet de ce type dans ces vieux bouquins !
— Oui tu as raison, ça ne coûte rien d'y jeter un œil.

Anna commença à prendre les livres un à un et à lire les titres à haute voix à la recherche de quelque chose en lien avec ce Harpsfield. Mais ce fut Éric qui trouva le premier.

— J'ai ! C'est un mystique !
— Un quoi ?

— Oui, dans ce que je lis ici, le type faisait partie d'une délégation ordonnée par Henri VIII pour détruire les monastères.

— Et alors ?

— Alors en arrivant à Durham, il a voulu toucher le corps de Saint Cuthbert et il est marqué ici qu'il a été touché par la grâce de Dieu.

— Super ! Je suis contente pour lui !

— Attends, il a dû se passer quelque chose car à la suite de ça, personne n'a voulu détruire les reliques et du coup, elles sont toujours ici !

— Et ?

— Et… Il y a un truc là… Hum… Le type devient obsédé par la recherche des autres reliques de Saint Cuthbert, il monte un groupe… une caste ou un club… Je ne sais pas trop quoi… C'est du vieil anglais…

— Une panne de traduction Éric ?

— Non ! Mais les mots ne sont pas clairs, on pourrait penser au mot « secte » mais vraiment c'est pas clair, j'ai plein de mots possibles qui me viennent en tête…

— Bon et qu'est-ce qu'il lui est arrivé ?

— Eh bien… Il a fait partie de ce qu'on pourrait appeler « l'inquisition », il présidait, je pense, des tribunaux spécialisés dans la sorcellerie et j'en passe.

— Un type super cool pour l'époque ! Un poil gothique et un brin sanguinaire !

— Oui ce ne devait pas être un saint, c'est sûr ! Il est clair qu'il a du sang sur les mains, lui… Ah tiens ! Il est mort…

— Heureusement pour nous !

— T'es bête… Il est mort dans un cachot ou juste après sa libération. Ce point-là n'est pas très clair non plus et puis la page est effacée avec le temps.

— Bon un salaud de moins c'est déjà ça ! lança-t-elle en s'approchant du tableau.

Éric la rejoignit et regarda plus attentivement le portrait…

— Il y a quelque chose dans ce tableau ! J'en suis sûr !

— Moi je ne vois qu'un salaud assis dans un fauteuil, son sourire sadique en train de lire un bouquin dans une pièce sombre… Euh non ! Je corrige, « écrire » dans un bouquin… Et il y a un meuble au fond avec une glace et une bougie. Il devait tenir le registre de ses cadavres !

— Tu ne crois pas si bien dire…

— Hein ?

— Le miroir du fond reflète ce qui est inscrit dans le livre…

— Et t'arrives à voir ?

— C'est écrit à l'envers et en latin mais j'arrive à comprendre… C'est bien un inventaire !

— Ses cadavres, brrr, sinistre !

— Non, tu n'y es pas du tout, c'est la liste des reliques de Saint Cuthbert !

— Non !

— Si je t'assure ! C'est une liste et sur chaque ligne il y a un lieu de noté.

— Alors ? Elles sont où les reliques de Saint Bidule ?

— Euh, attends… Un anneau d'or, en face c'est marqué « la cave du premier jour » puis un évangile à « Cessford Castle », un saphir à « Inner Farnes » et les cornes d'or à « Ingmar ».

— « Ingmar » mais ce n'est pas un nom de lieu !

— Je ne sais pas, c'est peut-être un nom de personne…

— Un suédois, comme Ingmar Bergman !

— Ou un suédois qui doit rapporter les cornes en Suède…

— Ce qui expliquerait pourquoi tout ce petit monde est intéressé par les recherches de ton oncle en Scandinavie !

— Oui, peut-être… C'est quand même curieux qu'un moine ait un saphir et des cornes en or ! Je croyais qu'ils faisaient vœux de pauvreté !

— Oui, mais je suppose que tous ne faisaient pas le même vœu…

— Regardons dans les bouquins tant qu'il n'y a personne… On trouvera peut-être quelque chose de plus sur ce Saint Cuthbert…

— Oui allons-y.

Le jeune couple replongea dans la pile de livres à la recherche de l'histoire de Saint Cuthbert. Et au bout d'un petit moment…

— Pff, il y a rien ici ! Que des bouquins sur les Saints, les Évangiles, de la théologie… Rien de plus que ce qu'on connaît déjà.

— De mon côté c'est pareil ! Rien de rien…

Soudain, un cliquetis se fit entendre à nouveau. C'était le mécanisme de la porte secrète qui s'était remis en marche… Sans attendre, Anna et Éric sautèrent derrière le gros meuble pour s'y cacher. Ils étaient à peine dissimulés qu'une dizaine d'hommes en violet jaillirent un à un de dessous la tenture et passèrent en coup de vent devant eux pour quitter la pièce. Dès que la porte claqua, Anna se précipita sous la tenture tandis qu'Éric, plus prudent, examina les alentours.

— Allez Éric, il faut absolument y descendre !

— Mais il y a peut-être d'autres types en violet là-dessous !

— Si on n'y va pas, on ne saura pas ! dit-elle en bricolant quelque chose sous la tenture.

Il lui fallut tout au plus 30 secondes pour ouvrir la porte secrète qui donna encore de son cliquetis métallique.

— Allez c'est parti Éric… Suis-moi, mais pas un bruit !

— Oui, oui je te suis…

Anna et Éric descendirent doucement le petit escalier en colimaçon qui semblait s'enfoncer dans les abîmes de la cathédrale. C'était un passage relativement étroit mais qui curieusement n'était pas humide et froid comme ceux des souterrains habituels. C'était tout le contraire. Il y faisait plutôt sombre mais on parvenait quand même à discerner les marches une fois que les yeux s'étaient habitués à l'obscurité. Immédiatement, Anna s'aperçut que le bruit de leur pas rebondissait sur les flancs de la paroi et trahissait leur présence. Aussi, elle murmura à Éric de descendre plus doucement sur la pointe des pieds ce qui eût le mérite d'atténuer le son. À présent, plus ils descendaient et plus le goulet s'éclaircissait. Enfin, ils arrivèrent dans une espèce de crypte garnie de colonnes en pierre, à peine éclairée par de grosses bougies qui faisaient danser leurs silhouettes sur les murs.

— Viens voir, Éric, il y a un autel ! lui dit-elle à voix basse.

— J'entends des gens qui parlent, Anna !

— Oui, ça vient de par-là ! glissa-t-elle en se dirigeant sans bruit vers la petite porte qu'on pouvait presque deviner au fond de la pièce.

— Anna, mais tu es folle, reviens !

— Non ! Je veux écouter… Toi, regarde si tu trouves quelque chose d'intéressant sur l'autel.

Éric s'exécuta et alla jeter un coup d'œil sur la table en pierre. Un gros livre terriblement vieux et écrit en latin était ouvert à une page couverte d'enluminures. Les lettres avaient été tracées soigneusement à la main avec une encre brune. C'était magnifique ! Il commença très précautionneusement à le feuilleter en parcourant le texte.

— Alors c'est intéressant ?

— Ce sont des évangiles… Mais c'est magnifique, tu devrais venir voir.

Anna quitta son poste et rejoignit à pas de chat son amoureux.

— Oui c'est super beau, c'est un sacré travail même pour un moine copiste.

— Je n'ai pas l'impression que c'est l'œuvre d'un moine copiste, on dirait plutôt que c'est un original.

—Tu as raison, certains endroits montrent des irrégularités dans l'écriture. Ça laisse penser que la personne qui l'a écrit n'était pas un spécialiste, même si cela a été réalisé avec un soin extrême… Le travail de toute une vie je suppose. Ton oncle aurait pu nous le confirmer.

— Tu penses vraiment qu'il s'agit de l'original des évangiles de Saint Cuthbert ?

Mais au détour d'une page, une feuille tomba par terre.

— Mince, une page s'est déchirée dit Anna en se baissant pour la ramasser.

Mais son visage changea immédiatement d'expression lorsqu'elle eut le papier entre les mains.

— Qu'est-ce qui t'arrive, Anna ? Tu en fais une tête !

Anna ne dit aucun mot et lui tendit la feuille. Le visage d'Éric se ternit lui aussi à la vue de la feuille.

— Merde alors ! Qu'est-ce que cette saloperie vient faire là !

— C'est vraiment le dernier endroit où j'aurais pu penser trouver ce genre de chose.

La teinte rouge qui colorait certaines parties du symbole du IIIe Reich sur l'entête de la feuille, avait pris une couleur rouge sang à la lueur des bougies. Il y avait un autre insigne en vis à vis, qui bizarrement portait une inscription runique et une légende en allemand : « Ahnenerbe ».

— Éric, ça veut dire quoi ce truc ?

— Je ne sais pas Anna, « Ahnenerbe » ça veut dire quelque chose comme le « patrimoine des ancêtres ». Je ne comprends pas.

— Et le reste Éric, qu'est-ce que ça dit ?

— Attends… c'est un compte rendu ou plutôt une note officielle… ça dit qu'ils ont récupéré une météorite tombée en 1561 du côté de Nuremberg et que c'est maintenant un certain Herman Wirth qui en a la garde.

— C'est tout ?

— Oui… Il n'y a rien d'autre.

— Je ne comprends pas comment un tel document a pu se retrouver entre les pages d'un évangile en Angleterre, et toi ?

— Moi je ne vois pas le lien entre une météorique qui intéressait les nazis et des fanatiques religieux.

Soudain, ils entendirent quelqu'un tousser à s'en rompre les poumons qui se rapprochait de la porte.

— Vite Éric… Viens au fond dans le noir là-bas à côté de la colonne, on ne nous verra pas.

Éric eut à peine le temps de replacer la note dactylographiée dans les pages de l'évangile et de courir rejoindre Anna que la porte s'ouvrit violemment.

— Il me faut boire… Je n'en peux plus… Mon corps est en souffrance.

— Maître laissez-moi vous venir en aide !

Derrière la colonne, bien dissimulés dans la pénombre, les deux ados n'en perdaient pas une miette.

— Anna, tu l'as reconnu ? C'est le type de l'hôpital, celui qui a poignardé Douglas.

— Oui, tais-toi Éric !

— C'est qui le vieillard mal en point à côté ?

— Il l'a appelé « Maître »… Maintenant tais-toi, tu vas nous faire repérer.

Le vieillard s'approcha de l'autel et se servi un verre d'eau de la carafe qui était posée là en tremblotant et en toussant tout ce qu'il savait. L'homme de l'hôpital essayait tant bien que mal de le soutenir mais il aurait mieux valu qu'il s'allongeât.

— Maître, ce n'est plus possible, j'appelle une ambulance, vous ne pouvez pas rester comme ça.

— Nathan! Non!

— Mais vous êtes mourant…

Le vieillard prit la tête de Nathan entre les mains…

— Nathan, donnerais-tu ta vie pour moi?

— Bien sûr, Maître, vous le savez bien…

Une lueur rouge envahit les mains du vieillard et commença à envelopper le corps de Nathan. Les yeux du maître étaient lumineux et brillaient d'une même lumière rouge qui s'intensifiait de plus en plus. Nathan était tétanisé et de légers tressaillements lui parcouraient le corps. Il était comme électrisé. Soudain la lumière prit une intensité presqu'insoutenable et Nathan se mis à hurler, d'un cri qui lacérait les murs et qui dura une éternité. Anna était horrifiée et se bouchait les oreilles tandis qu'Éric la serrait très fort contre lui. Puis brusquement, plus rien! Les ombres avaient retrouvé leur place et les mains du maître se détachèrent de la tête de Nathan. Contre toute attente, ce fut le vieillard qui s'écroula. Nathan resta immobile pendant au moins une bonne minute avant de se remettre à bouger. Il serra et desserra les poings à plusieurs reprises, puis il s'étira de tous ses membres en les faisant bouger et craquer comme s'il voulait vérifier que tout son corps fonctionnait. Une fois sa séance d'exercices terminée il se pencha sur le vieillard.

— Finalement, j'aurai dû le faire plus tôt! dit-il.

Il lui prit la main et lui arracha la chevalière sans aucune précaution pour la mettre à son annulaire. Il se releva sans un regard ou un signe de considération pour le vieillard qu'il appelait Maître il y a encore quelques instants…

Il s'approcha ensuite de l'autel et se servit un grand verre d'eau qu'il but lentement avec un plaisir non dissimulé. Anna ne le quittait pas des yeux et analysait le moindre de ses mouvements. Son regard croisa les yeux de Nathan qui brillaient encore d'une lueur rouge. Anna étouffa un cri.

— Qui est là? Montrez-vous!

Les deux jeunes se blottirent l'un contre l'autre en essayant de se faire plus petit qu'une souris.

— Qui est là, j'ai dit!

Anna sentit une pierre sur le sol qu'elle ramassa.

— Éric, je vais faire diversion… Quand il se dirigera là-bas, tu cours le plus vite possible vers la sortie.

— Mais et toi?

— Je te suis… ne t'inquiète pas! Et elle l'embrassa rapidement.

— Prêt?

— Oui…

Anna se leva et jeta la pierre le plus loin qu'elle put à l'autre bout de la crypte. Nathan s'y précipita, la ruse fonctionnait. Les deux jeunes en profitèrent pour se ruer dans les escaliers qu'ils grimpèrent quatre à quatre.

Nathan, conscient de leur avance, ne les poursuivit pas mais tira de sa ceinture un talkie-walkie. Il ordonna immédiatement à ses sbires de verrouiller les passages et d'intercepter les deux jeunes gens.

— Je les veux vivants, vous entendez, VIVANTS ! hurla-t-il dans l'appareil.

Les deux jeunes étaient déjà parvenus à la porte secrète et Anna la referma violemment. Éric s'appuya dessus de toutes ses forces au cas où Nathan surgirait tandis qu'elle bricolait le mécanisme pour le bloquer.

— C'était quoi ça ? Anna ! Dis c'était quoi ?
— Je ne sais pas, c'est effrayant, le vieux est mort !
— Mais tu as compris ce qu'il s'est passé toi ?
— Je crois que oui… Éric... Attends je termine ça…
— T'as vu la même chose que moi ?
— Que c'est le vieux qui s'est glissé dans le corps du type !
— Putain, je croyais être le seul à avoir des pouvoirs, mais ça, ça me fait vraiment flipper !
— Ça y est ! C'est bloqué… Vite fichons le camp d'ici !

Les deux jeunes se mirent à courir le plus vite possible pour regagner l'entrée de la cathédrale. Mais lorsqu'ils poussèrent la grande porte extérieure, ils virent avec effroi que les hommes en violet les encerclaient.

— Aucune issue, c'est fichu !
— Anna ! Qu'est-ce qu'on fait ?
— Pas le choix !

Elle sauta en avant du plus costaud qui s'approchait et lui flanqua un coup de pied en pleine tête d'une telle violence que l'homme valdingua à deux mètres et ne se releva pas. Les autres se regardèrent béats. Ils ne s'attendaient pas à voir un petit bout de femme se défendre ainsi. Mais ils n'eurent pas le temps de se poser plus de questions, que déjà Anna s'en prenait à un autre type et lui assainit deux coups de poings bien ajustés terminés par un bon coup de genoux dans les parties ce qui eut le même effet que pour le premier.

— Alors bande de nuls! Ça vous en bouche un coin!

Un troisième homme s'avança mais la partie était déséquilibrée. Il avait tiré un couteau et en jouait en faisant des moulinets.

Elle se saisit de son poignet et lui tordit le bras de telle sorte qu'il se retrouva par terre en un instant et elle en profita pour lui balancer un coup de pied dans les côtes.

— Quand on ne sait pas se servir d'un couteau, on ne joue pas avec! Idiot!

Éric qui était resté en retrait jusqu'alors, hurla :

— ATTENTION ANNA! ils sortent leurs flingues!

Anna ne se démonta pas et s'engagea dans la bataille à nouveau comme la grande guerrière de Roskilde qu'elle était. Elle attrapa le bras du premier gars à sa portée, réussit à lui arracher son pistolet en un rien de temps et braqua les autres types avec.

— Maintenant le premier qui s'avance, je n'hésiterai pas! Et croyez-moi je sais m'en servir!

— Impressionnant jeune fille! dit une voix sur le perron.

— Vous! Vous êtes…

— Tu le sais très bien ! Que penses-tu faire avec ça ? Nous sommes encore neuf, et tous armés !

Les huit autres encapuchonnés braquèrent à leur tour leurs armes vers les deux jeunes gens.

— Cette fois je crois que c'est vraiment fichu, Anna ! Ils sont trop nombreux et puis tu as vu de quoi il est capable l'autre barjot.

La fougue d'Anna en avait pris un sérieux coup. Elle ne s'était jamais confrontée à ce type de situation. Mais un vrombissement de moteur attira l'attention de tout le monde. Un gros 4x4 fonçait sur eux à tombeau ouvert et ne semblait pas vouloir s'arrêter. Les hommes en violet reculèrent précipitamment tandis que le véhicule effectua un tête-à-queue magistral dans un crissement de pneus pour venir s'interposer entre les deux jeunes et les sbires du grand Maître. Par la fenêtre de la portière, le chauffeur cria aux jeunes…

— Montez ! Qu'est-ce que vous attendez !

Éric et Anna ne se firent pas prier davantage et sautèrent à l'arrière de la voiture qui n'attendit pas et démarra en trombe.

Quelques coups de feu claquèrent et une balle fit voler en éclat la lunette arrière.

— Arrêtez bande d'incapables ! Je les veux vivant ! rugit Nathan.

Tandis que la voiture s'éloignait à vive allure, Anna regarda par ce qui restait de la vitre arrière craignant une poursuite avec les disciples du maître. Mais ceux-ci avaient renoncé et rengainé leurs armes. Lorsqu'elle se retourna, Douglas était au volant. Elle lui braqua l'arme sur la nuque.

— Crois-tu réellement que je suis une menace, Anna ? lui dit-il.

— Oui, il nous a quand même sauvés la vie, Anna !

— C'est vrai ! dit-elle en posant l'arme sur la banquette arrière.

— Comment avez-vous fait pour nous retrouver ?

— J'ai mes petits secrets mes amis ! Mais il y a quelque chose de plus urgent.

Le front de Douglas était brûlant et ruisselant de sueur.

— Qu'est-ce qui ne va pas ?

— Je crois qu'il va falloir que tu prennes le volant Anna… J'ai besoin d'Éric ! dit-il en désignant son ventre du doigt.

La plaie s'était rouverte et le pauvre Douglas nageait dans son sang. Il avait certainement dû faire un effort surhumain pour arriver jusqu'ici et piloter le bolide.

Anna sauta immédiatement sur le siège avant et agrippa le volant.

— Vas-y Éric ! Fais-le ! J'assure…

Les yeux d'Éric se mirent à scintiller de bleu et un halo de lumière se matérialisa sur sa main droite. Il la glissa entre les deux sièges avant et l'appliqua sur le ventre de Douglas. La lumière s'était intensifiée car la blessure devait être mauvaise. Mais Douglas ne vit rien de tout ça, il s'était évanoui, sa tête bringuebalait de droite et de gauche. Anna lui tint la tête tant bien que mal tout en essayant de garder le véhicule sur la bonne trajectoire. En cinq minutes, il n'y avait plus aucune trace sur le ventre de Douglas, la plaie s'était complètement refermée mais Douglas était toujours inconscient.

— Anna, tu crois qu'il est mort ?

— Non Éric ! Regarde, il respire encore ! Mais quand tu auras fini de me poser des questions, pourrais-tu lui retirer le pied de l'accélérateur que je puisse me garer… c'est franchement difficile de conduire comme ça tu sais !

— Ah euh, oui, oui…

Éric retira le pied de l'accélérateur comme Anna le lui avait demandé et le véhicule put enfin stopper. Ils s'étaient arrêtés en rase campagne sur un petit chemin de terre.

— Qu'est-ce qu'on fait maintenant Anna ?

— Aucune idée, mais ce que je sais c'est qu'on est perdus.

— Douglas doit bien savoir où nous sommes.

— À condition qu'il se réveille !

Ils n'eurent pas besoin d'attendre longtemps, Douglas avait repris conscience et ouvrit la portière pour prendre un grand bol d'air…

— Merci Éric ! dit-il en se retournant vers eux.

— Je vous devais bien ça !

— Tu n'aimes pas le boulot inachevé toi !

— Non… Surtout si je peux sauver des gens.

— C'est bien ! C'est très bien même ! Les gens comme toi sont rares !

— Vous voulez dire avec des pouvoirs ?

— Non, avec ou sans pouvoir, les gens bien se font rares de nos jours.

— Et je ne vous fais pas peur ?
— Si bien sûr ! Mais tu possèdes le même pouvoir que Saint Cuthbert, donc tu ne dois pas être mauvais.
— Vous voulez dire que lui et moi nous sommes pareils ?
— Non pas exactement !
— Douglas vous savez où nous sommes ? Dans la précipitation j'avoue avoir conduit un peu au hasard. Demanda Anna.

Douglas sourit. C'était bien la première fois qu'ils le voyaient sourire comme ça !

— J'ai un ou deux trucs qui pourraient nous dépanner.

Il sortit de la boîte à gant une carte du comté et un drôle d'appareil qui ressemblait à un téléphone portatif.

— Qu'est-ce que c'est ?
— Un système de positionnement par satellite.
— Hein ?
— Oui c'est un appareil que des amis militaires m'ont prêté pour que je le teste.
— Et à quoi ça sert ?
— C'est l'avenir ça, Éric ! Ça sert à te donner ta position en temps réel en se basant sur les signaux satellites par triangulation.
— Et en clair ?
— Eh bien ça va afficher les coordonnées de là où nous sommes. Il n'y aura plus qu'à vérifier sur la carte.
— C'est super ça !
— Oui, je pense que ça arrivera bientôt chez les civils, c'est tellement pratique.

Il brancha une drôle d'antenne sur l'appareil et le mit en marche… Au bout d'une bonne minute, le cadran afficha une série de chiffres. Douglas prit la carte, la regarda un instant, nota quelques repères autour de lui puis arrêta l'appareil.

— Alors ? demanda Anna.

— On est sur la bonne voie. Il suffit de continuer tout droit sur le chemin de terre et on retrouvera la parallèle.

— Où allons-nous ?

— Je vais vous mettre en sécurité à Lindisfarne.

— Où ça ?

— À l'ancien monastère de Lindisfarne.

— Un monastère ?

— Oui, tu cherches bien des réponses Éric ?

— Oui, oui, je suis venu pour ça !

— Eh bien c'est là-bas que tu en trouveras, pas toutes mais seulement quelques-unes.

— Et vous pourrez aussi nous expliquer qui sont ces fanatiques ? demanda Anna.

— Oui, bien sûr mais chaque chose en son temps !

Chapitre 7

Douglas arrêta la voiture sur un petit parking puis sans dire le moindre mot, regarda sa montre puis planta son regard dans l'horizon. Anna, intriguée, se risqua à lui poser la question.

— Qu'est-ce qu'il y a Douglas, pourquoi s'arrête-t-on ?

— Ce n'est rien Anna, je dois seulement calculer la prochaine marée avant d'aller plus loin.

— Hein, la marée ? Pourquoi ça !

— Pourquoi ? Euh, parce que la route sera inondée et il ne faudrait pas se retrouver au milieu.

— Mais enfin, je ne vois rien, il n'y a que des champs ici !

— Ici oui ! Mais juste derrière la petite colline que tu vois là-bas, c'est la mer.

— Pourquoi devons-nous rester sur cette route alors ?

— Le monastère de Lindisfarne se trouve sur l'île de Lindisfarne… et il n'y a que deux façons d'y aller, soit emprunter cette route qui traverse le bras de mer à marée basse, soit utiliser le petit ferry en passant de l'autre côté mais dans ce cas, on perd plus d'une heure.

— Et si c'est marée haute ?

— C'est fichu, la route est submergée et il faut faire le tour et prendre le ferry.

— Ah… Et alors cette marée ?

— Elle est en train de monter, on a juste le temps mais il ne faut pas traîner !

Les trois personnes reprirent la route et effectivement comme l'avait dit Douglas, en franchissant la petite colline, ils se retrouvèrent au beau milieu d'une plage boueuse, cernés par de larges étendues d'algues et de grandes flaques d'eau sablonneuses. La route était humide et on aurait dit qu'elle avait été dessinée à l'aquarelle. Au loin, ils pouvaient apercevoir l'écume des premières vagues qui revenaient du large.

— Elle monte vite ? s'inquiéta Éric.

— Aussi vite que sur les côtes normandes ! Mais rassure-toi, il faut moins d'un quart d'heure pour traverser !

Cela ne rassura pas vraiment Éric qui ne quittait pas des yeux l'arrivée de cette mer du nord.

— Mais on a quand même le temps ? dit-il dans une voie semi-étranglée.

— Hihihi ! Oui on a une demi-heure devant nous… Si j'ai bien compté !

— Ah ?

Ils croisèrent quelques voitures qui paraissaient ne pas vouloir traîner plus longtemps dans les parages, et personne dans l'autre sens. Ils étaient bien les seuls à vouloir se rendre sur l'île ! La voiture quitta enfin le bras de mer au grand soulagement d'Éric, mais la route continuait en longeant le rivage. De grandes flaques commençaient à se former et à chaque fois qu'ils les traversaient, d'énormes gerbes d'eau venaient arroser les vitres du véhicule. Au bout d'une dizaine de minutes, ils se retrouvèrent plus en avant dans les terres et Douglas gara finalement leur 4x4 dans un petit parking pour touristes sur *Holy Island*.

— C'est un site touristique ! s'étonna Éric.

— Bien sûr ! Les gens viennent pour le château. Je crois d'ailleurs que Polanski y a tourné quelques scènes de Macbeth et puis les touristes viennent aussi pour les églises, les ruines du monastère et pour les oiseaux…

— Eh bien je pensais que vous nous amèneriez dans un endroit plutôt discret ou désert mais au lieu de ça, on est au milieu de la foule.

— Et comment ne pas être plus anonyme qu'au milieu d'une foule ?

— Vu sous cet angle, évidemment !

— C'est ici le monastère de Lindisfarne ? demanda Anna qui ne voyait rien de très probant autour d'elle.

— Non c'est en face ! J'ai quelque chose qui va vous plaire.

Douglas avait affiché un petit sourire en coin qui aurait pu passer pour de la fourberie mais le pétillant de son regard trahissait une joie presque enfantine. Ils descendirent de la voiture et Anna coinça le pistolet dans la ceinture à l'arrière de son jeans en prenant soin de le dissimuler avec sa veste tandis qu'Éric se chargea du sac à dos.

Douglas verrouilla les portes puis déposa les clefs sur un des pneus et commença à marcher sur la petite route gravillonnée après leur avoir fait signe de le suivre.

— Vous n'emportez pas les clefs ? demanda Anna surprise de le voir laisser la voiture comme ça.

— Non c'est un véhicule marqué ! Il faut s'en débarrasser, alors s'il peut être volé entre temps… ça m'arrangerait !

— Ah ouiiii ! Pour brouiller les pistes !

— Tout à fait ! Tu m'as l'air de t'y connaître dans ce genre de chose !

— Euh, un peu… C'est Anders qui m'apprend le métier !

— Ah ? Parce que tu veux être flic ?

— Anders dit que j'ai toutes les aptitudes, il me connaît depuis que je suis toute petite.

— Et alors tu hésites ?

— Oui, d'un côté ça m'intéresse et d'un autre côté ce que je fais au musée m'intéresse aussi… Alors je ne sais pas…

— Je comprends ! Il est vrai que tu es impressionnante dans ta scénographie de combat.

— C'est ce que tout le monde dit, répondit elle en piquant un fard. Anders a voulu me tester, alors il m'a invitée aux formations des groupes d'intervention de son unité. Au début j'avais 10 ans, j'étais la mascotte du groupe puis en grandissant je leur mettais la pâtée !

— Hihihi ! Vraiment ?

— Oui, c'est comme un don chez moi, je réagis presque en avance. Enfin c'est ce qu'ils disent…

— Hum, Je comprends mieux…

— Pardon ?

— Je disais que tu es impressionnante.

— Ah ! Merci !

Ils poussèrent encore un peu plus sur le chemin gravillonné jusqu'à arriver sur les ruines du monastère. En fait il s'agissait plutôt d'un grand champ de gazon sur lequel on aurait essayé de faire pousser des pierres. Des morceaux de murs inachevés étaient éparpillés un peu partout. Quelques endroits laissaient deviner le commencement d'une voûte ou d'une porte mais même avec une vue d'ensemble, il était difficile, voire impossible, d'imaginer l'architecture originelle du bâtiment.

— Il n'y a plus grand chose à voir, ce ne sont que des cailloux ! dit Éric presque désolé de ne rien avoir à visiter. De l'herbe, des pierres et c'est tout ! Et en plus il n'y a personne !

— Habituellement c'est noir de monde, tu peux me croire, mais à cette heure-ci les gens ont regagné le continent avant la marée. Il ne reste que les insulaires ou quelques touristes qui ont pris un logement sur place ou qui mangent un morceau avant de reprendre le bateau de 18h30.

Douglas se dirigea vers une grande statue en bronze vieilli ou en métal noir qui manifestement datait d'une époque plus contemporaine. C'était un grand personnage filiforme tenant dans la main un long bâton de pèlerin. L'expression de son visage se voulait douce mais Éric ne pouvait s'empêcher d'y voir un rictus morbide.

— Qui est-ce ?

— Saint Aidan ! C'est son âme que Saint Cuthbert a vue s'envoler et c'est ce qui lui a donné la vocation.

Douglas sortit de sa poche un bout de lacet qu'il noua au poignet de la statue…

— C'est pourquoi faire le lacet ?

— Voyons Éric, tu ne comprends pas ? reprit Anna qui semblait s'amuser comme une petite folle.

— Quoi ? dit-il, l'air hébété.

— C'est un signe… Douglas indique à quelqu'un qu'il est passé !

— C'est juste… Décidément Anna, c'est de mieux en mieux !

— Ouais, je suis un peu fière sur ce coup-là ! dit-elle en fanfaronnant.

Ensuite Douglas, après avoir jeté un coup d'œil rapide aux alentours toujours déserts, fit tourner le bout du bâton de la statue d'une drôle de manière.

— Là, ça va vous plaire… déclara-t-il en prenant un regard amusé.

Personne n'aurait pu deviner que le bâton pouvait tourner, c'était comme si le subterfuge avait été inventé en même temps que la statue. À ce moment un grincement se fit entendre et la statue toute entière se déplaça sur le côté, laissant apparaître une ouverture dans le socle.

— Génial ! s'écria Anna qui jubilait…

— Je savais que ça vous plairait ! Suivez-moi…

Douglas commença par s'agenouiller puis disparut dans le trou. Éric et Anna se penchèrent pour mieux voir et découvrirent une échelle métallique.

— Allez descendez ! Je vais allumer…

Effectivement le trou s'éclaira et on put voir qu'en fait il s'agissait d'un ouvrage maçonné, très bien fait, exactement comme dans les blockhaus sur les plages. La descente devait bien faire 3 mètres, 4 tout au plus et au fond, une porte métallique ne demandait qu'à s'ouvrir.

— Alors ? Dépêchez-vous ! s'impatienta Douglas. Il faut que je referme.

Anna et Éric descendirent rapidement l'échelle pour venir le rejoindre. Une fois ensemble, Douglas actionna un petit interrupteur fiché à côté de la porte et le trou se referma. Ensuite, il commença à tourner le petit volant qui servait de serrure et après quelques tours, il tourna les poignées latérales. Avec un grincement sinistre, la porte s'ouvrit et ils aperçurent un couloir austère et bétonné.

— Ce n'est pas d'époque, ça !

— Très observateur Éric !

Éric prit immédiatement sa tête de boudeur car il avait bien compris que Douglas se fichait de lui ! Et Douglas en semblait ravi !

— Ça date d'après la guerre… C'est aussi vieux que la statue… En fait ça a été fabriqué en même temps.

— Et la porte ? On dirait que ça vient d'un sous-marin ?

— C'est vrai ! Elle provient d'un U-Boot qui a coulé plus loin.

Après avoir refermé la porte, le petit groupe longea le couloir, et ouvrit une nouvelle porte de sous-marin qui donna cette fois sur un véritable loft, tout confort, bien que le mobilier fût rudimentaire.

— Bienvenu chez moi ! leur lança Douglas.

— Quoi ? Vous habitez vraiment ici ?

— Parfois… Cela fait partie de mes nombreux chez moi.

— Je ne comprends pas ? fit Anna.

C'est alors qu'elle aperçut l'ombre d'une silhouette qui se glissait derrière le pan de mur en face, le long d'une sorte de bar. Sans que Douglas ne puisse répondre à sa question, elle bondit sur la forme noire, prête à lui envoyer un de ses redoutables coups de pied. Mais elle se sentit complètement enserrée par cette forme. Rapidement elle se dégagea et dégaina le pistolet. La forme fut plus rapide qu'elle, et la désarma avec une facilité déconcertante. Le pistolet se retrouva posé sur le comptoir en un rien de temps, démembré, culasse et canon d'un côté et chargeur de l'autre. Anna se remit en garde…

— Anna ! C'est un ami ! cria Douglas, presque amusé par la situation.

Anna écarquilla les yeux tandis que l'ombre s'avançait vers elle lentement, et se rapprochait de la lumière.

— Mais vous êtes un moine ! dit Anna complètement éberluée.

— Oui tout comme Douglas! répondit la forme. Tu ne leur as rien dit?

— Quoi vous êtes un vrai moine, Douglas? demanda Éric tout aussi estomaqué.

— Oui!

— Vous faites partie de ces fanatiques?

— Non pas du tout, Anna! C'est tout le contraire, notre mission a toujours été de les surveiller!

— Comment ça, votre mission? demandèrent les deux jeunes gens à l'unisson.

— Je crois, mon frère, qu'une explication s'impose!

L'ombre, qui était maintenant bien visible à la lueur du plafonnier, portait la même soutane que les moines traditionnels et une ceinture de corde lui liait la taille. On aurait dit une image médiévale. Lorsqu'il ôta sa capuche, Anna pu le dévisager aisément. C'était un homme d'une quarantaine d'années, très athlétique bien que pas très grand, mais dont le visage respirait la sincérité et la jeunesse. Peut-être était-ce du fait de la rousseur de ses cheveux ou de son collier de barbe naissante, toujours est-il qu'on ne se serait pas trompé en qualifiant son type, d'irlandais.

— Oui, oui… Hum… Voici Fergus, mon frère et compagnon… De toute façon vous êtes trop mouillés, autant vous dire les choses!

— C'est quoi tout ça?

— Hop! Hop! Hop! dit Fergus. D'abord je vous ai apporté des sandwichs, des sodas et pour les plus téméraires j'ai aussi du *Drambuie* fait maison. Et il déposa un sac en plastique sur la table basse qui trônait au milieu de la pièce et qui avait pour seuls compagnons un canapé usé et deux chaises en bois.

— Du *Drambuie* ? demanda Anna qui semblait plus particulièrement intéressée.

— C'est une liqueur locale à base de miel de bruyère et d'épice, répondit avec désinvolture Douglas !

— Et du Scotch, mon frère, et du Scotch !

— Oui, oui et du Scotch, reprit Douglas. Fergus a toujours eu un faible pour cette boisson ! La sienne est particulièrement réussie, je dois le reconnaître.

— C'est comme de l'hydromel alors ? lança Anna, dont les yeux pétillaient.

— Pas tout a fait ! Mais espiègle comme tu es, je parie que tu vas aimer !

— Je pourrais comparer avec mon hydromel !

— Ah tu m'intéresses, ma fille, tu réalises donc toi-même le breuvage des Dieux ?

— Oui c'est une recette ancestrale que j'ai trouvée dans un livre ancien mais je l'ai améliorée à ma façon… Je crois que le mélange est bien réussi !

— Euh, je ne voudrais pas jouer les rabat-joie, mais je crois que nous avons d'autres soucis plus importants que d'échanger des recettes de liqueurs tous les deux, vous ne croyez pas ?

Les deux nouveaux amis échangèrent un regard terriblement déçu mais laissant entrevoir que la partie était remise. Douglas les invita à s'installer sur le canapé et à se restaurer tandis qu'il s'assit sur une des chaises, laissant l'autre à Fergus qui ne se fit pas prier pour s'asseoir. Ce fut Anna qui la première comme à son habitude, prit la parole.

— Alors vous êtes de vrais moines !

— Oui, cela peut te sembler bizarre mais c'est la vérité.

— Et vous n'avez rien à faire avec ces fanatiques ?

— Nous appartenons à un ancien ordre bénédictin fondé par Saint Cuthbert.

— D'où la chevalière ! Mais c'est la même que les autres fous !

Douglas tourna et retourna sa chevalière machinalement comme pour se rassurer.

— Non ! Ce ne sont pas les mêmes ! Les nôtres ont toutes été réalisées à l'époque de Saint Cuthbert et il n'y en a eu que 12 de forgées.

— 12 ? Pourquoi 12 ?

— C'est une allusion à la Cène et les 12 disciples.

— Alors vous n'êtes que 12 ?

— Pour être exact, aujourd'hui nous ne sommes plus que deux…

— Et les autres ?

— L'ordre s'est perdu avec le temps. Les douze titulaires devaient choisir un disciple, le former et celui-ci prenait la relève à la mort de leur tuteur. Mais beaucoup sont morts avant d'avoir pu choisir un disciple ou finir sa formation.

— Et c'était quoi le rôle de votre ordre ?

— Protéger les secrets de Saint Cuthbert! Empêcher des fanatiques comme ceux que vous avez vus de s'emparer des reliques.

— Mais pourquoi ça? Hormis le caractère sacré, je ne vois pas ce que des reliques peuvent avoir d'intéressant!

— En es-tu bien sûr, Éric?

— Oui, Éric… Tu sais bien qu'on pense tous qu'il y a un rapport entre tes pouvoirs et ceux que l'on prête à Saint Cuthbert.

— Montre-leur, Fergus!

Fergus tira du dessous de sa robe un livre assez ancien et le posa ouvert sur la table et prit la parole.

— Ce sont les chroniques du monastère. Tout ce qui se rapporte à Saint Cuthbert ou ses reliques y a été consigné par les 12 représentants de notre ordre au fil du temps.

Il pointa son doigt sur la reproduction d'une gravure du XIIe siècle montrant la dépouille de Saint Cuthbert entouré de quelques moines.

— Vous ne remarquez rien?

— Eh bien non… Il y a un anneau bien mis en évidence et un livre… Euh c'est tout. Après on voit trois moines, le tombeau et rien d'autre.

— Exactement Éric! Il manque les deux autres reliques! Les cornes d'or et le saphir!

— Oui c'est vrai, mais pourquoi?

— A l'époque de la gravure, les moines copistes ont, sur ordre, omis de représenter ces deux objets pour deux raisons! La première est que l'ordre est bénédictin, c'est donc un ordre pauvre. Aussi, personne n'aurait compris ni accepté que Saint Cuthbert ait possédé de telles richesses. La deuxième raison est qu'il fallait faire disparaître ces deux éléments afin de ne pas attirer les convoitises et qu'ils ne tombent pas entre de mauvaises mains.

— Pourtant, dans l'inventaire il est fait mention des cornes et du saphir.

— Oui si vous parlez de l'inventaire caché dans le portrait de Nicholas Harpsfield, c'est effectivement l'unique mention attestant de la réalité de ces reliques…

— Oui et pourquoi les consigner dans le portrait de ce Nicholas ?

— À vrai dire je ne sais pas, Anna ! Nicholas Harpsfield est un membre de l'inquisition. Il avait beaucoup d'ambition. Dans sa jeunesse, il a fait partie d'une délégation qui a ouvert le tombeau et à ce moment il s'est passé quelque chose. Nos ancêtres ont rapporté dans les chroniques qu'il aurait été foudroyé au contact du corps de Saint Cuthbert et qu'à son réveil il tenait des propos farfelus, que Dieu lui-même lui aurait ordonné de retrouver les cornes d'or, qu'il était l'élu, et que ce pouvoir divin ne pouvait que lui être attribué. C'est à ce moment qu'il a fondé cette confrérie de l'ordre de Saint Cuthbert avec des camarades d'Oxford, tous aussi fanatisés que lui…

— Mais que recherche-t-elle alors cette confrérie ?

— Toutes les reliques… À commencer par l'anneau mais ce n'est que le symbole de notre lien sacré avec

Dieu comme tout religieux. Concernant l'évangile, il ne leur sert à rien car il ne possède aucun message secret ni pouvoir.

— Comment savez-vous ça ?

— Ils le détiennent maintenant depuis plusieurs années et durant tout ce temps, ils n'ont pas avancé dans leurs investigations, donc j'en conclus que s'il y avait eu quelque chose, ça fait belle lurette qu'ils l'auraient trouvée. Il ne reste donc que le saphir et les cornes d'or.

— Oui ! Mais où sont-elles ?

— Eh bien comme vous le savez peut-être, lorsque les vikings ont débarqué en 793, ils ont ravagé le monastère, quoi qu'il existe des zones d'ombre à ce sujet. Toujours est-il qu'à la suite de ça, les moines du monastère décidèrent de déplacer les reliques. Leur voyage dura huit ans ! Huit années pendant lesquelles ils eurent tout le temps de les cacher.

— Oui, au final la dépouille de Saint Cuthbert a rejoint la cathédrale avec les reliques…

— Tout à fait Anna, sauf deux ! Il manquait le saphir et les cornes.

— Je ne comprends pas, dit Éric, que ces objets soient manquants, car ils sont bien inventoriés et associés à un lieu sur le portrait de Nicholas Harpsfield.

— Tu as raison ! Les lieux étaient bien ceux des caches, à l'exception d'un seul !

— Ingmar c'est ça ? dit-elle en sursautant sur le canapé.

— Oui, Ingmar est le nom d'un des membres de notre ordre, enfin un des douze moines de l'époque. Il a eu pour mission de rapporter les cornes sur les terres d'origine.

— Les terres d'origine ?

— La Scandinavie, Éric ! Mais personne ne sait ce qui s'est vraiment passé. On sait seulement que les cornes ont ensuite été découvertes en Suède, je crois. Et plus personne n'a entendu parler d'Ingmar par la suite. On suppose qu'il est mort durant son périple.

— Et pour le saphir ? Normalement il devrait se trouver à *Inner Farnes* comme c'est marqué sur le portrait ! demanda Éric.

— Pour ma part, je suis certaine qu'il a dû y séjourner, il s'agit certainement de la grotte où Saint Cuthbert a pris sa retraite.

— Oui tu as raison Anna ! Elle a dû disparaître dans les flots ou des pillards ont mis la main dessus !

— Pas exactement jeunes gens, pas exactement ! Pendant la seconde guerre mondiale, les allemands s'aventuraient de temps en temps jusqu'ici et les pêcheurs du coin servaient de garde-côtes. Un jour, le père de Fergus qui était pêcheur lui aussi, entreprit de fouiller les grottes d'*Inner Farnes* à la recherche de cache d'armes ou ce genre de choses, et c'est là qu'il découvrit le saphir.

— Donc il l'a confié à son fils !

— Ça ne s'est pas passé comme ça, reprit Fergus, mon père savait qu'il ne pouvait pas le laisser sur place et l'a donc caché pendant toute la guerre. Dans les années soixante, lorsque mon père prit sa retraite, il fut chargé de l'entretien du site et a construit cet endroit, pensant en faire un abri atomique. C'était la guerre froide alors vous savez... Puis lorsque la mairie commanda la sculpture de Saint Aidan, il s'y intéressa de très près et devint un ami très proche de l'artiste. C'est ainsi qu'ils conçurent ensemble le système d'ouverture de l'entrée de l'abri et cachèrent le saphir à l'intérieur du bâton de la statue. C'est uniquement sur son lit de mort qu'il m'a parlé du secret de la statue sans savoir réellement ce qu'il avait découvert.

— Et vous avez le saphir alors ? demanda Anna dont les yeux ne cessaient de briller d'excitation.

— Il est là…

Fergus ressortit la petite pochette en cuir contenant le saphir. Il desserra les cordons et fit glisser le cristal dans le creux de sa main. Mais celui-ci ressemblait plus à un bout de charbon qu'à un cristal tel qu'on aurait pu l'imaginer.

— Ça n'a rien d'un cristal, ça ! déclara Éric avec dédain.

— Oui je comprends ta déception, il a perdu son éclat en même temps que son pouvoir.

— Son pouvoir ? Qu'est-ce que vous voulez dire par là ? demanda Anna.

— C'est de ma faute, s'il est comme ça ! dit Douglas avec un regard si triste qu'il aurait fait pleurer un crocodile.

— Mais non, ce n'est pas de ta faute, mon frère… À force ça devait arriver !

— Mais de quoi parlez-vous tous les deux à la fin ! s'énerva Anna.

— Oui, oui, j'y viens, en fait c'est le cristal qui conférait à Saint Cuthbert la capacité de soigner. Enfin, il confère ce pouvoir à n'importe quelle personne du moment qu'elle se montre suffisamment pure ou bienveillante et soit capable de se concentrer un tant soit peu. Quoi qu'il en soit Saint Cuthbert a été initié, c'est certain, mais par qui ?

— De toute façon, il faut être suffisamment altruiste sinon ça ne fonctionne pas, ajouta Douglas.

— Dans un livre que nous avons lu, Anna et moi, il était noté que Saint Cuthbert jouissait d'une résistance et d'une force hors du commun.

— Attention Éric ! Il faut faire la part des choses entre le mysticisme, le folklore et la réalité.

— Non ! C'est établi qu'il possédait cette résistance et cette force, d'ailleurs je pense maintenant que cela provenait du cristal.

— Comment ça, Anna ?

— Regardez Éric ! Il n'a pas besoin de cristal pour faire la même chose !

— Mais Douglas, pourquoi dites-vous que c'est de votre faute si le cristal est tout noir ? demanda Éric.

— Fergus a essayé de me soigner mais le cristal a épuisé toute son énergie sans pouvoir terminer sa tâche.

— Alors on ne pourra jamais savoir si le pouvoir du cristal et le mien sont les mêmes !

— Je ne sais pas... Prends-le... On verra bien ce qui se passera !

Fergus déposa le cristal dans le creux de la main d'Éric. Celui-ci commença par l'inspecter sous tous les angles. Ensuite il se concentra. Un halo bleu entoura sa main et caressa le cristal qui se mit à flotter à quelques centimètres de la paume sans pour autant reprendre son éclat. Le halo disparu d'un coup et le cristal retomba dans la main d'Éric.

— Il n'y a rien à faire, je ne le ressens pas ! C'est comme s'il n'existait pas... Il doit être réellement mort. Si on peut dire qu'un cristal peut mourir.

— J'ai une idée ! s'écria Anna.

Elle se leva d'un bond pour aller chercher le sac à dos d'Éric duquel elle sortit la pièce.

— Éric, souviens-toi, les tablettes au musée ont réagi lorsque tu avais approché la pièce et c'est grâce à cela qu'on a découvert la clé du message. Peut-être qu'en contact avec la pièce, le cristal va lui aussi nous révéler quelque chose ?

— Pourquoi pas, donne !

Éric posa la pièce sur la table puis plaça le cristal en plein milieu. Les quatre personnes ne le quittaient pas des yeux, guettant la moindre réaction, le plus petit éclat. Mais l'action ne vint pas du cristal. En une fraction de seconde un immense éclair les aveugla et disparut aussi rapidement qu'il était arrivé. Au bout d'une minute, la petite assemblée retrouva la vue. Ils constatèrent alors avec stupéfaction que le cristal avec repris de son éclat et tournoyait dans l'air, comme en apesanteur, à la hauteur des yeux.

— C'est fascinant !

— Incroyable, jamais il ne nous avait fait ce genre de chose.

— Hé ! Regardez la pièce !

La pièce était devenue toute terne, et lorsqu'Éric voulut s'en saisir, il ne parvint à attraper qu'un flot de poussière. Elle s'était totalement désintégrée !

— Ça alors, mais d'où vient cette pièce Éric ? demanda Douglas.

— Elle provient du crash d'un objet, un missile certainement, ou je ne sais quoi pendant la guerre du Golfe. C'est mon cousin Niels qui me l'a rapportée de là-bas.

— Ça n'a rien à voir avec quelque chose de connu, ou… de terrestre.

— Je sais que depuis que j'ai cette pièce, j'ai le pouvoir de guérir… et peut-être plus, je le sens… mais c'est tout ce qu'on sait à son sujet.

— De toute façon, dans son état, elle ne nous apprendra plus rien !

Éric pointa son doigt vers le cristal qui fut attiré immédiatement vers lui. Il le rattrapa au vol et Fergus lui lança la pochette en cuir.

— Il faut mieux le remettre dans sa bourse. Et je pense aussi qu'il t'appartient de le conserver, n'est-ce pas Douglas ?

— Oui, de toute évidence, ce cristal est lié à toi… Autant que tu le gardes.

Soudain, Fergus se leva d'un bond, le visage anxieux.

— Que ce passe-t-il ? s'inquiéta Douglas

— Le pistolet !

— Quoi le pistolet ?

— Est-ce le tien, Anna ?

— Non, bien sûr que non ! Je l'ai pris à un de ces affreux à la cathédrale…

Fergus ramassa la culasse et la crosse pour les inspecter…

— C'est ce que je pensais, c'est un modèle modifié !

— C'est-à-dire ?

— Regardez…

Il frappa si violemment la crosse contre le sol en béton que celle-ci se fracassa laissant voir une petite lumière rouge clignotante à l'intérieur.

— Mais c'est quoi cette lumière ?

— Un mouchard !

— Quoi ? Un mouchard ! s'étonna Douglas.

— Oui mon frère, regarde par toi-même… Il n'y a que les soviétiques qui possèdent cette technologie.

— Combien de temps avons-nous, Fergus ?

— Étant donné que nous sommes à marée haute, ils n'ont pu que prendre le Ferry. Ils ne devraient plus tarder à présent.

— Il faut partir, les enfants ! Ramassez vos affaires, vite !

Fergus se débarrassa de sa robe qui dissimulait une veste de chasse et un jeans tout à fait ordinaire. Il jeta ensuite tous les éléments de l'arme dans le sac plastique qui servit aux sandwiches et glissa sous sa veste le livre des chroniques. Éric, quant à lui, récupéra son sac à dos et courut derrière Douglas et Anna.

— Douglas ? Comment fait-on pour s'enfuir ?
— J'ai mon idée, Anna ! Allez sortons…

Chapitre 8

Le petit groupe sortit en trombe du socle de la statue puis se mit à courir en direction du bord de mer, Douglas en premier. Ils atteignirent rapidement une petite jetée qui servait de quai à quelques bateaux de plaisance. C'est alors que Douglas sauta dans un splendide canot à moteur tout en bois d'acajou verni.

— Le propriétaire ne va pas se plaindre de sa disparition ? demanda Anna intriguée de voir deux moines voler un bateau.

En guise de réponse, Douglas esquissa un sourire en coin tout en continuant à vérifier le moteur. Fergus défit les amarres et en profita pour se débarrasser du mouchard en jetant au large le sac plastique qui disparut aussitôt dans les flots puis sauta rejoindre les autres dans le canot.

— Ça c'est fait… Comme ça ils ne trouveront pas la planque !

Douglas sortit alors de sa poche une petite clé qu'il enficha dans la serrure du tableau de bord et le moteur se mit à vrombir.

— Allez, Douglas ! On a déjà beaucoup trop traîné… Fonce !

Douglas poussa à fond la manette des gaz et le canot bondit d'un coup renversant Anna et Éric qui ne s'attendaient pas à une telle puissance.

— Mais c'est un monstre ce bateau ! éclata de rire Anna…

— Oui c'est un *Super Aquarama* de chez Riva, généralement ça propulse bien, non ? rigola Douglas.

Fergus souriait lui aussi alors que le pauvre Éric avait bien du mal à se redresser et à garder l'équilibre. Le canot glissa sur les vagues à une telle vitesse que les vagues se changèrent en bosses aussi dures que le roc. Le bateau volait de bosse en bosse quand soudain un claquement se fit entendre.

— Qu'est-ce que c'est ? demanda Éric.

En guise de réponse on entendit un deuxième claquement et le petit pare-brise de l'embarcation vola en éclat. Anna se retourna.

— Il y a un autre canot derrière nous et ils nous tirent dessus !

Douglas coupa immédiatement les moteurs tout en faisant demi-tour puis remit plein gaz en direction des assaillants. Les deux canots se frictionnèrent et dans le choc l'un des occupants du bateau adverse tomba à l'eau.

— Voilà qui va les freiner un peu, dit Douglas en effectuant un nouveau demi-tour à plein régime.

Pas de chance ! Le naufragé fut repêché en un rien de temps et le bateau reprit sa course en se rapprochant terriblement vite.

— Sans arme nous n'allons pas tenir longtemps! lança Éric.

— Regarde dans la malle au centre, tu vas en trouver! lui cria Douglas.

Éric ouvrit la malle par le devant mais à ce moment, le canot fonça sur une énorme vague qui le fit décoller comme une fusée. En retombant, tout le contenu s'éparpilla sur le plancher humide de l'embarcation. Anna et Éric se précipitèrent immédiatement pour récupérer tout ce qu'ils pouvaient afin que rien ne tombe à l'eau. Fergus les rejoignit et intercepta une housse et en sortit une espèce de long tube alors que les coups de feu continuaient à claquer de plus belle.

— Là, j'en ai assez! dit Fergus…

Il actionna un petit levier sur le tube, mit en joue leurs poursuivants puis pressa le petit bouton rouge. Une longue gerbe de flammes sortit du tube en direction du bateau qui explosa en mille morceaux.

— Un lance-roquettes! Vous avez un lance-roquettes! répéta Anna estomaquée.

— Anna, regarde! fit Éric en la tirant par le bras…

Il venait de trouver une petit boîte contenant une dizaine de passeports portant soit la photo de Fergus, soit celle de Douglas mais avec des noms très différents. Puis Anna ouvrit le petit portefeuille qui se trouvait au milieu des passeports.

— Merde alors… fit-elle bouche bée.

Elle montra le portefeuille à Éric et celui-ci eu la même réaction que sa compagne.

— Vous êtes du MI6!

— À mi-temps seulement, Éric, répondit Fergus avec un grand sourire.

— Mais nous sommes aussi de vrais moines! ajouta Douglas en étouffant un rire… Je t'assure que c'est la vérité!

— On n'a jamais vu des moines au service de sa Majesté à mi-temps, c'est n'importe quoi! tempêta Anna. Vous nous avez manipulés!

— Ô grand Dieu jamais de la vie! Je sais que c'est bizarre, mais nous t'avons dit la vérité.

— Bizarre? C'est rien de le dire! ne décolérait pas Anna. On a risqué notre peau, et il s'en est fallu de peu qu'on y reste, alors le minimum c'est de nous dire la vérité!

— Mais, nous t'avons dit la vérité! Nous avons seulement omis de vous dire quelques petites choses car cela vous aurait embrouillés plus que cela ne vous aurait aidés…

— Embrouillés? Mais on nage en plein brouillard, là! Une vraie purée de pois, c'est la nuit noire, là! Et d'abord qui êtes-vous à la fin?

Anna était vraiment très en colère, et les deux moines paraissaient sincèrement embêtés.

— Douglas, je t'avais dit que c'était une mauvaise idée de leur donner les informations au compte-goutte! Voilà le résultat! Ils ne nous croient plus.

— Parce que tu crois vraiment que si on leur avait dit que nous étions des moines au service du MI6, ils nous auraient crus?

— Eh oh! Tous les deux! Allo? Arrêtez vos chamailleries! Maintenant Éric et moi on veut du clair, et du vrai!

Fergus fit un signe de la main vers son acolyte pour l'inviter à parler. Douglas comprit alors qu'il n'avait pas le choix et décida de lui passer la barre en plaçant la manette des gaz à mi-course ce qui rendit le voyage plus confortable. Douglas rejoignit les deux jeunes à l'arrière et s'assit sur le plancher.

— Tout ce que nous avons dit, moi ou Fergus, est vrai sur toute la ligne. Nous appartenons bien à un ordre ancien de bénédictins. Cependant, il y a vingt ans, au tout début du conflit irlandais, nous avons été approchés par le MI6. Celui-ci nous avait mis sous surveillance lorsqu'il s'aperçut que nous nous intéressions à cette confrérie. En fait, le MI6 et nous poursuivions presque les mêmes objectifs sans le savoir.

— Presque?

— Oui, à cette époque, la confrérie essayait d'étendre son influence sur des organisations toutes aussi diverses que variées, ce qui incluait les partis politiques, les organisations syndicales, les services de police, et même les petites associations locales... Bref... Ils ont finalement entrepris d'infiltrer plusieurs organisations catholiques en Irlande et fatalement ils ont infiltré l'IRA.

— L'IRA? Qu'est-ce que c'est? Demanda Éric.

— Tu ne connais pas l'armée républicaine irlandaise? écarquilla Anna.

— Euh si, si…

— Je suppose qu'en approchant l'IRA, ils ont attiré l'attention du MI6.

— Exactement, Anna. Et comme nous tournions autour de la confrérie cela a aussi attiré l'attention du MI6 sur nous. Mais après avoir mené une enquête en secret, le MI6 comprit qu'il était plus utile de nous recruter que de nous surveiller…

— Oui, comme ça, ils faisaient une pierre deux coups !

— En quelque sorte ! Il leur fallait des agents qui soient à la fois efficaces sur le terrain et incollables en théologie. Alors recruter des moines n'était pas une idée totalement farfelue.

— Mais vous n'êtes pas des agents de terrain !

— Maintenant si ! Nous avions déjà reçu un entraînement par notre ordre, plus exactement je devrais dire une éducation proche de celle des chevaliers templiers, en plus moderne, bien sûr. Le MI6 n'a fait que terminer notre formation initiale, en plus de nous apporter une aide logistique bien utile.

— Je comprends mieux pourquoi Anders n'arrivait pas à obtenir des informations sur vous.

— Travailler au MI6 procure quelques avantages et un certain anonymat… Le badge ne sert pas qu'à draguer les filles, Éric ! dit-il en le regardant avec ce même petit sourire qui trahissait l'ironie qu'il voulait y mettre.

— Eh bien le MI6 va pouvoir nous aider alors ?

— Ce n'est pas si simple, Anna. Ma couverture est grillée au sein de la confrérie. Par contre, je doute que le grand Maître ne sache que je travaille pour les services secrets. Mais ce n'est pas le plus important, le plus grave c'est toi! dit-il en montrant du doigt Éric.

— Moi? Pourquoi moi? fit Éric éberlué.

— Les choses ont changé depuis que je t'ai vu faire.

— Quoi?

— Ton bracelet, Éric! Tu l'as utilisé sur le directeur du musée…

— Mais je me suis juste défendu, et je ne sais même pas comment j'ai fait!

— La question n'est pas là! Tu as libéré une puissance incroyable qui peut être terrifiante entre les mains d'une personne malintentionnée.

— Qui moi? Malintentionné?

—Toi? Non! Peut-être un peu maladroit, ou simplement novice dans l'utilisation du *Draupnir*, ça oui!

— Et vous pensez que le pouvoir du *Draupnir* et du cristal sont…

— Liés? Oui tout à fait, Anna! Ils proviennent de la même source c'est évident. C'est donc un pouvoir beaucoup plus ancien que celui de Saint Cuthbert, et beaucoup plus complexe et vaste que le simple don de guérir! La confrérie ne doit jamais mettre la main sur ce pouvoir, sinon je ne donne pas cher de notre monde.

— Mais vous croyez qu'ils sont au courant?

— Malgré son âge avancé, le grand Maître sait beaucoup plus de choses qu'il ne le laisse paraître. En outre la confrérie a des oreilles un peu partout et ce qui est certain c'est qu'elle possède des indics au sein de la police britannique et danoise. Je pense que ton geste au musée pour sauver Anna ne peut pas rester caché longtemps, quels que soient les efforts d'Anders pour le dissimuler d'ailleurs !

— Oh, Anders n'est pas dupe, vous savez, je le connais bien. Il sait qu'Éric a réalisé quelque chose d'extraordinaire, il ne peut pas l'expliquer mais je crois qu'il a bien compris les problèmes qui peuvent se poser si quelqu'un avait vent de ces pouvoirs. En tout cas, il ne m'a rien dit.

— Certainement pour te protéger, Anna !

— Oui c'est bien son côté Papa poule… Mais qu'allez-vous faire si ce pouvoir nous échappe ?

— Il n'y a pas trente-six solutions, il faut tout détruire ! Les hommes ne sont pas prêts pour ce genre de choses !

— Tout détruire ? Vous voulez dire me tuer ?

— Non Éric ! Ne t'inquiète pas ! Je suis sûr que le moment venu, tu sauras quoi faire ! Rappelle-toi la prophétie…

— Oui c'est « […] *Un fils de Lif marchera dans la lumière des Dieux, plein de richesses et…* »

— Et de sagesse ! Je suis persuadé que tu es l'élu de cette prophétie, tu n'es pas parfait c'est certain, mais tu n'es pas… nocif. Et Anna ne me contredira pas ?

— Ah c'est sûr qu'il n'est pas parfait ! Il m'énerve souvent avec sa stupidité, mais je l'aime bien comme ça. C'est un gentil !

— Ouf ! J'aime mieux ça ! dit Éric en lui prenant la main. Mais c'est vrai que je t'énerve ?

— Oui quand tu poses des questions stupides comme celle-là!

— Oups!

— Bon, le point positif c'est que le grand Maître est vieux et malade, avec un peu de chance la confrérie s'éteindra avec lui.

Éric et Anna se regardèrent et leurs regards suffisaient à comprendre qu'ils avaient, dans la précipitation, oublié ce petit détail.

— Euh, Douglas, il faut qu'on vous dise… À propos du grand Maître…

— Oui?

— Je ne sais pas si vous allez nous croire…

— Essayez toujours! Je verrai après.

Éric et Anna lui racontèrent alors tout ce qu'ils avaient vu dans la crypte, comment le vieil homme avait transmis l'énergie qu'il avait en lui à Nathan, cette lueur rouge, et le comportement cynique du grand Maître.

— Donc le grand Maître est mort!

— Non, le grand Maître c'est à présent Nathan… C'est l'ancien Nathan qui est mort!

— Et vous dites qu'il y avait une lueur rouge?

— Oui… Ça faisait pareil qu'Éric mais en rouge! Et ça a un rapport avec les Nazis?

— Pourquoi les Nazis?

— Parce qu'on a trouvé un document nazi dans les évangiles qui…

— Tu veux dire un document caché, Anna?

— Non, simplement glissé entre les pages ; c'était une note qui parlait d'une météorite qui avait été récupérée dans les environs de Nuremberg en 1500 quelque chose par un certain Herman… Mais je ne me souviens pas de son nom.

— Ah oui, il était aussi question de « Ahnenerbe », un truc avec les ancêtres. Ça ne vous dit rien Douglas ?

— Hum… À vrai dire non, Éric ! Enfin « Ahnenerbe », si ! C'était une sorte d'organisation nazie qui avait pour but principal de faire le parallèle entre les origines ariennes du peuple allemand et les divinités scandinaves. Bref, l'objectif était de prouver que le peuple allemand possédait des origines divines.

— C'est idiot !

— Pas pour Adolf Hitler ! Mais je ne vois pas ce que ça vient faire là. Peut-être les Nazis avaient-ils mis la main sur l'évangile et la confrérie l'a récupéré de la main des Nazis, ça ne serait pas étonnant ! Non, le plus inquiétant c'est cette lueur rouge que vous me décrivez et qui confère une sorte de vie éternelle ! En tout cas, cela permet au grand Maître de changer d'apparence tout en prolongeant sa vie. Dieu sait combien de vies il a prises !

— Raison de plus pour aller au bout et d'élucider cette énigme !

— Tu as raison Anna ! Il faut suivre la piste que vous avez trouvée au musée avec les tablettes.

— Le message disait que « *La pierre d'Heimdall et l'anneau d'Odin ne font qu'un sur la terre de Gaut.* »

— Oui! La solution est certainement à la bibliothèque du musée.

— Vous voulez qu'on retourne à Roskilde?

— Bien sûr!

— Mais si, comme vous dites, la confrérie a infiltré beaucoup d'organisations officielles, nous devons être recherchés par toutes les polices!

— C'est évident!

— Mais on ne peut pas s'y rendre avec ce canot!

— Voyons Éric, ne t'ai-je pas déjà dit que mon badge ne servait pas qu'à draguer les filles?

— Que voulez-vous dire?

Douglas ne répondit pas et se retourna pour s'adresser à Fergus qui continuait à piloter sagement l'embarcation.

— Fergus, on est à combien de *Boulmer*?

— Hum... Une trentaine de kilomètres je pense, moins, depuis que je longe la côte vers le sud, on y sera juste avant la nuit si je fonce un peu.

— Alors fonce! De toute façon, nous ne sommes pas équipés pour circuler en mer en pleine nuit, ce serait trop dangereux! Et nous ne pouvons pas non plus nous arrêter... Je suis prêt à parier que la confrérie a mis en place des guetteurs!

— OK c'est toi le boss... Accrochez-vous bien!

Fergus poussa les manettes et le moteur hurla de toutes ses entrailles. Le canot se remit alors à voler au-dessus des creux et des bosses, et chaque vague était un coup violent sur la coque.

— C'est quoi *Boulmer* ? se risqua de demander Anna en s'agrippant à la balustrade de toutes ses forces.

— Une petite base de l'armée de l'air dans les terres…

— Mais ça ne risque rien ?

— Eh bien, on s'en est déjà servie pour des opérations … plutôt discrètes… Là-bas nous trouverons certainement un avion et un pilote pour nous ramener en toute discrétion à Roskilde.

— Vous avez dit que c'était dans les terres, il va falloir prendre une voiture ?

— Non, non… En fait, Fergus va longer la côte jusqu'à *Alnmouth Bay*, puis il obliquera pour remonter la rivière par l'estuaire jusqu'à *Ainwick* une petite dizaine de kilomètres. *Boulmer* se trouve là-bas. C'est bien ça Fergus ?

— Oui mon frère ! Mais quand nous aurons quitté la côte je pourrai ralentir. C'est plus facile et moins dangereux de remonter la rivière de nuit que de circuler en pleine mer… À *Boulmer* on se sépare.

— Pourquoi ça ?

— Fergus est mon binôme, Anna, son boulot est de couvrir mes arrières, c'est un peu mon ange gardien en plus d'être mon ami. Il sera plus efficace dans l'ombre qu'avec nous. Et surtout il nous protégera mieux.

— Je vois, vous n'êtes pas des amateurs !

— Amateur à mi-temps, Anna, à mi-temps, et il éclata de rire.

Chapitre 9

Le jet privé aux couleurs du Royaume-Uni roula encore quelques dizaines de mètres sur la piste puis s'arrêta à proximité des hangars comme cela avait été décidé avec Anders. Cinq gros 4x4 noirs aux vitres fumées étaient garés là et Anders les attendait, entouré de plusieurs policiers.

— Eh bien, en voilà un comité d'accueil ! s'exclama Anna en regardant à travers le hublot.

— Mince alors oui ! Comment ça se fait qu'Anders ait fait tout ça, tu n'avais pas prévu notre arrivée avec lui ? demanda Éric.

— Je pense plutôt qu'il n'a pas eu le choix, les jeunes ! Je vous parie qu'il y a de la confrérie derrière tout ça ! Anna, est-ce qu'Anders est vraiment fiable ?

— Absolument ! Je suis certaine qu'il y a une explication à tout ça !

— Espérons que tu aies raison, Anna !

Douglas se faufila jusqu'au cockpit de l'appareil, échangea quelques mots avec les pilotes puis revint avec un petit sac noir en bandoulière.

— Qu'est-ce que c'est ? demanda Éric intrigué.

— Ce sont les chroniques du monastère, nous en aurons certainement besoin pour recouper les informations avec celles que nous allons trouver à la bibliothèque du musée.

— Très bonne idée Douglas !

— Oui, je pense aussi… Allez descendons, voyons ce qui nous attend !

— Et pour l'avion ?

— Rien à craindre ! Il appartient au gouvernement de la Grande Bretagne ! Personne n'a le droit d'y monter à moins d'avoir une autorisation officielle britannique sinon ce serait une violation de droit ! Je ne pense pas que le Danemark veuille s'embarquer dans un conflit diplomatique ! Non ?

Un escalier roulant avait été apposé sur la carlingue et lorsque Douglas ouvrit la porte, il trouva Anders tout en bas en train de patienter entouré d'un cordon de policiers. Les trois passagers descendirent donc le rejoindre.

— Bonjour les enfants !

— Bonjour commissaire ! Pourquoi un tel accueil ?

— Cela ne vient pas de moi, j'ai reçu des ordres… Je suis désolé, mais je dois vous arrêter, Douglas !

Douglas regarda autour de lui et vit que plusieurs autres policiers tout en noir, encagoulés et lourdement armés, certainement les forces spéciales, le tenaient en joue.

— Tout ça pour moi ?

— Oui, ne me demandez pas, je ne suis pas responsable, je suis devant le fait accompli moi aussi.

Allez, tournez-vous gentiment que je vous passe les menottes.

Douglas jugea qu'il était vain de vouloir résister devant tout ce déploiement de force armée. Il préféra n'opposer aucune résistance et obtempéra calmement aux ordres d'Anders.

— Mais enfin Anders, c'est pas juste ! Tu n'es pas obligé de le menotter quand même ! interféra Anna.

— Anna ne t'inquiète pas, répondit Douglas, il vaut mieux que je sois menotté ! Regarde les cow-boys là-bas ! S'ils pensent que je suis une menace ils n'hésiteront pas à ouvrir le feu, alors autant ne pas leur donner un prétexte pour appuyer sur la gâchette.

Anna regarda Anders qui fit mine d'acquiescer tout en conservant la mine sombre de ses mauvais jours. Lorsqu'il prenait cette tête-là, Anna savait qu'il était contrarié et qu'il faisait les choses à contre cœur et malgré tout, ça la rassura quelque peu. Les forces spéciales s'étaient déployées mais à présent plus personne ne pointait son arme vers le moine. Éric suivait derrière et n'en menait vraiment pas large devant toute cette armée. Le petit groupe se dirigea alors vers le véhicule noir le plus proche. En montant, Anders leur signala discrètement de ne pas parler et l'expression de son visage fut suffisamment convaincante qu'elle n'appela aucune contestation. Le 4x4 démarra immédiatement en direction du commissariat de Roskilde et le trajet se déroula dans un silence monacal.

Une fois arrivés, Anders demanda aux jeunes de bien vouloir l'attendre dans le hall d'accueil pendant qu'il allait s'entretenir avec Douglas dans une des salles réservées aux interrogatoires au sous-sol. Anna voulu encore une fois protester mais le commissaire la regarda d'une telle manière qu'elle en fût complètement retournée. Jamais il ne l'avait regardée comme ça ! C'était un regard rempli à la fois de colère et de désarroi. Anders les planta dans le hall et se dirigea vers le sous-sol en accélérant le pas. Elle comprit que quelque chose clochait. Une fois au sous-sol, Anders ouvrit la première porte qu'il trouva.

— Assoyez-vous Douglas, il faut qu'on parle tous les deux, nous n'avons pas beaucoup de temps.

— Que se passe-t-il commissaire ?

— Je ne sais pas justement, je comptais sur vous pour m'éclairer !

— Je serais bien en peine de vous aider, si vous-même ne me donnez aucune explication.

— Hier au téléphone avec Anna, j'avais à peine fini que j'ai vu débouler dans mon bureau toute une horde de sales types qui agitaient des badges officiels et qui mettaient leur nez partout. Tout de suite on m'a sommé de suivre les ordres du procureur royal et de vous arrêter !

— Ils avaient collé un mouchard sur votre téléphone ou dans votre bureau voilà tout !

— Qui donc ?

— Eh bien je sais que dans votre équipe, tout le monde ne vous est pas fidèle ! Certains font double jeu !

— Impossible, je fais équipe avec eux depuis plus de 10 ans, jamais ils ne s'amuseraient à ça.

— Et pourtant il y a bien quelqu'un qui transmet des informations provenant directement de votre bureau… Et comment pouvez-vous expliquer qu'on vous demande de m'arrêter sans que personne ne soit au courant de notre arrivée ?

— Eh bien je…

— Et cela ne vous titille pas que les ordres proviennent directement du procureur ?

— C'est normal ça, il est mon supérieur !

— Ah oui ? Et vous en connaissez beaucoup des chefs qui agissent comme ça ?

Anders se gratta le menton quelques secondes. Il savait pertinemment que tout ce que lui disait Douglas n'était que le reflet de ce qu'il pensait déjà lui-même. Il s'offrit pourtant le luxe de réfléchir quelque secondes supplémentaires tout en jetant un coup d'œil inquiet par la vitre grillagée de la porte…

— Et vous pensez que c'est l'œuvre de cette espèce de confrérie de fanatiques dont m'a parlé Anna ?

— Ce sont eux, j'y mettrais mes deux mains au feu ! dit-il en agitant ses poignets menottés devant le nez d'Anders.

— Désolé, Douglas, je ne peux pas vous les retirer. Les cow-boys sont toujours dans le bâtiment… Je ne voudrais pas qu'un de ces types décide, de son propre chef, de faire un carton sur vous.

— Tant pis…

— Qui sont-ils ces fanatiques ?
— Vous parlez de la confrérie ?
— Oui !
— C'est une sorte d'organisation fondée au temps de l'inquisition par un anglais, Nicholas Harpsfield. Suite à une vision qu'il aurait eue, il s'est mis dans la tête qu'en rassemblant toutes les reliques de Saint Cuthbert il pourrait détenir un pouvoir divin qui lui revenait de droit…
— Mouais, encore un illuminé ! Et les reliques, c'est quoi ? Des ossements ?
— Non, pas du tout… Il s'agit de quatre objets : un anneau, un saphir, un évangile et des cornes d'or.

Douglas essayait de ne pas en dire trop, ou trop vite. Même si Anna considérait le commissaire comme fiable, il fallait que, lui, en soit certain, les enjeux étaient trop grands et il devait garantir sa propre sécurité. Aussi essayait-il de percevoir chez le commissaire le moindre signe qui pourrait le rassurer. Cependant Anders était trop habitué aux interrogatoires pour laisser échapper ce genre d'information et ça Douglas ne le savait que trop bien. Seuls les événements pourraient apporter quelques éclaircissements mais il était encore trop tôt.

— Pourquoi tout le monde s'intéresse aux cornes de *Gallehus* ? Qu'est-ce qu'elles ont de spécial ?
— Les cornes de *Gallehus* ? Qu'est-ce que c'est, commissaire ?
— Anna ne vous a rien dit ?

— Elle n'en a peut-être pas eu l'occasion, les choses se sont un peu précipitées vous savez !

— Oui… Bien sûr… Bon, les cornes de *Gallehus*, c'est un cas d'école en criminologie au Danemark. Il s'agit du vol par un certain Heidenreich de deux cornes d'or découvertes en Suède. Il a fait fondre les deux objets pour écouler l'or sous forme de bijoux. L'enquête a traîné et puis l'or a été retrouvé et on a reconstitué les cornes avec. Cependant pour le professeur Christiansen, les cornes exposées au musée royal sont des faux.

— Je ne vous suis pas…

— La quantité d'or retrouvée ne correspond pas aux cornes reconstituées. Le poids originel des cornes était trop important par rapport à la taille qui avait été répertoriée… Donc le professeur pense qu'elles n'étaient pas en or, ou qu'il n'y avait pas que de l'or dans le métal.

— Et vous pensez, commissaire, que les cornes de Saint Cuthbert et les cornes de *Gallehus* sont la même chose ?

— Bien sûr ! Le voleur, ce Heidenreich a pris soin de les dessiner avant de s'en débarrasser. Or il a découvert qu'il y avait des inscriptions à l'intérieur, chose que les autorités ne savaient pas ! Il a tout consigné sur un parchemin qu'il a pris soin de cacher avant son arrestation et c'est par hasard que le professeur l'a découvert un siècle plus tard.

— Oui c'est donc pour ça que Vogter, le directeur du musée, a voulu se débarrasser du professeur, il pensait qu'ils étaient si proches du but qu'il pourrait trouver le trésor tout seul !

— Sauf qu'il n'y a pas de trésor !

— Oui, oui, je sais tout ça.

— Bon, revenons à cette confrérie, Douglas, voulez-vous ! Pensez-vous qu'elle soit vraiment dangereuse ?

— Oui, c'est un danger très sérieux ! Elle a fait beaucoup d'émules, sans doute séduits par l'idée de suivre un nouveau messie ou simplement convaincus que cette secte allait leur apporter quelque chose, du pouvoir, de la richesse, de l'influence… ou n'importe quoi d'autre.

— Vous dites « beaucoup » ? Ça veut dire combien ?

— Je serais bien incapable de vous donner un chiffre ! Par contre ce qui est certain, c'est qu'elle a noyauté les milieux politiques et les hauts fonctionnaires dans tous les domaines, la justice, la police… Regardez, il y a même une taupe chez vous ! C'est vous dire !

— Mais que vient faire le MI6 dans tout ça ?

— Le MI6 ? Bien sûr… L'agence m'a recruté dans les années soixante-dix pour les infiltrer. C'était l'époque où la confrérie essayait de prendre de l'influence sur l'IRA.

— Attendez ! Vous me ferez pas gober que le MI6 était sur le coup pour ça ! C'est plutôt le rôle du MI5 de surveiller les menaces intérieures et non au MI6… Alors dites-moi donc ce qui se cache derrière tout ça !

Douglas ne l'avait pas vu venir et accusait le coup. Il était évident qu'il ne pourrait pas la jouer à l'envers avec Anders, il était beaucoup trop futé pour ça. Il prit cinq bonnes minutes pour réfléchir avant de reprendre la parole. Anders, quant à lui, savait qu'il l'avait coincé et qu'à présent tout se jouerait sur leur confiance réciproque. Aussi il ne se pressa pas et le laissa cogiter.

— Bon… c'est d'accord… je vous fais confiance. Anna m'a dit qu'on pouvait se fier à vous ! Alors ce que je vais vous raconter restera entre vous et moi. Les jeunes ne sont pas au courant, je ne voulais pas les affoler… Du moins ils ne savent pas tout.

— Vous m'inquiétez…

— Il y a de quoi ! Tout remonte au temps du IIIe Reich…

— Quoi les Nazis maintenant ?

— Oui… voilà, vous savez sans doute qu'Adolf Hitler était obsédé par l'idée que les aryens soient issus des Dieux nordiques.

— Euh oui, j'en ai entendu parler…

— En 1936 une section spéciale, l'*Ahnenerbe*, a été créée par Heinrich Himmler et Herman Wirth, des proches du Führer. Cette section a effectué de nombreuses recherches scientifiques ou archéologiques pour démontrer la supériorité de la race aryenne et ses rapports avec les races nordiques… au sens des SS de l'époque.

— Hum…

— Des expéditions ont été menées dans le Sud-Ouest de la Suède, principalement dans la région du *Bohuslän*. Par la suite, il y a eu aussi des expéditions à *Briggens*, en Finlande et même jusqu'au Tibet. À cette époque, ils poursuivaient en parallèle un autre objectif, celui de trouver dans les origines mythologiques de quoi fabriquer des armes nouvelles. Vous savez comme le marteau de Thor !

— C'est complètement délirant !

— Attendez, il paraîtrait même qu'ils auraient réussi à reconstituer le fameux marteau en se basant sur les chants et les incantations des sorciers locaux de Finlande. En plus, dans une de ces incantations il était question des fameuses cornes qui permettrait de libérer les puissances cosmiques. Bien sûr tout ceci fait partie du folklore mais pas pour les Nazis, c'était suffisamment sérieux pour organiser des expéditions scientifiques. Après la guerre, cette organisation avait totalement disparu, mais en 1970, le Mossad signale au MI6 que le petit-fils de ce Herman Wirth faisait partie de la confrérie. D'ailleurs maintenant, je me demande s'il s'agit vraiment du petit-fils ou d'Herman Wirth en personne…

— De quoi parlez-vous, Douglas ?

— Euh… Rien, je réfléchissais à haute voix ! Désolé… Donc je vous disais que le MI6 a trouvé inquiétant le rapprochement d'anciens Nazis avec la confrérie qu'ils prenaient, eux aussi, pour un groupe d'illuminés.

— Oui mais vous me parlez toujours de choses qui sont de l'ordre du MI5 et non du MI6, Douglas !

— Oui j'y viens… Au début, le MI6 pensait que l'objectif du départ de la confrérie était bel et bien de réunir les reliques de Saint Cuthbert, et permettre à certains de croire qu'ils allaient bénéficier des largesses de

Dieu! Mais le fait que la confrérie soit gangrenée par les Nazis, les a fait changer de point de vue, pour eux, leur véritable objectif était d'infiltrer les pouvoirs en place, créer des armes de destruction massive et mettre en place ou préparer l'arrivée d'un nouveau Reich mondial!

— Vous plaisantez?

— Absolument pas! N'oubliez pas qu'à l'époque nous nagions en pleine guerre froide! Nous venions tout juste de sortir de la crise de Cuba et nous avions simplement frôlé l'anéantissement de la planète. Une situation idéale pour les objectifs de la confrérie! En tout cas, quoi que vous en pensez, la question est très sérieuse… Existe-t-il une arme de destruction massive? Personne ne sait! Par contre, il faut empêcher coûte que coûte la confrérie de la posséder.

— Une arme de destruction massive? C'est du délire, faut vous faire soigner mon vieux!

— …ou une arme d'un nouveau genre… qui propulserait les directeurs de musée à travers tout une pièce et qui défoncerait les murs… vous voyez ce que je veux dire, commissaire?

L'absence de réponse du commissaire fut très explicite! Anders ne pouvait pas nier qu'il s'était passé quelque chose au musée et que Vogter n'avait pu passer à travers le mur que s'il avait été propulsé avec une force inouïe. Aussi Douglas poursuivit.

— Jusqu'à la découverte par le professeur Christiansen des nouvelles runes et de la suite de la prophétie, nous conservions le contrôle de la situation. Mais à présent tout s'est emballé.

— Mais pourquoi n'êtes-vous pas immédiatement venu me raconter tout ça dès le début ?

— M'auriez-vous fait confiance, commissaire ?

— Avec votre badge du MI6 certainement !

— Vous auriez réellement cru cette histoire ? Même sans connaître les pouvoirs d'Éric ? Car au fond de vous, vous savez pertinemment qu'Éric est au cœur du problème ! N'est-ce pas ?

— Vous avez raison ! Je vous aurais pris pour un fou…

— Et puis je prenais aussi le risque de bousiller ma couverture et de ficher en l'air des années d'infiltration… Ça n'aurait pas fait beau sur mon CV ! sourit Douglas.

— Et les jeunes, qu'est-ce qu'on fait avec eux ?

— Il faut absolument les protéger ! Ils sont complètement mouillés maintenant… J'ai bien peur que la confrérie finisse par mettre la main sur Éric ! Ce serait une catastrophe !

— Que proposez-vous Douglas ?

— Nous devons les prendre de vitesse et aller jusqu'au bout de cette histoire. C'est la seule façon de les anéantir et de mettre les jeunes à l'abri. Dans mon sac, il y a un livre qui relate les événements tournant autour des reliques de Saint Cuthbert, c'est un exemplaire unique. Je pense qu'en croisant les informations de la bibliothèque du musée avec les travaux de Christiansen et celles du livre, nous devrions progresser rapidement…

Douglas n'eut pas le temps de terminer son récit que la porte s'ouvrit violemment. Trois hommes en costume et cravate s'engouffrèrent dans la pièce et encadraient déjà Douglas. Un quatrième homme entra alors et s'adressa à Anders qui l'avait immédiatement reconnu et ne semblait pas surpris de le voir arriver.

— Bien Anders! Très bien! Pour une fois vous avez obéi je vois.

— Avais-je vraiment le choix?

— Non il est vrai! Mais curieusement alors que je ne voyais plus trop d'avenir pour vous ici, il semblerait que vos perspectives de carrière soient redevenues… Comment dirais-je… plus pérennes…

Anders préféra se taire plutôt que de lui dire ce qu'il en pensait vraiment. Aussi il changea de sujet.

— Et que me vaut l'honneur de votre présence? Habituellement vous ne vous déplacez pas pour de banales arrestations.

— Voyons commissaire, vous ne connaissez pas la vie harassante que peut mener un procureur! Un peu d'exercice ne peut que me faire du bien.

— Si vous le dites, monsieur…

— Ainsi voici notre renégat?

— Non, ce n'est qu'un témoin et je ne vois pas pourquoi je devais l'arrêter!

— Oh Anders! Votre incompétence me sidère! Vous êtes incapable d'élucider l'affaire du musée, vous laissez les coupables partir et lorsque vous en avez un sous la main, ce n'est pour vous qu'un témoin!

— Parfaitement cet homme n'a rien fait !

— Ah ? Et comment expliquez-vous que ses empreintes se trouvent sur l'arme que nous avons trouvée au musée ?

— Simplement parce qu'il l'a tenue, pardi ! Mais aucune arme n'est en cause dans ce qui s'est passé !

— Certes… Mais nous avons quand même un blessé grave à l'hôpital… Et aucune piste, incroyable, non ?

— Il faut dire que vous ne m'avez donné aucun moyen pour faire avancer l'enquête ! Mes demandes pour aller voir nos homologues anglais ont toutes été rejetées par votre bureau !

— Ah oui, vraiment ? Je n'en ai pas été informé…

— Et pourquoi m'avez-vous intimé l'ordre de classer l'affaire alors ?

— Commissaire, ce n'est ni le lieu ni le moment de laver notre linge sale… Encore moins devant des étrangers.

— Des étrangers ?

— Ces messieurs sont des policiers anglais et ils vont se charger de notre ami ici présent. Je suis certain qu'il a une multitude de choses à leur raconter, d'une manière ou d'une autre…

— Comment ça d'une manière ou d'une autre ?

À ce moment Anna et Éric firent irruption dans la pièce en protestant contre le procureur.

— Mais qu'est-ce que c'est que ce cirque ? Qui sont ces enfants ?

— Que faites-vous là ? Je vous avais dit de m'attendre là-haut !

Mais Anna s'approcha de lui et lui susurra à l'oreille.

— Ce sont des hommes de la confrérie ! Éric en a reconnu un et moi je me suis battu avec le grand là…

— Quoi tu t'es battue ? lui demanda-t-il de la même façon.

— Ce n'est pas fini ces cachotteries ? fulmina le procureur. Puis, il continua en anglais et ordonna aux hommes de se débarrasser de Douglas.

— Qu'est-ce que vous dites ? Que vont-ils faire de Douglas ? protesta Anna.

— Tais-toi, Anna, c'est assez compliqué comme ça ! répondit Anders.

— Écoutez la voix de la sagesse jeune fille et laissez faire les grandes personnes !

— Où vont-ils l'emmener ? Vous pouvez quand même nous le dire !

— Cela ne vous regarde pas, Anders ! Laissons la police anglaise se charger de ça.

— Ça me paraît bien louche tout ça ! Montrez-moi les documents officiels !

— Les voici, satisfait ? fit le procureur. Et il les jeta sur la table avec colère mais la liasse de feuilles continua sa course et tomba par terre en faisant voler le trombone qui les maintenait.

Une dizaine de feuilles tamponnées du sceau de Scotland Yard s'étaient éparpillées sous la table. Anders se baissa pour les ramasser mais discrètement il glissa le trombone dans la main de Douglas ce qui n'échappa pas à l'œil Anna qui ne comprit pas son geste. Il remit les papiers en ordre après les avoir inspectés rapidement et les tendit au procureur qui les rangea immédiatement dans le porte-document qu'il tenait.

— Vous voyez ! Tout est fait dans les règles ! Tournez la page, Anders. On ne peut pas gagner à tous les coups ! Votre prochaine affaire sera mieux conduite, j'en suis sûr, vous verrez !

— Il n'empêche que je ne comprends pas pourquoi Scotland Yard se mêle de nos affaires ! grommela-t-il.

— Ce ne sont plus nos affaires… Et pour tout vous dire je m'en fiche complètement. Allez, assez perdu de temps, débarrassez-moi de cet énergumène que je ne le voie plus !

Les hommes en costume et cravate firent signe de se lever à Douglas qui jusque-là n'avait pas bronché et suivait la scène avec intérêt.

— Où se trouve le sac qu'il portait ?

— Pardon ?

— C'est ce que vous portez là ?

— Euh ça non…

— Ne me prenez pas pour un idiot ! Donnez-moi ça !

Anders laissa glisser la bandoulière de l'épaule pour lui remettre le petit sac. Le procureur le saisit brutalement et s'empressa de le fouiller. Il en ressortit un vieux livre à la couverture en cuir toute tâchée de jaune et afficha une mine réjouie. Anders eut un mouvement vers le livre mais Douglas s'interposa.

— Laissez, commissaire… vous en avez assez fait ! Ne vous attirez pas plus d'ennuis. Puis il regarda les deux jeunes gens et leur afficha son sempiternel petit sourire en coin.

Rictus ? Dernier baroud d'honneur ? Anna ne savait pas comment l'interpréter, mais la situation semblait désespérée. Le livre entre les mains de la confrérie, tout était fichu. Elle prit la main d'Éric dans un élan d'affection et la sentit brûlante et raide. Elle comprit immédiatement ce qui était sur le point d'arriver, aussi elle plongea les yeux dans ceux d'Éric et vit une flammèche bleue qui commençait à s'intensifier. Cela n'échappa pas non plus à Douglas qui apposa ses mains menottées sur l'épaule d'Éric.

— Non Éric ! Ne fais rien, calme toi… rien est perdu… Je te promets que nous irons tous au bout de cette histoire. Fais-moi confiance.

Les paroles de Douglas semblaient avoir prise sur Éric et Anna sentit sa main se détendre et se refroidir mais cela ne changea pas le regard terrifiant qu'il lançait en direction du procureur. Indisposé, celui-ci fit accélérer le mouvement.

— Dépêchez-vous, bande d'idiots, sortons !

Les cinq hommes sortirent laissant Anders, Éric et Anna, totalement désemparés.

— Comment allons-nous faire maintenant sans le livre ?

— Je n'en sais rien Éric…

— Et comment allons-nous le sortir de là ?

— Je ne peux rien faire, les enfants. Vous avez vu comme moi que le procureur est de mèche avec la confrérie … et il a toute la police à ses ordres. En plus, si ces types en cravate sont de la confrérie comme vous me l'avez dit, cela signifie que nous ne pouvons compter ni sur la justice, ni sur la police ! J'ai bien peur qu'il faille nous débrouiller par nous-mêmes.

Chapitre 10

Douglas était à présent assis à l'arrière d'une grosse berline noire, menotté et coincé entre deux colosses au service de la confrérie. Resté sur le trottoir, le procureur donnait ses consignes au chauffeur par la vitre.

— Retournez à l'aéroport! Un hélicoptère vous y attend, après vous savez ce qu'il vous reste à faire. Et il glissa le sac de Douglas sur le siège avant du passager. Remettez le livre au grand Maître, il sera content.

— Que faisons-nous du colis? demanda le chauffeur en inclinant la tête vers l'arrière pour désigner Douglas.

— Eh bien faites-en ce que vous voulez, peu m'importe!

— Vous voulez qu'on s'en débarrasse dans une ruelle?

— Et comme ça on aura des témoins, bien sûr c'est une excellente idée... Espèce de crétin, vous m'embarquez ça et vous me le balancez à l'eau quand vous serez au-dessus de la mer du Nord, les poissons se chargeront du reste!

Le chauffeur remonta la vitre et la grosse berline démarra en trombe. Une autre grosse berline noire s'avança alors à sa hauteur, le chauffeur descendit ouvrir la porte puis le procureur s'engouffra à l'intérieur en grommelant.

— Vous parlez d'une bande d'imbécile.

La voiture démarra aussi vite que la précédente dans un concert de sirènes officielles.

À l'intérieur du premier véhicule, Douglas faisait mine d'être détendu bien que n'ignorant pas l'issue de son voyage.

— C'est possible de mettre un peu de radio ? demanda-t-il à l'homme de droite.

Cependant celui-ci faisait mine de ne pas avoir entendu, aussi Douglas réitéra sa demande.

— Allez quoi, ne soyez pas vache ! Que voulez-vous que je fasse ? Je suis menotté, et coincé entre vous deux… Alors quoi, soyez sympa !

— Vas-y met lui la radio qu'il nous fiche la paix ! dit l'homme de gauche au chauffeur, qui s'exécuta.

Une musique atroce envahit alors l'habitacle entrecoupée de messages publicitaires débiles.

— Euh, sans vous commander, vous serait-il possible de mettre une autre station avant que l'un de nous ne vomisse ?

Cette dernière réplique de Douglas détendit l'atmosphère, et les trois colosses éclatèrent de rire. Le chauffeur changea de station et tomba sur la radio officielle qui jouait *Rigoletto*.

— Oui parfait ! Verdi pour l'occasion c'est sublime…

Les trois gaillards semblaient contre toute attente approuver ce choix et Douglas sentit qu'ils ne se méfiaient plus de lui. Il fit glisser discrètement le trombone entre ses doigts et le déplia de sorte à former une tige, puis il s'avança vers le chauffeur en parlant doucement.

— C'est là qu'il faut faire attention… Gilda va entrer en scène et avertir son père qu'elle s'inquiète pour lui…

Soudain, Douglas enfonça violemment le trombone dans la nuque du chauffeur ce qui lui fit faire un mouvement brusque. La voiture enchaîna alors toute une série de tête-à-queue pour finir sa course au beau milieu du carrefour. Les quatre hommes un peu groggy ne virent pas arriver la camionnette rouge qui fonçait sur eux à tombeau ouvert. Le choc fut terrible. La voiture fut projetée à une dizaine de mètres. Le conducteur de la camionnette avait sauté du véhicule avant le choc et courait à présent vers la voiture fumante, un pistolet à la main. Aussitôt il mit en joue les occupants… Mais voyant que ceux-ci étaient dans un état pitoyable, mais vivants, il jugea bon de rengainer son arme. Il fit le tour de la voiture et extirpa Douglas de la carcasse par la porte arrière.

— Franchement, tu ne pouvais pas trouver autre chose pour me sortir de ce guêpier?

— Voilà, toujours pareil! Monsieur n'est jamais content. Si tu crois que j'ai eu le choix!

— Oui, oui c'est bon merci…

— Qu'est-ce que tu fiches avec ce trombone?

— Ah ça? Je crois qu'Anders pense que tous les types des services secrets ouvrent les menottes à coup de trombone.

— Pardon ?

— Oui, il me l'a glissé discrètement au commissariat…

— C'est bon pour James Bond ça !

— Bon, fichons le camp d'ici avant que les flics ne rappliquent, et tant que tu y es, passe-moi le truc !

Les deux hommes se mirent à courir et s'enfuirent par la petite ruelle du côté.

— Quoi ? Tu n'as pas un trombone pour ça ? dit-il en courant.

— Allez, te moque pas ! File-le moi que je quitte ces bracelets !

Fergus lui passa une espèce d'outil en forme de petite lame courbe et en deux mouvements Douglas vint à bout de la serrure. Il se débarrassa de l'encombrant bijou en le jetant dans la première poubelle venue.

Après avoir traversé deux quartiers à bon train, les deux compagnons s'arrêtèrent pour souffler un peu.

— Bon qu'est-ce qu'on fait maintenant Douglas ?

— Je crois qu'il ne nous reste plus beaucoup d'options ici, mon frère ! La confrérie a noyauté la police et la justice de ce pays.

— Ce commissaire aussi ?

— Anders ? Non ! Il est de notre côté. Il faut le contacter et trouver un endroit pour étudier les informations contenues dans les chroniques. A propos où l'as-tu mis ?

— Ici, avec moi, comme toujours ! Il désignait son thorax sur lequel on pouvait remarquer un bout de son gilet pare-balles qui dépassait de la veste.

— Parfait…

— Attend ! On a oublié le sac dans la voiture…

— Laisse Fergus ! Ils s'amuseront avec la copie ! Ça les baladera… Le temps qu'ils comprennent que c'est un faux, il y aura de l'eau qui coulera sous les ponts. Bon j'appelle Anders…

Fergus s'éloigna un peu afin de trouver un lieu plus propice pour faire le gué tandis que Douglas se dirigea vers une cabine téléphonique qui ornait le coin de la rue. Son coup de fil ne dura guère plus de cinq minutes et il rejoignit Fergus.

— Alors ?

— On se rejoint au musée dans le bureau de direction, il y a tout ce qu'il faut pour continuer les recherches.

— Bien… Je m'occupe du véhicule ?

— Non, non, on va prendre le bus ce sera plus discret.

— Et tu n'as pas peur qu'ils fouillent les bus justement ?

— Oui c'est probable mais il n'y a aucune chance qu'ils en arrêtent un qui va au musée, c'est quand même le dernier endroit où ils penseraient nous trouver.

Les deux compagnons se dirigèrent donc vers une artère plus passagère à la recherche du premier arrêt de bus qu'ils trouvèrent rapidement.

*
* *

Fergus avait tiré les stores et s'était positionné près d'une fenêtre d'où la vue imprenable sur l'entrée du musée garantissait une position idéale pour anticiper l'arrivée impromptue de la police. Anders ne savait pas trop quoi faire. Sa connaissance de l'histoire scandinave était bien trop mince pour comprendre quelque chose dans les échanges entre Anna, Éric et Douglas. Aussi s'était-il assis tout au bout de la grande table prêt à rendre service si on le lui demandait.

— Bon on commence par quoi Anna ? demanda Éric.

— Il faut d'abord trouver dans les notes de ton oncle la date à laquelle les cornes d'or ont été retrouvées et puis après on verra avec Douglas s'il y a une correspondance dans les chroniques du monastère.

— OK c'est parti !

Éric feuilleta consciencieusement le carnet noir du professeur Christiansen et au bout d'un petit quart d'heure…

— J'ai deux dates !

— Vas-y, envoie !

— Alors, la grande corne a été retrouvée en 1639 en Suède…

Douglas chercha dans les chroniques une ligne en rapport avec cette date mais il ne trouva rien de très intéressant à cette époque. Il était plutôt question de choses administratives liées aux initiés de son ordre.

— Je n'ai rien à ce moment ! Tu as autre chose Éric ?

— Peut-être... j'ai ici une information sur la petite corne disant qu'elle a été retrouvée en 1734 pas très loin de la première... Mais je n'ai rien de plus.

— Les chroniques sont assez silencieuses, elles reportent quelques actions du pape Clément XII contre la corruption de certains bénédictins et parlent de son état de santé.

— Euh... Pardon, vous parlez bien des cornes de *Gallehus* ?

C'était Anders qui, du bout de la table, voulait suggérer quelque chose.

— Oui bien sûr ! Pourquoi ?

— Pourquoi ne partez-vous pas d'une date légèrement antérieure à leur disparition.

— M'oui, tu penses à quoi ? demanda Anna.

— Dans mes vieux cours de criminologie, il me semble que les cornes ont été volées vers 1800. Il faut peut-être regarder quelques années avant ou quelques années après ?

— Oui c'est une idée ! Vous avez quelque chose Douglas ?

— 1800 vous dites... Attendez !

Douglas tourna lentement les pages du vieux livre avec une grande précaution tout en essayant de déchiffrer l'écriture manuscrite.

— Oui, j'ai quelque chose d'intéressant ! dit-il au bout de quelques minutes.

— En 1798, il est rapporté que le frère Thomas a été envoyé à Copenhague pour récupérer les cornes de *Gallehus*.

— 1798 ? Mais c'était en plein dans le conflit avec les anglais, ça ! glissa Anna.

— Peut-être… Il est noté que le contexte politique et militaire n'aidait pas à la négociation avec le musée… Mais il n'est pas précisé de quel conflit il est question, et j'avoue ne rien connaître aux guerres scandinaves.

— Je crois que c'est la période où Napoléon s'est mis à conquérir l'Europe et donc les britanniques voulaient que les peuples scandinaves se rallient à eux pour le vaincre. Problème, les danois ont voulu rester neutres et les anglais ont coulé leur flotte.

— Effectivement je comprends pourquoi il était difficile, même en tant que moine, de séjourner ici en étant anglais. Ah… Mais je lis plus loin que ce frère Thomas demande à ce qu'on lui verse 6 kilos d'or… et il insiste bien à ce sujet qu'il s'agisse d'or et non de l'argent.

— Mais pourquoi ça ?

— Une minute… Il y a une marque sur la ligne, cela signifie que sa lettre doit se trouver dans l'étui.

Avec le même soin qu'il prenait pour tourner les pages, Douglas défit une sorte de soufflet en cuir qui était rattaché directement à la couverture du livre et qui au premier coup d'œil ne se distinguait pas d'elle. À l'intérieur, il n'y avait pas beaucoup de feuilles, tout au plus une dizaine, mais Douglas sut immédiatement de quel document il s'agissait et sortit une feuille bleue.

— Les feuilles bleues sont les lettres des moines, il n'y en a pas beaucoup espérons que ce soit la bonne, dit Douglas. Celle-ci date de Mai 1802.

La feuille fut étalée sur la table et tous les quatre s'approchèrent pour l'examiner. Fergus ne perdait rien de la conversation mais restait très concentré à surveiller les allées et venues depuis son poste d'observation.

> « *Les négociations ont échoué, sa Majesté le Roy du Danemark refuse de céder les cornes pour les remettre dans notre sanctuaire. Elle argue qu'un conflit est imminent et qu'elle aura besoin de tout l'or du royaume si nécessaire. Lorsque j'ai proposé de payer leur poids en or, le conservateur s'est offusqué et je n'ai pu aller plus loin.* »

— Parle-t-il d'un certain Niels Heidenreich ? L'histoire me revient, s'auto-félicita le commissaire.

— Oui effectivement, je crois bien que c'est son nom que je lis ici…

> « *Lors de mes nombreuses visites, j'ai pu remarquer qu'une personne y portait de l'intérêt. Elle m'a paru peu recommandable, aussi je me suis enquis à son sujet. Il s'agit d'un sieur Heidenreich, certainement de Prusse ou d'Autriche. Il semblerait que son commerce de bijouterie ne soit guère florissant et lui-même ne brille pas par l'honnêteté. Je suis persuadé qu'il en a fait projet de les voler tant*

la réputation qui le suit semble sulfureuse. Son comparse ne me dit rien qui vaille... »

— Là c'est trop abîmé pour y voir quelque chose mais ça reprend plus bas.

« Notre patience va être récompensée, son méfait accompli, je les échangerai contre l'or. »

— Après c'est terminé... Le temps a effacé le reste de la lettre.
— Oui mais peut-être qu'il y a quelque chose dans les chroniques ? demanda Éric.
— En tout cas, on sait ce qui va se passer après ! dit Anna. Le type vole les cornes, trouve les inscriptions secrètes à l'intérieur, les note sur un bout de papier qu'il dissimule dans le livre qu'a trouvé le professeur. Et puis il les fait fondre...
— Non Anna, je ne suis pas d'accord, protesta Douglas, Éric a raison, il y a une suite dans les chroniques :

« Juin 1802 : Frère Thomas ramène les 2 reliques.

Juillet 1802 : Aucune nouvelle de frère Thomas, l'ordre se propose d'envoyer un nouvel initié.

Septembre 1802 : Toujours pas de nouvelle de frère Thomas et impossible d'envoyer un initié. La flotte britannique empêche les navires d'accoster.

Février 1803 : Nous avons reçu des nouvelles de notre frère Jérôme de Suède qui lui-même a rencontré frère Thomas. Il est vivant, et les reliques sont sauves mais il doit se cacher pour éviter les soldats. »

— Après plus rien, d'autres dates mais sur des sujets complètement inintéressants.

— Alors ça se finit comme ça, mince alors…

Éric était tellement désolé de voir la piste s'évaporer en même temps que le moine Thomas qu'il s'effondra dans le siège et une larme légèrement teintée de bleu lui glissa sur le visage. Anna en était tout aussi désolée, mais la tristesse d'Éric l'affligea davantage. Bien qu'elle ne pût faire grand-chose, elle glissa doucement sa main dans les cheveux d'Éric et commença à jouer avec les mèches.

Les trois autres étaient consternés. L'aventure devait-elle s'arrêter avec la disparition de ce frère Thomas ? C'est alors qu'Anna eut une idée.

— Il y a-t-il quelque chose sur ce Jérôme de Suède ?

— Euh… Non a priori rien ! répondit Douglas.

— Et dans les correspondances ?

— Je ne sais pas, il y a bien encore deux ou trois feuilles bleues.

Douglas retira donc très précautionneusement encore deux feuilles bleues de l'étui et entreprit leur lecture. La première était une requête en provenance de France, datée de 1687. La deuxième feuille était datée de 1834 et provenait de Suède, mais il n'y avait aucun nom. Douglas se mit à lire à haute voix.

> *« Nous n'avons plus de nouvelles depuis fort longtemps. Notre frère projetait de reprendre la route en faisant une halte au château d'Elsinore. Cependant nous doutons de ses capacités à réaliser son projet. Dieu ne l'a pas épargné dans les épreuves et nous craignons qu'une crise de choléra ne l'ait emporté. Dans ses derniers instants sur terre nous ne doutons pas qu'il ait trouvé refuge en un lieu digne de Saint-Cuthbert pour y trouver la paix de son âme et un abri pour les objets sacrés. »*

— Nous voilà bien avancé, cela ne nous donne aucune information ! dit Anna dépitée.

— Je ne te reconnais pas, d'habitude tu ne baisses pas les bras aussi facilement ! rétorqua alors le commissaire Anders avec un sourire narquois. Mais tu as raison, il n'y a pas d'information…

— Toi, tu as une idée derrière la tête !

Le commissaire se gratta l'oreille et ne put dissimuler sa satisfaction.

— Je dirais qu'il y a derrière tout ça, un faisceau de présomptions.

— Ah ? Et quoi donc ?

— Ce frère Jérôme est en Suède, n'est-ce pas Douglas ?

— Oui.

— C'est un disciple de votre ordre ?

— Oui.

— Un des douze?

— Où voulez-vous en venir Anders?

— Répondez-moi s'il vous plaît, Douglas.

— Eh bien oui c'est l'un des douze et alors?

— Vous en avez un seul par pays?

— En général oui, mais n'étant que douze, nous ne sommes présents que dans les pays importants ou stratégiques.

— Oui donc il n'y a qu'un seul moine en Suède et ce ne peut être que Jérôme.

— Vous avez raison, Anders, mais rien n'indique qu'il s'agit de frère Thomas!

— Certes, mais l'auteur de cette lettre, sans aucun doute frère Jérôme, indique qu'il n'a plus de nouvelles de la part d'une certaine personne, et que cette personne doit reprendre la route… Je suppose pour le rejoindre! Or la seule personne qu'il devait recevoir était le frère Thomas!

— Peut-être mais où est-il alors?

— Certainement pas en Suède! Puisqu'il est question d'un château qu'il n'aurait pas atteint! Je pense donc que frère Thomas se situerait entre Copenhague qu'il a quitté, et ce château.

— Oui ça peut se tenir, ça se tient même!

— Personnellement, je ne connais aucun château *Elsinore* et vous?

— Moi non plus! répondit Anna…

Douglas fit signe de la tête que lui non plus ne connaissait pas, quant à Éric, toujours avachi dans le fauteuil, il ne fit qu'agiter la main en guise de réponse.

— Moi ça me dit quelque chose !

C'était Fergus qui venait de parler alors que jusqu'à présent il s'était plutôt muré dans le silence jusqu'à se faire oublier.

— Tu sais où ça se trouve ? demanda Douglas surpris.

— Non, mais c'est quelque chose que j'ai déjà entendu mais je ne sais pas où…

— Eh bien ça nous fait une belle jambe, Fergus !

— On pourrait demander au professeur Christiansen ? suggéra Anna.

— Pourquoi pas…

Anna décrocha le téléphone du bureau et commença à composer l'indicatif de la France.

— Éric, le numéro de téléphone de chez toi, s'il te plaît !

— Tu dois faire le 1 d'abord et puis tu mets 45623212

— Oui ça fonctionne, ça sonne… je te passe le combiné, moi le français c'est pas mon truc…

— C'est gentil pour moi ! bougonna Éric ! Allo ? C'est Éric.

— …

— Oui…Mia ? Ça va bien, mais là on est un peu pressé.

— …

— Oui !

— …

— On est au musée, je te raconterai…

— …

— Mais on aurait voulu parler à ton père.

— … Quoi ? Il est sorti avec le mien ?

— …

— Nooon, ils sont partis chercher du pineau ! Zut, on n'est pas prêt de les revoir alors !

— … Ah ? Euh oui, on voulait savoir s'il connaissait le château d'*Elsinore*.

— …

— Pardon ? Non ce n'est pas en Angleterre.

— …

— Bien sûr que j'en suis sûr ! Pourquoi ?

— …

— Shakespeare ? Le château dans Hamlet ! Tu es sûre ?

— …

— Certaine ? Bon, bon, oui je sais je suis nul en littérature. Merci mais je dois raccrocher !

— …

— C'est compliqué

— …

— …Oui, oui on rappellera c'est promis !

— …

— Promis, oui ! Anna t'embrasse aussi et tu fais un bisou à tout le monde.

— …

— Oui… bisous !

Et il raccrocha le téléphone.

— Alors ? s'impatientait Anna.

— Je n'ai pas eu mon oncle, j'ai eu Mia et elle te transmet un bisou.

— Ah super et sinon ?

— Elle m'a parlé de Hamlet, elle dit que c'est le nom du château de Hamlet.

— Mais c'est idiot… Pourquoi le frère Thomas aurait-il voulu se rendre dans le château d'Hamlet ?

— D'autant qu'il n'existe pas ! reprit Fergus.

— Comment ça ? questionna-t-elle.

— Oui le château d'Hamlet n'existe pas dans la réalité, c'est une invention de Shakespeare.

— Alors c'est fichu ! Ce ne sont que les divagations d'un vieux moine malade alors ?

— Pas forcément… Je pense qu'il n'a pas voulu dire le nom du château en question ou bien frère Jérôme l'a transformé pour garantir la sécurité des reliques. Et puis Shakespeare aimait beaucoup certains châteaux du Danemark, il est possible qu'il ait transformé le nom de l'un d'entre eux.

Éric s'extirpa de son siège et alla fouiller dans les armoires métalliques de la salle de réunion puis revint avec l'annuaire téléphonique et une carte du Danemark.

— Voilà… Il y a plus qu'à définir un cercle autour de Copenhague qui va jusqu'à la côte et identifier tous les châteaux qui s'y trouvent. C'est une carte touristique, ce devrait être facile.

— Super Éric ! fit Anna en lui glissant un petit bisou dans le cou, ce qui avait le don de l'agacer, bien qu'il adorait ça.

En fait, il y avait relativement peu de châteaux dans le cercle, mais il y avait par contre une multitude d'églises, d'abbayes ou de monastères, beaucoup plus qu'ils n'auraient pu imaginer. Anders trouva quelque chose vers le nord.

— J'ai ici une ville intéressante : *Helsingborg* !

— Oui et alors ? répondit Douglas.

— Eh bien, il arrive souvent que le « b » soit mangé dans la prononciation, quant au « g » vous savez comme moi qu'on ne le prononce généralement pas... Alors devinez ce que ça donne ?

— « Helsinnorye » ! Ouiiii, *Elsinore* ! s'écria Anna, qui décidément ne tenait plus en place. Et tu penses que c'est ça ? Il y a un château ?

— Il y a bien le château de *Konborg* mais il est plutôt majestueux, je ne vois pas un moine y aller.

— Ça n'a aucune importance, dit Douglas, l'essentiel est de trouver où il s'est arrêté... S'il s'agit du bon château naturellement !

— J'appelle de suite, dit Anna, en feuilletant l'annuaire rapidement. Comme ça on en sera sûr...

Elle trouva rapidement le numéro de l'accueil du château...

— Bonjour, excusez-moi de vous déranger, j'ai une question qui va peut-être vous surprendre mais je recherche le nom du château qui a servi de modèle pour Shakespeare dans Hamlet… Euh… C'est pour un exposé à l'école…

— Bonjour Mademoiselle, je suis désolée, dit la femme au téléphone, mais je ne suis pas très au courant de ces petits détails historiques par contre je vais vous passer un guide, peut-être qu'il pourra vous aider…

— Oui, merci… Pardon ? Ah, je recherche le nom du château qui a servi à Shakespeare dans Hamlet, et on m'a dit qu'il s'agissait de *Konborg*, c'est vrai ?

Au bout d'un petit moment, Anna raccrocha le téléphone visiblement hyper excitée.

— Yes ! C'est lui ! Le guide m'a bien confirmé qu'*Elsimore* et *Helsingborg*, c'était la même chose et que Shakespeare avait très légèrement modifié le nom. Il m'a aussi parlé que les descriptions qu'il fait du château dans Hamlet sont très fidèles à la réalité.

— Super ! continua Éric. Il ne reste plus qu'à chercher quelque chose qui plairait à un moine qui vénère Saint Cuthbert !

— Saint Cuthbert, ajouta Douglas, est une personne qui a consacrée sa vie aux autres comme nous tous, mais c'était avant tout le guérisseur des pauvres. Vous saviez qu'on lui avait reproché de toujours porter les mêmes vêtements ?

— Non…

— Il avait répondu qu'il ne pouvait pas prétendre aider ceux qui en avaient le plus besoin s'il n'était pas comme eux.

— Donc, où un moine malade pourrait-il se rendre, et où se sentirait-il le plus en sécurité.

— Moi je dirais dans un hôpital ! déclara Fergus depuis sa fenêtre.

Éric traça d'abord sur la carte une ligne reliant Copenhague à Helsingborg. Mais celle-ci traversait la mer par moments aussi il en traça une autre qui partait de Roskilde pour rejoindre Helsingborg en traversant les terres, ce qui lui sembla bien plus logique.

— Je ne vois aucun hôpital dans les environs de ces lignes, ni même en suivant une route ! précisa-t-il.

— Oui, peut-être, mais un hôpital en 1834 peut être tout aussi bien un couvent, un monastère ou une abbaye. Il était fréquent que les nones jouent les infirmières ! fit remarquer Fergus qui décidément s'ennuyait à surveiller les passants depuis sa fenêtre.

— Ça ne va pas ! C'est bourré d'églises autour de Copenhague !

— Non Éric ! Il faut trouver une abbaye, plus éloignée de Copenhague et peut-être plus proche du rivage…

Douglas se pencha à son tour sur la carte. Il chercha du côté du lac d'*Arresø* et mis le doigt sur «Æbelholt Klostermuseum».

— C'est quoi ça ?

— Un musée !

— *Æbelholt* vous dites ?

— Décidément Fergus, tu ne peux pas surveiller correctement ta fenêtre et en même temps nous aider ! Ce n'est pas possible !

— Mais *Æbelholt* ça me parle!

— Si c'est comme tout à l'heure, c'est vraiment pas la peine, mon frère!

— Non Douglas, ce coup-ci ça me dit vraiment quelque chose, c'est une histoire de squelettes qui y ont été découverts!

— Des squelettes? De quoi parles-tu?

— J'ai lu dans le journal, il n'y a pas si longtemps d'ailleurs, un article qui parlait de centaines de squelettes qui avaient été mis à jour dans les années cinquante au Danemark et qui grâce à de nouvelles techniques allaient pouvoir nous en dire plus sur les maladies de l'époque.

— Et quel rapport?

— Ça parlait de *Æbelholt*, c'est là qu'ils ont été découverts!

— Des centaines de squelettes, c'est un cimetière…

— ou un hôpital, mon frère!

— C'est un hôpital! hurla subitement Éric. Enfin c'était un hôpital! dit-il plus calmement. Dans le guide touristique que j'ai trouvé, ils disent qu'*Æbelholt* est une abbaye augustine dont il ne reste plus que des ruines depuis la réforme protestante et qui servait autrefois d'hôpital pour toute la région.

— Ça vaut le coup d'aller voir, dit Anders.

— Enfin un peu d'action! Je commençais à m'engourdir, moi, à ma fenêtre!

— On va prendre ma voiture, une voiture de flic ça peut nous aider à passer inaperçu non?

— Effectivement mon cher Anders, complimenta Douglas, effectivement, mais il serait plus prudent pour vous qu'on ne nous voit pas ensemble.

— Ne vous inquiétez pas, je pense que d'ici une heure, voire moins, nous serons tous recherchés! Moi, y compris!

— Pourquoi dis-tu ça? s'étonna Anna.

— C'est simple, Anna, tu penses vraiment que le procureur royal va gentiment nous laisser aller et venir? Douglas s'est quand même échappé!

— Oui… mais…

— Il m'a dans le nez depuis qu'il a été nommé alors je sais qu'il ne me fera pas de cadeaux.

— Si tu penses que nous accompagner est une bonne solution…

— et quoi faire d'autre? Attendre de me faire arrêter? Très peu pour moi, autant rester avec vous!

— Bon… Par où doit-on passer maintenant?

— On va remonter par *Slangerup* puis de là on prendra la 16 jusqu'à *Hillerød*, c'est à environ cinq kilomètres d'après ce que j'ai vu sur la carte… et puis c'est un musée, ce sera indiqué!

Chapitre 11

La voiture d'Anders s'engagea sur la petite route poussiéreuse à la gauche puis s'immobilisa sur le parking près d'une maison blanche tout en longueur. Au bord de la route était planté un grand panneau et on pouvait y lire « *Æbelholt klosterruin museum urtehave* ».

— Eh bien je crois que nous y sommes, déclara Anders en coupant le moteur.

— Je ne vois rien, s'étonna Éric, absolument rien !

— Pourtant l'écriteau mentionne bien les ruines du cloître d'*Æbelholt*.

— Oui, peut-être que l'abbaye est plus loin et qu'ici il n'y a qu'un musée ! lança Anna.

— Non ! Ce genre de musée se situe toujours à proximité du site, répondit Douglas.

Il sortit de la voiture et entreprit de visiter les environs. Les autres passagers l'imitèrent et bientôt ils se dirigèrent tous vers un panneau explicatif qui était masqué depuis la route.

— Hey ! Regardez, c'est l'histoire du monastère, s'exclama Éric qui commença à lire le texte à voix haute :

> « *L'abbaye a été fondée en 1104 et est dédiée à Saint Thomas. Le mouvement de réforme qui traverse*

l'Europe à cette époque n'épargne pas l'abbaye qui introduit la règle augustinienne sous l'égide de Guillaume de Paris. Au fil du temps, l'abbaye s'ouvre vers l'extérieur en proposant une qualité de soin remarquable pour son époque qui en fit sa renommée.

En 1561, la réforme protestante vide les monastères et les abbayes. L'abbaye d'Æbelholt sert alors de carrière de pierres dont certaines seront utilisées pour la construction du château de Frederickborg à Hillerød…

Au début du XXe siècle et surtout depuis les années trente jusqu'aux années cinquante, des fouilles archéologiques ont mis à jour près de 1000 squelettes et plusieurs centaines d'ustensiles et de poteries, témoignage précieux des techniques et des connaissances médicales utilisées à l'époque. »

— J'avais raison c'est bien un hôpital ! s'enthousiasma Éric.

— Oui mais calme toi ! Au XIXe siècle ce n'était qu'un champ de ruine.

— Et alors ?

— Alors ? Pourquoi veux-tu qu'un moine mourant vienne cacher son trésor dans des ruines. Et puis d'abord rien ne dit que ce frère Thomas soit passé ici ! affirma Anna.

— Moi, je ne serais pas de cet avis !

C'était Fergus qui comme à son habitude ne parlait jamais pour ne rien dire et se tenait en retrait, l'œil alerte sur les environs.

— Comment ça ?

— Réfléchis Anna ! Nous sommes dans un lieu saint, premier indice. Il s'agit en outre d'un hôpital qui soigne tout le monde, les riches comme les pauvres, deuxième indice. Qui plus est, l'abbaye est dédiée à Saint Thomas… Thomas comme frère Thomas, troisième indice ! Personnellement si j'avais été le frère Thomas, je n'aurais pas trouvé mieux pour représenter notre ordre et faire en sorte qu'on retrouve ce que j'avais à cacher !

— Peut-être… Mais il ne pouvait pas ignorer qu'il s'agissait d'un champ de ruines. Ça ne rime à rien, il est impossible de cacher quelque chose ici.

— Qu'en sais-tu ?

— De toute manière, s'il l'avait caché ici, les fouilles archéologiques auraient signalé la découverte des cornes. Ça n'aurait pas pu passer inaperçu.

— Là-dessus, tu marques un point ! Il est vrai que sur cet aspect, le panneau n'indique rien d'autre que la découverte d'ossements et d'ustensiles médicaux. Et d'après le plan, les ruines sont juste derrière nous, dans le champ.

— Je suis d'accord avec Anna, reprit Éric. Soit les cornes sont encore ici mais il serait très étonnant que des dizaines d'années de fouilles ne les aient pas déjà révélées, alors à nous cinq c'est mission impossible. Soit il est possible que quelqu'un les ait effectivement trouvées et les a cachées ailleurs.

— Pourquoi pas, Éric. Nous pourrions allez voir dans ce petit musée si quelqu'un sait quelque chose à propos de tout ça.

A peine eut-il fini sa phrase, qu'une femme d'un certain âge, pour ne pas dire d'un âge certain, sortit du musée en tenant une bêche à la main ou quelque chose de similaire. Un petit panier en osier garnis de sachets de graines bringuebalait sur l'autre bras. Elle avait l'air toute surprise de les voir plantés là. Aussi Anders s'avança vers elle en lui présentant son badge officiel.

— Bonjour Madame, vous travaillez ici ?
— La police ? Ici ? De quoi s'agit-il ?
— Vous n'avez rien à craindre, Madame, je suis le commissaire Anders des affaires criminelles, nous aurions quelques questions à vous poser…
— Les affaires criminelles, pour moi ?
— Ne vous inquiétez pas, chère Madame, nous recherchons seulement quelques informations dans le cadre d'une enquête de routine. Rassurez-vous, cela n'a rien à voir avec votre musée ou vous-même…

La vieille femme ne fut pas pour autant rassurée. Anders savait bien que lorsqu'il annonçait travailler pour les affaires criminelles, les gens avaient plutôt tendance à s'inquiéter davantage, voire pour certains c'était la pure panique ! Tout à fait le genre de choses qui rendait ses interrogatoires un peu plus compliqués. Aussi essayait-il toujours de se montrer le plus gentil possible d'autant qu'ici il s'agissait d'une vieille dame.

— Je vous en prie, chère Madame, vous travaillez bien ici ?

— Oui, euh oui… Oui !

Anna et Éric s'échangèrent un regard ironique qui en disait long sur ce qu'ils pensaient de cette femme. Celle-ci regardait Anders comme si elle voulait le manger, puis au bout de quelques secondes, ses yeux faisaient des petits bonds nerveux dans leurs orbites, c'en était presque inquiétant. Il ne faisait aucun doute qu'elle devait être à moitié folle. L'interrogatoire promettait d'être croustillant !

— Et qu'est-ce que vous y faites, chère Madame ?

— Je m'occupe du jardin…

— Du jardin ? Vous voulez dire de l'endroit où se trouvent les ruines ?

— Non, non, les ruines, il n'y a rien à y faire, le champ c'est de l'herbe. De l'herbe, un point c'est tout. Des pierres et de l'herbe. Voilà !

Elle brandissait sa bêche et la faisait pointer du côté d'une sorte de bâtiment agricole, juste à côté, pour désigner les ruines de l'abbaye. Anders se retourna et vit effectivement une grande étendue d'herbe avec un ou deux petits murets qui tentaient de se dresser ici et là et de rares colonnes parfaitement alignées qui témoignaient de la présence du cloître en des temps plus glorieux. Une rangée d'arbres bordait le parking et masquait le champ de ruines si bien que personne n'avait pu deviner son existence jusqu'ici.

— Mais alors de quel jardin me parlez-vous, Madame ?

— Le jardin c'est le jardin ! s'énerva-t-elle. Ce sont mes plantes, oui, mes plantes, des bonnes plantes comme celles-là ! dit-elle en agitant quelques sachets de graines sous le nez du commissaire.

— Ah parfait ! fit Anders qui se sentait de plus en plus mal à l'aise. Qu'ont-elles de spécial ces bonnes plantes ?

— C'est pour les docteurs… Ils soignent avec… C'est bon…

— Ce sont des plantes médicinales ?

— Oui, oui, pour les docteurs…

La vieille femme continuait à farfouiller nerveusement dans son panier et déplaçait sans cesse les petits sachets les uns après les autres, fébrilement, comme pour vérifier leur nombre. À chaque fois qu'elle répondait au commissaire au sujet de ses plantes, son visage s'illuminait comme si chacune des graines contenues dans son panier était dotée d'un pouvoir magique. Anders ne savait plus comment s'y prendre pour essayer d'en tirer quelque chose, alors il s'essaya un peu à la flatterie.

— C'est magnifique ! Et ça fait longtemps que vous vous occupez des plantes des docteurs ?

— Les plantes ? Les plantes… Vingt ans ! Oui, vingt ans, c'est ça !

— Oh ! Vingt ans ? Vous devez donc en connaître beaucoup sur les plantes.

— Connaître ? Oui… Mais le monsieur avant moi connaissait mieux… Oh oui… Bien mieux !

— Bien, bien… Savez-vous ce qu'ils ont trouvé dans les fouilles ici ?

— Oui… Des morts ! Partout, des morts… Il y a beaucoup de morts ici… C'est un lieu maudit !

— Vous parlez des squelettes des gens qui sont morts de maladies.

— Maudit ! C'est maudit ici !

Anna se demanda s'il ne valait pas mieux essayer de trouver des renseignements plus valables auprès d'une autre personne à l'intérieur du petit musée. Cependant, en jetant un rapide coup d'œil sur les horaires d'ouverture inscrits sur l'écriteau, elle comprit que le musée était fermé pour la journée. Il fallait donc se contenter de cette vieille femme et de ses histoires à dormir debout. Anders lui aussi se posait des questions ! La vieille femme pouvait apporter des réponses mais il fallait sans cesse la reprendre, traduire, interpréter, supposer… Ce n'était pas ce qu'on pouvait appeler un « témoignage fiable » ! Cependant il décida quand même de poursuivre.

— Savez-vous si les docteurs ont trouvé autre chose que des squelettes ici ?

— Des squelettes ! Oui, partout des squelettes, la mort !

La vieille femme recommença à rabâcher ses histoires morbides ce qui finit d'énerver Anna, aussi elle prit l'initiative de l'interroger elle aussi.

— Oui, oui… Vous me l'avez déjà dit, Madame, mais y avait-il d'autres choses, des objets, des poteries ?

— Des pots ? Oui ! Plein, des outils pour les docteurs aussi, plein…

— Ah ! Parfait !

Anna n'en pouvait plus ! Agacée et impatiente, elle décida de prendre les choses en main de manière plus directe.

— Madame, est-ce que vous savez s'il s'est passé des choses bizarres ici ?

— Mais enfin Anna ! Que veux-tu qu'elle te réponde avec ce genre de question ? s'agaça Anders.

La vieille femme semblait de plus en plus nerveuse et ses yeux n'arrêtaient pas de faire des bonds saccadés et névrotiques. Visiblement la question d'Anna avait dû faire mouche et la dérangeait plus particulièrement.

— LE DIABLE ! Hurla-t-elle subitement en laissant tomber sa bêche. Le diable était là !

— Ah bravo ! Elle divague maintenant ! C'est fichu… Laisse-moi faire, Anna ! exhorta Anders. Tu n'as pas l'habitude de ce genre de chose.

— Commissaire… Le diable était là ! Tout le monde ici vous le dira, s'enflamma-t-elle, je l'ai vu !

La vieille femme avait plongé son regard dans le sien si intensément qu'il ressentit sa terreur. Pas la terreur d'une démente, mais celle qu'il connaissait bien et qu'il avait malheureusement si souvent perçu dans les yeux des victimes qu'il croisait lors de ses enquêtes. Il voyait bien que cette femme n'avait pas toute sa tête mais il était certain qu'elle savait quelque chose !

— Pourquoi dites-vous que le diable était ici ?
— A cause du petit monsieur !
— Quel petit monsieur ?
— Le monsieur des plantes pardi !
— Le monsieur qui s'occupait des plantes avant vous !
— Le petit monsieur, il était gentil !
— Et où est-il ce gentil petit monsieur ?
— Le diable l'a emporté dans sa voiture.
— Il est mort ?
— Le diable l'a pris... Là-bas !

Elle montra la route du doigt, en marmonnant sans arrêt que le diable était venu le prendre dans sa voiture. Anders comprit qu'il s'agissait certainement d'un accident de voiture mais ce qui le turlupinait, c'était de savoir pourquoi la vieille femme s'en référait sans cesse au diable. Il devait y avoir quelque chose de curieux là-dessous.

— Pourquoi le diable l'a-t-il emmené ?
— Parce qu'il était sorcier !
— Un sorcier ? Le petit monsieur ? Allons bon, voilà autre chose maintenant !
— OUI ! Même qu'il parlait avec les plantes et elles lui répondaient !
— Les plantes parlaient ?
— Parfaitement ! Un langage bizarre... Oui bizarre... Je les ai entendues.
— Je ne comprends pas, Madame, il parlait aux plantes ?

— NON ! Il parlait AVEC elles ! Elles lui racontaient des choses, la nuit...

— La nuit ? Pourquoi la nuit ?

— De la sorcellerie… Des lumières bleues… Partout du bleu…

Éric et Douglas jusque-là n'avaient rien dit et écoutaient religieusement l'interrogatoire se dérouler en essayant d'y trouver un sens à cette scène ubuesque. Cependant cette dernière phrase piqua leur curiosité à vif et Éric osa poser une question.

— Bonjour, Madame… Mais ce petit monsieur, était-il gentil ou méchant ?

Anders ne comprit pas immédiatement ce qu'avait Éric en tête mais il décida de le laisser faire.

— Le petit monsieur ? Oh gentil, très gentil… un gentil sorcier !

— Ah… Un sorcier ? C'était un sorcier parce qu'il vous faisait peur ?

— Non… Lui, il était très gentil… Il aidait tout le monde. Mais les autres pensaient qu'il faisait de la mauvaise magie.

— Les autres, qui ça, les autres ?

— Le village, tout le village avait peur de lui. Mais moi non ! Je l'aimais bien, il était toujours gentil avec moi.

— Pourquoi dites-vous que tout le monde avait peur de lui ?

— À cause de ce qui se passait la nuit…

— La nuit il se passait des choses étranges ?

— Chaque nuit le petit monsieur parlait aux plantes et il faisait de la magie.
— Mais comment savez-vous qu'il faisait de la magie ?
— Parce que je l'ai vu ! Pardi !
— Ah bon ? Et que faisait-il ? Il faisait des tours de magie avec les objets ? Il parlait avec les plantes ?
— Oui tout ça… Et il jouait avec la lumière, c'était beau…
— Comment ça il jouait avec la lumière ?
— Oui avec ses tubes dorés il faisait sortir des lumières bleues… C'était comme de l'eau qui coulait, c'était beau.
— Et la lumière bleue… Elle était dangereuse ?
— La lumière bleue ? Non ! C'était de la lumière, c'est tout… Mais ça plaisait à sa femme et aux plantes, c'est sûr !

Anders était dubitatif. Le petit monsieur en question, s'il était botaniste, aurait pu très bien utiliser les ultra-violets pour les plantes sans qu'il ne soit question de magie. D'un autre côté les tubes dorés auraient pu très bien être ce qu'ils cherchaient. La pauvre femme semblait plus calme à présent comme si elle se sentait en confiance avec Éric et même lui souriait. Aussi Éric, fut très tenté de lui donner un échantillon de ce qu'il était capable de faire. Cela aurait permis à coup sûr de savoir si la vieille femme avait réellement vu quelque chose en rapport avec les cornes ou bien si tout cela n'était que les divagations d'une vieille folle. Soudain il sentit une pression sur l'épaule. Il se retourna d'un bond. C'était Douglas qui avait posé sa main et qui lui souriait. Il lui faisait signe de la tête de ne rien faire, c'était exactement comme s'il avait lu dans ses pensées ! Éric comprit qu'il avait raison, lui montrer ses pouvoirs n'aurait pu que la terrifier. Aussi il se ravisa.

— Et comment se nommait-il, ce petit monsieur ?

— Je ne m'en souviens plus, ça fait longtemps, vous savez…C'était monsieur Kristian...

— Kristian ? C'est un prénom ! Vous ne vous souvenez pas de son nom ?

— Son nom ? Kristian, c'est marqué sur le panneau là-bas ! dit-elle en montrant du doigt le panneau d'informations qu'ils avaient commencé à lire tout à l'heure.

Anders retourna voir le panneau et s'aperçut qu'effectivement en bas étaient inscrites toutes les personnes ayant participé à la restauration des ruines. Au beau milieu de la liste, apparut le nom de Kristian Holst, botaniste.

— Le seul Kristian que je vois ici s'appelle Holst ! Il est botaniste, ça doit être lui, Éric, Kristian Holst !

— Madame, c'est bien lui ? Vous parlez bien de Kristian Holst ?

— Peut-être... Je ne sais plus … Mais je me rappelle de sa femme, elle, elle s'appelait Rebecca, oui, Rebecca Thorsen ! Ils allaient avoir un bébé !

— Ah c'est marrant ça ! Elle porte le même nom que toi Anna !

— Ce doit être une coïncidence, Éric… Je n'ai jamais connu ma mère… Ni mon père d'ailleurs. Et puis tu sais, le nom de Thorsen est très répandu dans les pays scandinaves.

— Oui tu as certainement raison…

La vieille femme regarda plus attentivement Anna, tant est si bien qu'elle finit par la faire rougir. Puis elle regarda Éric avec un regard insistant. Il pensa alors que la femme souhaitait rajouter des choses mais qu'elle ne dirait rien d'elle-même. Aussi il reprit son questionnement de la même manière, avec douceur et délicatesse.

— Qu'est-il arrivé à cette jeune femme ?

— Elle est partie !

— Vous m'avez dit que monsieur Kristian avait eu un accident, il ne pouvait pas partir avec elle… À moins qu'elle ne soit morte, elle aussi ?

— NON ! ELLES NE SONT PAS MORTES ! Le diable a emporté Kristian, puis il est revenu pour elles ! Mais il ne les a pas trouvées, elles étaient déjà parties !

— Mais qui ça elles ?

— Rebecca et sa fille !

— Sa fille ?

— La pauvre petite…

— Je ne comprends plus, Madame… Kristian et Rebecca avaient une fille ?

— J'ai dit tout à l'heure que Rebecca attendait un bébé ! Vous n'écoutez rien jeune homme !

— Oui c'est vrai ! Pardonnez-moi, madame, mais je ne savais pas que c'était une fille. Et que sont-elles devenues ?

— Je ne sais pas ! C'est triste tout ça…

— Je ne comprends pas ! Qu'est-ce qui est triste ? Pourquoi c'est triste ?

— Les gens au village, ils disaient qu'ils étaient maudits ! Personne ne voulait les voir ! Alors les aider, vous n'y pensez pas ! Ils les ont chassées… chassées… toutes les deux.

La vieille femme semblait terriblement sincère, ses yeux se remettaient à sauter de temps en temps et l'émotion glissa sur ses dernières paroles. Tout le monde avait perçu le désarroi de la vieille femme, enfoui tout au fond de son être. La situation l'avait bouleversée, et malgré le temps, son émotion demeurait intacte !

— Chassée ? Mais c'est impossible !
— Pour tout le monde elle portait le diable en elle…
— Qui la maman, Rebecca ?
— Non, Hanne !
— Hanne ?
— Sa fille Hanne ! La petite portait la marque du diable !
— Qu'est-ce que vous racontez, madame ?
— Elle était marquée à la cheville… Elle portait le diable !

Éric était décontenancé, il ne savait plus s'il devait accorder du crédit à cette nouvelle histoire ou bien la mettre sur le compte des délires d'une vieille femme. Il se tourna alors vers Anna pour y chercher de l'aide, son avis était toujours empreint d'intelligence et de discernement. Mais au lieu de ça, il trouva Anna, complètement livide, tétanisée, comme si elle avait vu tous les fantômes de la Terre en une seule fois. D'un coup, il regarda Douglas qui comme lui était stupéfait de la voir comme ça. Anders, lui, ne disait rien mais son visage s'était métamorphosé, il était sombre et triste à la fois. Éric se retourna encore vers la vieille femme pour demander des explications, et là encore il fut surpris ! La vieille femme regardait à nouveau très attentivement Anna, ses yeux ne sautaient plus et son visage était devenu tellement dur, qu'on aurait dit qu'il avait été sculpté dans la cire.

— Mais enfin, qu'est-ce qui se passe ? Qu'est-ce que vous avez tous ?

— C'est elle ! balbutia-t-elle…

Puis elle montra Anna de son doigt fripé par l'âge et le travail de la terre.

— C'est ELLE ! LE DIABLE C'EST ELLE ! cria-t-elle.

Au fur et à mesure qu'elle baragouinait ses divagations, elle reculait, le visage glacé par la terreur, pour finalement hurler et courir se réfugier dans le musée puis s'y enfermer. Éric et Douglas étaient tout pantois, ils n'avaient rien compris à ce qu'il venait de se passer. Anna ne bougeait toujours pas et semblait en pleine décomposition. Quant à Anders, c'était pire… Il était devenu aussi sombre et sinistre que le néant.

— Mais enfin Anna, dit quelque chose, supplia Éric.

— Regarde, dit-elle, en relevant son jeans à la hauteur de la cheville, le visage toujours livide.

Éric s'approcha et remarqua une marque semblable à celle qu'il portait lui-même à l'épaule. Mais lorsqu'il approcha la main pour mieux en sentir les contours, la marque s'illumina de bleu, le même bleu que la lueur qui entourait sa main à ce moment.

— Mais tu ne t'appelles pas Hanne ! Ton nom c'est Anna !

— Sur l'état civil, c'est Hanne…

— Mais comment c'est possible ? Anders, dites quelque chose !

— C'est bien Hanne Thorsen, la fille de Rebecca et de Kristian Holts, Éric… Je suis désolé Anna !

— Quoi ? Tu étais au courant ? Depuis le début tu sais ? explosa-t-elle.

— Oui… Euh enfin Non ! Quand je t'ai rencontrée, j'ai voulu en savoir plus sur toi… Tu sais comme je suis, Anna.

— Et tu ne pouvais rien me dire ? Non ? Ça ne t'a pas effleuré l'esprit que j'aurais peut-être aimé savoir qui étaient mes parents ?

— Si bien sûr ! Mais comment voulais-tu que je fasse ?

Anna éclata en sanglots et s'enfuit en courant vers le champ de ruines. Éric voulu la suivre mais Anders le retint par le bras.

— Laisse-la, veux-tu, elle doit digérer ça toute seule !

— Mais commissaire, je ne peux pas la laisser comme ça…

— Je t'assure, elle va revenir, laisse-la un moment.

— Pourquoi ne lui avez-vous jamais rien dit ?

— D'abord parce que je ne connaissais pas toute l'histoire, je la découvre dans son entier aujourd'hui… Et puis aussi parce qu'on m'avait conseillé de ne rien dire.

— Mais c'est idiot !

— Non Éric, on m'a expliqué aux services sociaux, que dans de nombreux cas, certaines personnes ne voulaient rien savoir de leurs origines, alors que d'autres oui… La seule manière d'agir c'était d'attendre que cela soit une demande de leur part, c'est le signe qu'ils sont mûrs pour entendre ces choses… Et le moment venu, les aider dans leur quête.

— Et maintenant ? Qu'est-ce qu'on fait ?

— Maintenant ? C'est Anna qui décide !

— C'est incroyable, Anna est la clef de l'énigme et personne ne le savait, lança Douglas.

— Oui surprenant, en effet…

— Mais alors, commissaire, qu'elle est l'histoire d'Anna ? demanda Éric.

— Eh bien maintenant que je peux rassembler les différents morceaux… Sa mère, Rebecca a frappé aux portes de l'orphelinat une nuit. La personne qui l'a reçue, a vu une jeune femme malade et complètement effondrée.

— Mais comment on peut abandonner son enfant en frappant directement à l'orphelinat…

— Éric, ne tire pas de conclusion hâtive. La démarche de cette personne est très courageuse. Certaines personnes auraient laissé le bébé sur les marches, pas elle. Elle voulait être certaine que son bébé soit en sécurité. C'est plutôt un acte d'amour !

— Je ne sais pas…

— Je t'assure… vraiment ! La personne de l'orphelinat a voulu l'aider en lui proposant de venir manger quelque chose en cuisine mais Rebecca aurait répondu que si elle restait une seconde de plus, elle n'aurait plus le courage… La seule chose qu'elle aurait dite, c'est que c'était la seule manière de protéger sa fille, qu'avec elle,

elle serait en danger et qu'elle ne saurait pas la défendre. Mais à l'époque tout le monde a cru qu'elle parlait de ses capacités à élever un enfant et non fuir quelque chose ou quelqu'un.

— Et qu'est devenue sa mère ?

— Je n'en ai aucune idée. Je ne suis pas parvenu à retrouver sa trace, à croire qu'elle s'est volatilisée.

— Ou que le diable a mis la main dessus comme son père !

— Ce n'est pas le diable, mais un gros 4x4 qui a renversé son père !

— Et vous savez qui c'est ?

— Non ! Il y a bien eu un rapport de police, mais ils n'avaient pas de pistes. Sur les comptes rendus, il est noté que le 4x4 a été signalé à plusieurs reprises dans les environs, puis après l'accident, plus rien ! Il a disparu, et les flics locaux ont clos l'affaire.

— C'est moche !

— Oui c'est moche…

— Ça ressemble beaucoup aux agissements de la confrérie !

— Douglas ! Je ne peux pas être aussi catégorique que vous.

— Commissaire, à cette époque, il n'y avait que la confrérie qui recherchait ces cornes !

— Enfin, n'importe quel individu peu recommandable aurait pu être attiré par l'or de ces cornes. Quant à tuer pour ça…

— Oui je vous le concède mais je suis persuadé qu'il s'agit de la confrérie.

— Je pense que quoi qu'il en soit, personne n'a réussi à récupérer les cornes.

— Que voulez-vous dire commissaire ?

— Nous savons tous que cette confrérie recherche ces cornes, donc elle ne les a pas ! Quant à un escroc, assassin en plus, s'il les possédait, il les aurait revendues… Il aurait laissé des traces… Mais le plus important, c'est l'abandon d'Anna !

— Comment ça ?

— Eh bien sa mère était terrorisée et elle abandonne ce qu'elle a de plus précieux au monde, pour la mettre en sécurité ! C'est donc que, soit elle possède les cornes, soit elle sait où elles sont et son poursuivant ne les a pas.

— Rien ne dit non plus qu'en disparaissant, elle n'ait pas laissé les cornes à quelqu'un !

— C'est vrai, Douglas ! Mais mon instinct me dit que les cornes sont toujours cachées.

— Espérons que votre flair soit bon.

— Il faut partir ! Maintenant !

C'était Anna qui était revenue, le visage tuméfié. Ces yeux étaient rouges et tout gonflés par les larmes. Au ton de sa voix, personne n'aurait pu dire si elle était furieuse, ou simplement décidée à agir, telle la grande guerrière de Roskilde.

— Allez, il faut partir ! répéta-t-elle.

— Mais… ça va Anna ? demanda doucement Éric en lui prenant tendrement la main.

— Ça va ! lui répondit-elle sèchement en le repoussant.

La réponse lui fit l'effet d'une claque. Le pauvre Éric en fut tout ébranlé ce qui n'échappa pas à Anna qui s'en voulut immédiatement.

— Excuse-moi… Je ne voulais pas…

— C'est rien… Je comprends, lui dit-il, un peu rassuré. Où allons-nous ?

— À l'orphelinat, tu connais l'adresse, commissaire !

Le « commissaire » qu'elle lui avait lâché, était cinglant ! Elle lui en voulait énormément. Non pas de lui avoir caché la vérité, après tout, elle ne lui avait jamais rien demandé à ce sujet. Non, elle lui en voulait de savoir des choses sur elle, alors qu'elle-même n'en avait pas connaissance. Il avait agi comme un flic avec elle et ça, peut-être, elle ne lui pardonnerait pas.

— Anna je t'en prie, je ne savais pas comment faire pour t'annoncer ce genre de choses.

— Non, ça n'a rien à voir !

— Je ne comprends pas alors !

— Tu as fouillé dans ma vie, tu n'as pas pu t'en empêcher ! C'était trop fort pour toi, ton sale instinct de flic !

— Je…

Anders ne savait plus quoi dire et resta planté là, tout hébété.

— Alors vous vous bougez ? Grimpez dans la voiture, qu'on en finisse avec cette histoire, leur cria-t-elle en claquant la portière.

Ils se dirigèrent vers la voiture, l'air un peu abruti par la situation.

— Y a pas à dire ! Elle a du sang viking, souffla discrètement Fergus en montant dans le véhicule.

Chapitre 12

Anders immobilisa sa voiture le long du trottoir de granit gris au milieu de maisons traditionnelles qui se dressaient autour d'eux en les narguant, toutes semblables les unes aux autres avec leurs murs de briques roses et leurs toits de tuiles.

— Tout se ressemble ici ! Comment va-t-on pouvoir trouver cet orphelinat.

— Je ne comprends pas, dans mes souvenirs, il n'y avait pas toutes ces maisons. Es-tu certain de l'adresse, Anders ?

— Oui, *Kastelsve* 2, c'est ce qu'il y avait de marqué sur la carte.

— Attendez, *Kastelsvej*, ça veut bien dire la route de la citadelle ou du château ? demanda Éric.

— Oui… Mais pourquoi cette question ? Tu maîtrises les langues étrangères mieux que nous, non ?

— Euh… Souvent les châteaux sont construits sur les hauteurs. Donc on peut penser que la route devrait grimper sur les hauteurs, tu ne crois pas Anna ?

— Oui pourquoi pas ! Il nous faut rechercher une route qui monte alors ! Anders, avance encore un peu, j'ai l'impression que là-bas ça grimpe plus ! indiqua-t-elle au commissaire.

Celui-ci s'exécuta et redémarra aussitôt la voiture pour avancer lentement sur la route principale de ce quartier résidentiel. Au bout de quelques minutes, Anders obliqua sur la droite en direction d'une petite route qui grimpait le long de ce qui semblait être une colline.

— *Kastelsveg* ! C'est là !

Pas de doute possible ! En plus, c'était la seule voie qui grimpait. Anders engagea donc la voiture sur la côte. À peine eut-il parcouru quelques mètres, qu'au détour d'une grande courbe, un écriteau afficha « *Børnehjemmet Hedebakken* » et signalait un petit parking sur le côté. Le commissaire entra dans l'enceinte et immobilisa son véhicule. Sans aucun mot, ils descendirent tous et s'approchèrent d'une bâtisse de plain-pied en bois blanc, tout en longueur, au toit plat et couvert d'ardoises grises. Elle ressemblait à ce genre de maisons d'architecte, cubiques et modulaires, qui se voulaient avant-gardiste, ou au pire, ressemblaient à des bungalows. La partie avant avait été peinte en gris pour trancher avec le blanc des boiseries et constituait le hall d'entrée. Ce qui était certain, c'est que cette maison se démarquait radicalement dans le quartier et faisait figure de verrue dans le paysage. Elle n'avait rien à voir avec l'idée qu'on pouvait se faire d'un orphelinat, bien que le panneau d'affichage en danois posé à l'entrée stipulait le contraire.

— Je ne reconnais rien, absolument rien ! Ni le quartier, ni la maison ! s'étonna Anna.

— C'était il y a bien longtemps, Anna, tu as pu oublier certaines choses, ce serait normal.

— Ne dis pas de bêtises, Éric ! Tu crois vraiment qu'on oublie ce genre d'endroit ?

— Non, c'est vrai, pardon…

— Et puis ça me paraît bien trop moderne, et bien trop petit ! Allons voir à l'intérieur !

— Moi je reste là ! lança Fergus. Je préfère surveiller les environs… Ça évite les mauvaises surprises ! Mais allez-y vous !

Douglas, Anders, Éric et Anna en tête entrèrent dans la place. Le hall d'entrée était tout à fait banal et la décoration se limitait à quelques vieilles affiches, certainement oubliées, punaisées sur les pans de mur. Un comptoir traversait la pièce de part en part et dans un coin, quelques chaises faisaient la causette autour d'une table garnie de magazines poussiéreux.

— Eh bien, le moins qu'on puisse dire c'est qu'il y a de l'ambiance ici ! brocarda Éric.

— Tais-toi donc, Éric, tu vas vexer quelqu'un ! lui répondit Anna en lui jetant un regard noir.

Éric comprit immédiatement qu'Anna prendrait très mal qu'on se moque d'un tel endroit, même si elle ne le reconnaissait pas. Aussi préféra-t-il rester en retrait, de peur de faire un autre impair.

— Il y a quelqu'un ? lança-t-elle.

Personne ne lui répondit, la pièce demeurait silencieuse et seul le bruit de moteur de quelques rares voitures qui remontaient la route de la citadelle se faisait entendre.

— Avec ma chance, vous allez voir que c'est fermé comme pour le musée de tout à l'heure.

Anders prit alors le relais et lança un « C'est la police messieurs dames » sur un ton franchement au-dessus mais qui n'eut pas plus d'effet. Le petit groupe attendit encore quelques minutes mais finalement déçu, il se résigna à sortir lorsqu'une voix derrière eux les arrêta.

— Excusez-moi, j'étais dans les archives, je ne vous avais pas entendu !

C'était une dame très simple qui ne devait pas être loin de la retraite et qui les regardait au travers de ses lunettes en plastique rose desquelles deux petites chaînettes, roses, elles aussi, pendaient de chaque côté et se perdait dans de longs cheveux gris. Un long pull aux motifs rose et gris lui servait de robe et couvrait un collant en laine blanche très épais. Ça lui donnait un air chic et cool à la fois.

— Je peux vous aider ? ajouta-t-elle armée d'un immense sourire.

— Oui, oui, bonjour madame, s'empressa de dire Anna, nous sommes bien à l'orphelinat ?

— Non… Ici ce ne sont que les archives de l'ancien orphelinat.

— L'ancien orphelinat ?

— Oui, il n'existe plus ! Le nouveau se trouve à la sortie du côté d'*Himmelev*.

— Ah ! Mais vous me dites qu'ici ce sont les archives ?

— Oui, c'est là que nous avons entreposé les documents de l'ancien orphelinat en attendant de les mettre sur informatique.

— Ça veut dire que vous possédez tous les dossiers des années soixante-dix ?

— C'est exact mademoiselle ! En fait nous possédons les dossiers des enfants de 1903 jusqu'à 1985. Par contre, les dossiers de la seconde guerre mondiale sont entreposés aux archives nationales.

— Alors je pourrais voir mon dossier ?

— Pour cela il faut adresser demande officielle aux services du ministère qui normalement vous répondent sous trois semaines en vous délivrant un formulaire E11b. Sans ce formulaire, je ne peux pas vous donner accès aux archives.

— Trois semaines ? Mais ce n'est pas possible ! Pourquoi ça, madame ?

— Je suppose que c'est le temps nécessaire pour valider l'identité du demandeur, jeune fille.

— Excusez-moi, madame, pourtant j'ai souvenir que dans certains cas il était possible d'accéder au dossier d'une personne plus rapidement, se permit Anders.

— Tout à fait, monsieur, mais ce n'est pas pour tout le monde.

— Que voulez-vous dire ?

— Que ce genre de chose n'est octroyé qu'à des personnes officielles dûment assermentées.

— Je comprends, et dans ce cas comment font-elles ?

— Elles doivent présenter une pièce officielle et remplir un autre formulaire, ensuite la procédure ne prend que 24 à 48 heures.

— Et vous avez ce genre de formulaire, madame ?

— Oui quelque part par là… Mais je suis désolée, il me faudrait une pièce officielle.

— Est-ce que celle-ci serait suffisante ? demanda le commissaire en glissant gentiment son badge sur le comptoir.

— Vous êtes de la police ?

— Oui madame, et nous aurions vraiment besoin que cette jeune fille puisse accéder à son dossier, c'est vraiment très important.

— Je ne sais pas si j'ai le droit de le faire. De toute façon, il me faudrait le retour du formulaire avec le tampon du ministère.

— Est-ce que si je remplis votre formulaire, bien comme il faut, bien sûr, et que je vous le laisse pour que vous l'envoyiez vous-même à l'administration… Disons que, vous pourriez nous montrer en avance le dossier en attendant que votre formulaire vous revienne tamponné. Ce serait juste une histoire de date et ça ferait gagner du temps.

— Ce n'est pas très honnête ce que vous me proposez là, monsieur le commissaire.

La dame des archives semblait très embêtée. D'un côté, elle voyait bien au regard d'Anna, que c'était quelque chose d'important qui lui tenait à cœur, et d'un autre côté elle ne souhaitait pas avoir d'ennuis. On pouvait la comprendre.

— En plus, je vous laisse ma carte, comme ça, si vous avez le moindre problème vous pouvez la leur montrer ou me téléphoner directement.

— Non!

— Non?

— Non! Je veux dire, je ne peux pas vous laisser partir comme ça!

— Je ne comprends pas...

— Je vois bien que la jeune fille a très envie d'accéder à son dossier et si on remplit le formulaire, il y aura forcément quelqu'un qui mettra le doigt sur la différence de dates, ça fera suspect ou ça posera question, et j'aurai des problèmes.

— Mais, il suffit de modifier les dates, ajouta Anders, c'est très simple.

— Non commissaire! Ce n'est pas comme ça qu'il faut faire.

À la mine déconfite des quatre visiteurs, on comprenait dans quelle impasse elle venait de les plonger ; si proche du but, c'était rageant! Mais la dame continua.

— Vous me laissez votre carte, commissaire, et moi je vous donne accès au dossier!

— Je vous remplis tout de suite le formulaire! dit Anders totalement réjoui.

— Pas question, commissaire! Je suis toute seule ici, et j'en ai assez des bêtises de l'administration. Donnez-moi une pièce d'identité, jeune fille que j'aille vous chercher votre dossier.

Anna farfouilla rapidement dans son sac, à la recherche de la précieuse pièce officielle qu'elle trouva rapidement et la tendit à la dame en se confondant en remerciements.

— C'est inutile, mademoiselle… Hanne Thorsen. Lisait-elle sur la carte. Votre joie vaut tous les remerciements.

— Merci beaucoup madame, c'est vraiment très gentil !

— Je vous en prie commissaire, mais vous ne pourrez pas l'emporter, pour cela il faudrait le formulaire… Mais je pourrais quand même vous faire quelques photocopies !

La dame avait le regard pétillant et se montrait sincèrement enchantée d'avoir réussi à faire un heureux dans sa journée de solitude. Elle disparut par une petite porte sur le côté, emportant avec elle la carte d'identité d'Anna qui ne pouvant se contenir, trépignait déjà comme une gamine de trois ans tant elle était excitée. Mais après dix bonnes minutes d'attente, l'excitation d'Anna était retombée pour se transformer en une véritable angoisse. Va-t-elle trouver le dossier ? Est-elle vraiment partie le chercher ? Et plus le temps passait, plus le doute s'immisçait en elle.

Enfin la dame de l'orphelinat réapparue toujours armée du même sourire.

— Eh bien, vous avez de la chance, il était mal rangé ! C'est presqu'un miracle que j'ai pu mettre la main dessus !

— Ah bon ? Il y avait un problème ?

— Non ce n'est rien… une erreur d'orthographe certainement, il était rangé sous le nom de « Thasen » et non « Thorsen ».

— Pourquoi ça ?

— La personne qui a fait la réception à l'époque a mal écrit sur le dossier, vous voyez, ici ! Après forcément ça a été mal rangé, voilà tout ! indiqua-t-elle en posant un dossier marron sur le comptoir.

— C'est mon dossier ? demanda Anna avec une voix étranglée par l'émotion.

— Oui, c'est lui ! Tenez, je vous rends votre carte d'identité…

— Merci, madame…

— À présent, je vous laisse le consulter tranquillement… Si vous avez besoin de moi, appelez, je suis juste derrière ! Et surtout, prenez votre temps… Ajouta-t-elle doucement en tapotant affectueusement la main d'Anna. Puis elle disparut à nouveau derrière la porte latérale.

Anna ouvrit le précieux dossier sur le comptoir tandis qu'Anders et Douglas s'éclipsèrent pour rejoindre Éric qui s'était avachi dans l'une des chaises. Il était bien normal d'offrir un peu d'intimité à Anna dans cette situation. Cependant au bout de cinq petites minutes, Anna pestiféra.

— Il n'y a rien dans ce dossier, rien que je ne sache déjà, ce n'est pas possible !

Anders s'approcha pour venir lui aussi consulter le dossier.

— Tu permets que je jette un œil Anna ?

— Je t'en prie, mais il ne t'en apprendra rien de plus.

— Oui effectivement, il n'y a que quelques rapports d'éducateurs, une fiche d'état civil avec le nom de tes parents, rien de bien utile pour nous… Mais attends, c'est quoi ça ?

— Quoi ?

— Là c'est coché « Élément personnel », ça veut dire quoi ?

— Appelons la dame, elle nous dira !

Anna cria très fort pour appeler la dame des archives.

— Holà ! Je ne suis pas sourde, je vous ai dit que j'étais juste derrière, pourquoi hurlez-vous comme ça ? dit la brave dame en passant la tête par l'entrebâillement de la petite porte.

— Pardon, pardon… Je vous croyais au fond… Nous avons une question.

— Oui ?

— Qu'est-ce que ça veut dire quand on coche la case « Élément personnel » ?

— Ah ! Ça veut dire que la personne a laissé quelque chose à votre intention… Laissez-moi voir le numéro de dossier, je vais vous le chercher.

Deux minutes plus tard, la dame revint en tenant une grande enveloppe kraft.

— Quand on sait où chercher ça va plus vite non ?

— Effectivement vous avez battu certainement tous les records lui répondit Anna en lui glissant un bisou sur la joue.

La dame déposa l'enveloppe sur le comptoir et s'éclipsa à nouveau par la petite porte latérale. Anna ouvrit l'enveloppe et en tira une lettre qu'elle commença immédiatement à lire.

— C'est une lettre de ma mère ! Elle me demande de lui pardonner, elle dit qu'elle n'avait pas d'autre choix pour me protéger et qu'il ne fallait pas la juger…

Elle s'interrompit un instant et continua la lecture pour elle-même, sans doute les mots étaient-ils trop forts pour être entendus de tous. Puis elle prit une grande inspiration et continua.

— Elle indique que tous les problèmes proviennent de ce qu'a trouvé mon père dans les ruines de l'abbaye…

— Quoi ? fit Éric qui était sorti de sa chaise.

— Oui, écoute, « Hanne, ma chérie, tous nos problèmes viennent de ces choses que ton père a trouvées. Je lui avais dit de s'en débarrasser que ça nous porterait malheur. Mais il était têtu, il disait que c'était une découverte sensationnelle. »

— Alors qu'est-ce que qu'il a trouvé ton père ?

— Attends Éric, je lis, je suis tout aussi impatiente que toi !

« Comme à son habitude, il allait tous les matins inspecter le jardin botanique et il avait remarqué

sur le chemin une pierre qui portait une curieuse marque [...] mais le plus extraordinaire c'était les plantes qui poussaient autour, elles étaient toujours vertes et fleuries quel que soit le temps ou la saison [...] aussi il voulut savoir ce qu'il y avait en dessous de cette pierre. Il creusa sur près d'un mètre et finit par découvrir deux cornes en or soigneusement enveloppées dans un linge monacal et une chevalière, à l'intérieur d'un vieux coffre en bois... »

— Oui ! Il les a trouvées ! Alors Anna où sont-elles ?
— Mais arrête Éric ! Laisse-moi lire !

« L'inscription sur la chevalière était en latin et parlait de chemin vers les étoiles [...]. Il ne comprenait pas d'où elle venait... »

— C'est donc bien la chevalière de frère Thomas !
— Oui Éric, j'avais compris, je crois même que tout le monde avait compris !

« [...] une chose était sûre, c'était que ces choses étaient anciennes et avaient une influence indéniable sur les plantes. [...] Il alla en parler avec les professeurs de l'université mais personne ne le prit au sérieux, aussi il décida de mener lui-même des expériences scientifiques pour prouver les capacités de ces objets. C'est à ce moment que les choses se sont dégradées [...]. Des hommes se réclamant de

l'université sont venus plusieurs fois nous demander les cornes et nous ont même menacés. Les villageois le prenaient pour un sorcier à cause de ses expériences la nuit. Et les lumières bleues n'arrangeaient pas les choses. Plusieurs fois nous avons retrouvé la maison sens dessus dessous et nous avons eu peur. Kristian a décidé de déposer tout ça à la banque dans un coffre à ton nom. Sur le retour, il s'est fait renverser par une voiture qui ne s'est pas arrêtée. Je suis persuadée que ce n'était pas un accident et qu'on s'en prendrait à nous. La nuit, je n'en pouvais plus, il y avait des gens qui rôdaient, le téléphone sonnait mais personne ne répondait. J'ai préféré te mettre à l'abri dans le seul endroit que je connaissais... »

— Ta mère connaissait aussi l'assistance publique ?
— Oui c'est ce que j'ai compris aussi, et je comprends maintenant pourquoi l'orphelinat était pour elle le seul endroit où j'aurais été en sécurité. Comment pourrais-je lui en vouloir.
— Anna, veux-tu que je fasse des recherches pour retrouver ta mère ?
— Merci Anders, mais non ! Tant que cette histoire n'est pas réglée, nous sommes tous en danger ! Autant la laisser où elle est, si elle vit encore, elle doit être en sécurité !
— Oui tu as raison... Que proposes-tu maintenant ?
— D'aller à la banque !

— Oui mais laquelle ? Il y en a plein des banques. En plus c'était dans les années soixante-dix, ça va pas être évident à trouver et on ne peut pas toute les visiter… Avec la police aux trousses.

— C'est sûr Éric ! Mais comment faire autrement.

— Attendez les enfants, en se secouant les neurones on devrait pouvoir sortir quelque chose.

— Toi tu as une idée, Anders !

— Eh bien, si on procède par élimination, il faut retenir que les vieux établissements bancaires, ceux qui étaient présents dans ces années-là.

— Oui et alors ?

— Alors je n'en vois que trois possibles, Anna.

— Trois ce n'est pas beaucoup, mais il ne faudrait pas se louper non plus !

— Attends, je pense que cela ne peut être que la « Roskilde Bank », c'est la plus vieille et la plus grosse. C'est absolument certain qu'elle possède une salle des coffres.

— Vous êtes certain commissaire ? demanda Éric.

— Et comment mon garçon ! Je suis certain qu'ils ont un sous-sol, et je sais où elle se trouve, ce n'est pas très loin dans la vieille ville.

Chapitre 13

Effectivement, Anders avait dit vrai, la banque n'était pas très loin. Le vieux bâtiment de la Roskilde Bank était entouré de deux autres constructions cubiques tout en briques rouges, elles aussi, mais beaucoup plus modernes et lui servaient d'extensions. Sur le fronton de la vieille banque on pouvait encore lire l'année de sa fondation, « 1914 ».

Fergus partit garer la voiture un peu plus loin dans une ruelle adjacente, loin des regards indiscrets. Le reste de la petite bande, quant à elle, entra dans la banque. À l'intérieur, tout était moderne, un vaste hall garni d'une moquette bleu-marine tranchait avec la clarté des murs, et au fond, se présentait une série de guichets. Les clients n'avaient pas l'air de se bousculer, cinq ou six personnes tout au plus faisaient la queue et seuls deux guichets avaient été ouverts, ce qui était bien suffisant. Anders pronostiquait déjà qu'ils attendraient tout au plus un quart d'heure, et un peu joueur, il avait lancé le pari avec Douglas qui s'était prêté au jeu bien volontiers.

Enfin ce fut leur tour et Anders gagna son pari. À ce moment, Fergus entra dans la banque et fit mine de s'intéresser aux prospectus qu'il y avait sur le côté en ignorant soigneusement ses amis.

— Douglas, pourquoi Fergus ne vient pas nous rejoindre ? murmura Éric à l'oreille du moine.

— Voyons, parce qu'il couvre nos arrières, tu ne crois pas ?

— Oui bien sûr, c'est évident… Ah, c'est que je n'ai pas encore le réflexe de penser comme James Bond !

— Tu me fais rire Éric, c'est un minimum de sécurité, vois-tu, autant que tout le monde croit que c'est un client ordinaire, et tu vas voir comment il va s'y prendre avec la fille de l'autre guichet. Des fois il me surprend. Il est capable d'obtenir son numéro de téléphone personnel juste en la baratinant.

— Eh bien pour un moine c'est pas très catholique tout ça…

— Moines à mi-temps, Éric, à mi-temps seulement ! termina Douglas en accrochant encore son sempiternel petit sourire de coin sur le visage.

— Bonjour messieurs-dames, que puis-je faire pour vous ? demanda la jeune fille du guichet.

— Bonjour Madame, répondit poliment Anna, je voudrais accéder à mon coffre.

— Certainement, donnez-moi votre numéro de compte et votre numéro de coffre, s'il vous plaît.

— Eh bien je n'en n'ai pas ! C'est mon père qui a ouvert le coffre pour moi, il y a bien longtemps, mais il ne m'a donné aucun numéro !

— Ah ! Ça va être plus compliqué alors.

— Je vous demande pardon, je suis le commissaire Anders des affaires criminelles, voici ma carte, qu'est-ce qui pose problème ?

— C'est un problème d'identification commissaire, tout dépend de la date d'ouverture du compte.

— Je ne vous suis pas, pourriez-vous être plus claire ?

— Nous possédons dans l'établissement des coffres très différents et certains ont presque 100 ans. Lorsqu'un coffre est trop vieux ou qu'il n'a pas été ouvert depuis très longtemps, il n'obéit pas aux règles que nous avons maintenant et donc chaque coffre un peu trop ancien possède une procédure qui lui est propre.

— Et donc ?

— Donc c'est le directeur qui traite de ces affaires personnellement !

— Un coffre ouvert dans les années soixante-dix et jamais ouvert ferait-il l'objet de cette procédure particulière, comme vous dites ?

— Oui tout à fait, commissaire.

— Ah… Votre directeur peut-il nous recevoir dans ce cas ?

— Je pense que c'est possible, je l'appelle immédiatement.

L'employée décrocha son téléphone et expliqua rapidement à son interlocuteur la situation puis raccrocha.

— Il n'y a pas de problème, commissaire. Je garde votre carte officielle et j'ai besoin aussi d'une pièce d'identité de la personne titulaire du compte.

Anna confia sa carte d'identité à la jeune fille qui disparut derrière les bureaux après leur avoir demandé de patienter quelques minutes le temps pour son directeur de procéder aux vérifications d'usage dans la base de données.

— C'est normal, ça, Anders ?

— Oui Anna, je pense que oui, il faut bien qu'ils vérifient qui nous sommes avant d'ouvrir un coffre. Et puis il faut surtout qu'ils trouvent ton coffre.

Fergus changea de position et s'accouda au dernier guichet vide. Il se mit alors à griffonner une brochure boursière en faisant semblant de l'analyser. Il n'avait pas choisi cette place au hasard. D'ici, il avait une vue parfaite sur le bureau vitré du directeur et il pouvait sans problème espionner tous ses faits et gestes. Il fut d'ailleurs très intrigué par les quatre ou cinq coups de fil très brefs qu'il passa dès qu'il eut les pièces d'identité en main. Puis il vit le directeur se lever et sortir de son bureau.

— Mademoiselle Thorsen, Hanne Thorsen je suppose, dit-il en se dirigeant vers Anna la main tendue.

— Oui c'est cela, dit-elle en lui serrant la main.

— Commissaire Anders, que me vaut le plaisir de votre visite, rien de grave j'espère ?

— Non, non rien de grave, j'accompagne cette demoiselle, monsieur... Monsieur ?

— Ah ! Oui excusez-moi, je me présente, Per Tynmann, je suis le directeur de la banque. Je vous redonne vos cartes, tout est en ordre.

Avec des cheveux grisonnants et rasés de près sur la nuque, bien ajusté dans son costume sombre, Per Tynmann ressemblait à ces personnages de séries B des années cinquante, il ne lui manquait que le Stetson. Ses petits yeux bleus enfoncés et cachés derrière des lunettes en plastique noir lui donnaient des airs de fouine, et d'une façon générale, il ne respirait pas la sincérité.

— Pouvons-nous accéder au coffre, monsieur Tynmann ?

— Oui bien sûr, commissaire, veuillez me suivre dans mon bureau.

Nos quatre amis suivirent le directeur dans le bureau qui les pria de s'asseoir. Cependant il n'y avait que deux chaises de disponible et le directeur s'en trouva tout confus mais Anders le rassura, lui et Douglas ne voyaient aucun inconvénient à rester debout et s'en accommoderaient. Le directeur n'y fit plus allusion et alla fouiller dans les dossiers suspendus de son armoire blindée au fond de son bureau pour revenir avec une grande enveloppe grise scellée d'un cachet de cire rouge portant le logo de la banque et pour seule marque d'identification, le numéro 71C-758.

— Qu'est que c'est ? demanda Anna qui s'attendait à ce qu'on lui apporte une boîte.

— C'est ce qui est demandé pour accéder au coffre !

— Je ne comprends pas.

— Pardonnez-moi, mais ces vieux coffres sont « hors normes » et certains de nos clients ont demandé des précautions particulières qui peuvent nous paraître totalement farfelues. Dans votre cas, jeune fille, votre nom est associé à ce numéro sur l'enveloppe dont je ne connais pas non plus le contenu, nous allons donc découvrir tous les deux ce que voulait votre père.

— C'est une chasse au trésor, alors !

— En quelque sorte, je vais donc décacheter l'enveloppe et prendre connaissance avec vous de ce message.

Le directeur brisa le sceau et ouvrit l'enveloppe pour en retirer deux autres. L'une était notée au nom d'Anna et l'autre portait la mention « Roskilde Bank ». Anna ouvrit son enveloppe et lut :

— « Donner le nom de votre mère, celui de votre père, et choisissez un dessin parmi ceux que vous avez sous les yeux », c'est tout ! Il y a juste ceci d'écrit.

Le directeur ouvrit son enveloppe et demanda les réponses.

— Eh bien mon père c'est Kristian Holz, ma mère s'appelle Rebecca Thorsen et après je ne sais pas ce qu'il faut faire.

— Choisissez simplement une de ces formes géométriques ! répondit le directeur de la banque.

— Mais je ne sais pas laquelle choisir.

— Je suis désolé, mais je ne peux pas vous aider, sur ce troisième point, je ne n'ai pas la réponse.

— Moi je sais ! dit Éric. Ça ne te rappelle rien la deuxième forme ?

— Euh, comme c'est un peu fouillis, oui, peut-être…

Anna n'avait pas l'air convaincu, ou peut-être était-elle impressionnée, mais elle ne reconnaissait pas du tout cette forme qui lui était pourtant très familière, aussi Éric lui donna un indice.

— Mais si voyons ! Si tu caches les motifs de couleur, regarde, ce qui reste, ça ne te fait pas penser à ta marque sur la cheville ?

Le regard d'Anna s'éclaira subitement… Elle venait d'apercevoir le symbole de la 25e rune.

— Oui ! Je choisis cette forme là… La deuxième solution !

— Parfait, mademoiselle, en fonction de votre réponse, je vais procéder à l'identification du coffre.

— Ah bon ? Parce que vous ne savez pas de quel coffre il s'agit ?

— Non, jeune fille, je n'ai comme réponse que le nom de vos parents. Concernant cette forme géographique, je ne sais pas laquelle est la bonne comme je vous l'ai déjà dit. Pour moi, il est noté seulement « réponse A, réponse B ou réponse C » et en dessous, des instructions différentes en fonction de la réponse. Voyez-vous, les instructions pour la réponse B demandent de rassembler les chiffres sur toutes les enveloppes et de les associer dans un ordre précis pour connaître le numéro du coffre, regardez.

Le directeur retourna l'enveloppe qu'il avait dans les mains et Anna vit qu'il était noté le numéro 542X1 et que sur la sienne il y avait le numéro 2A35. Le directeur prit alors un stylo et reporta

les numéros sur un bout de feuille de cette façon :
2A35 - 71C-758 - 542X1.

— Vous voyez, il faut placer les chiffres dans l'ordre des lettres, puis supprimer les chiffres qui se trouvent à la gauche de chacun des chiffres, ce qui vous donne A35758X1. Et pour terminer vous retirez les lettres, votre coffre est donc le numéro 35.758.1 ! Les instructions pour la réponse A sont plus complexes puisqu'il faut effectuer des calculs avec les chiffres.

— C'est compliqué !

— Oui mais cela évite que n'importe qui ne parvienne à trouver le coffre d'une personne à partir de sa seule identité.

— Oui et c'est peut-être aussi pour ça que personne n'a encore trouvé le coffre, murmura Éric à l'oreille d'Anna.

— Mais monsieur Tynmann, vous m'avez dit que vous ne connaissiez pas qu'elle était la bonne réponse, ça signifie qu'il se peut que le numéro trouvé ne corresponde à rien ?

— Pas exactement, dans votre cas il y a 3 réponses, donc 3 coffres, mais un seul contient quelque chose, les autres sont des leurres.

— Des leurres ?

— Oui, ce sont de vrais numéros de coffre qui existent mais qui ne correspondent qu'à des coffres vides ou contenant des choses sans intérêt. Imaginez que les mauvaises réponses renvoient un message du type « désolé vous avez perdu », il serait plus facile de trouver la bonne réponse, surtout si vous avez la complicité de la personne de la banque. C'est pour ça que nous ne connaissons pas la bonne réponse ni vers quel coffre cela nous emmène.

— C'est vraiment tordu comme méthode !

— Oui je vous le concède, mademoiselle, les fondateurs de la banque étaient quelque peu farfelus. La méthode a ses avantages, mademoiselle, mais aussi de gros inconvénients ! Elle nous oblige à avoir plus de coffres vides que de pleins, c'est idiot et coûteux, vous comprenez pourquoi la banque a abandonné ce type de méthodes. Je vais à présent vous chercher le coffre lié à ce numéro et vous verrez bien ce qu'il contient.

Le directeur partit vers un ascenseur au fond muni du bout de papier portant le précieux numéro. À peine cinq minutes plus tard, il revint avec une longue boîte en métal.

— Voilà votre coffre, mademoiselle ! Restez dans mon bureau et prenez tout le temps nécessaire pour l'examiner, je ne suis pas loin, je suis au guichet, ça me rappellera ma jeunesse.

Le directeur les salua et rejoignit le hall.

— Allez, vas-y Anna, ouvre !

— Oui, oui Éric, minute…

Anna ouvrit le grand couvercle de la boîte. À l'intérieur se trouvait un sac en velours noir et elle y plongea la main. Elle sortit tout d'abord la grande corne, puis la petite et enfin un petit bristol.

— Mince alors, dit Éric, elles sont dans un sale état !

— Qu'est-ce qui a pu leur arriver ? demanda Douglas. On dirait qu'elles ont brûlé ou qu'on les a passées au chalumeau.

Anna prit le petit bristol entre les mains et lut le mot qui y était inscrit.

« Hanne, ma petite chérie, prends bien soin de toutes les choses qui se trouvent dans le sac. Ton père qui t'aime fort. »

— C'est pas juste… dit-elle alors qu'une grosse larme lui roulait sur la joue. J'aurais bien voulu les connaître.

Éric lui passa la main dans le dos et commença à lui caresser tendrement la nuque, puis il lui posa délicatement un baiser sur la joue qu'Anna ne repoussa pas.

— Et il n'y a rien d'autre dans le sac ?

— Non Éric, juste ça, dit-elle en retournant le sac en velours afin de bien vérifier que rien n'était resté coincé à l'intérieur.

Anders pris le bristol et le retourna.

— Alors là ! Je comprends d'où vient ta passion pour le breuvage des Dieux.

— Qu'est-ce-que tu dis Anders ?

— Regarde derrière le bristol, ton père a collé une étiquette de bouteille d'hydromel !

— Ah oui ! Enfin, je ne connais pas cette marque, mais le dessin est plutôt rustique, des frises et le mot « hydromel » écrit en gros.

— Oui, pourtant, ton père devait certainement avoir une bonne raison pour coller cette étiquette.

— Pourquoi dis-tu ça ?

— Eh bien ton père souligne que tu dois faire bien attention à tout le contenu de ce sac. Aussi le contenu pour moi ce sont les cornes et l'étiquette d'hydromel !

— Mais elle ne dit rien cette étiquette, toute moche qu'elle est !

— Peut-être mais elle a une certaine importance.

— Et le sac de velours, commissaire, il est important lui aussi ? demanda Éric.

— Je ne pense pas. Mais peut-être que oui ? Comment savoir ?

— Montrez-moi ce bristol, demanda Douglas.

Anna lui donna la carte et Douglas commença à l'inspecter sous toutes les coutures puis le passa devant la lampe allumée du bureau.

— Hum, curieux ! dit-il au bout d'un petit moment.

— Qu'est-ce qu'il y a ?

— Je ne suis pas certain mais il me semble…

— Quoi ? Douglas, il vous semble quoi ?

— Rien justement, Anna. Ça m'a l'air d'être une étiquette tout à fait ordinaire.

— Que voulez-vous dire, Douglas ? demanda Anders.

— Eh bien commissaire, le papier de l'étiquette est de mauvaise qualité, donc il est quasi impossible d'avoir glissé un message microscopique dans les dessins imprimés. En plus si c'était un message qui nécessite un traitement chimique pour être révélé, l'étiquette ne résisterait pas.

— Mais peut-être sert-elle simplement à masquer quelque chose sur le bristol ?

— J'y ai pensé ! Regardez Anders, si on passe le bristol devant la lumière on voit parfaitement bien qu'il n'y a rien.

— Alors, l'étiquette ne serait qu'une banale décoration ?

— Hum ! Pas sûr, le père d'Anna insiste bien sur le fait que tout est important. Donc cette étiquette est importante, soit pour nous induire en erreur, soit pour nous aider mais pour l'instant, je ne vois pas en quoi.

À cet instant, Fergus fit irruption dans la pièce, tel un dément.

— Il faut partir tout de suite, venez !

— Qu'est-ce qui se passe, mon frère ?

— Le directeur vous a vendu !

— Quoi ?

— Oui, lorsqu'il était au guichet, je l'ai vu téléphoner à « son ami le procureur » comme il disait. Je n'ai pas pu entendre ce qu'ils se disaient mais j'ai cru comprendre qu'il devait nous retenir ici.

— Tu as raison, il faut partir, ils ne vont pas tarder à nous tomber dessus.

Anna remis les cornes et le bristol dans le sac de velours noir qu'elle donna à Éric pour le ranger dans son sac à dos puis le petit groupe sortit rapidement du bureau du directeur. En arrivant dans le hall, ils ne virent plus personne.

— Où sont-ils tous passés ? s'étonna Éric.

— Ça ne me dit rien qui vaille, lui répondit Douglas.

— Alors Anders ? Vous changez de camps ? C'était le procureur qui venait d'entrer dans la banque avec deux agents en civil.

— Je suis et je serai toujours du côté de la justice ! lui répondit Anders hors de lui.

— Mon pauvre commissaire, vous êtes pitoyable, décidément vous ne comprenez rien à rien !

— Oh que si, je comprends très bien que vous êtes à la solde de cette confrérie ! Mais qu'avez-vous à gagner dans cette histoire ?

— Nous avons tous à y gagner ! Regardez-nous ! Des juges, des hommes politiques, des avocats, et d'autres encore nous font confiance et comprennent ce que nous faisons.

— Moi je ne vois que de vulgaires malfaiteurs qui recherchent le pouvoir à tout prix, quitte à tuer pour l'obtenir…

— Décidément, vous êtes d'une stupidité, Anders, autant parler à un âne… Donnez-moi les cornes et sauvez votre peau au moins !

— Jamais !

— Elles appartiennent à mon père, je vous ne vous les donnerai jamais !

— Ah oui, votre père… Quel idiot ! Lui non plus, ne comprenait rien !

— Vous connaissiez mon père ?

— Quelqu'un de très particulier, votre père, jeune demoiselle, complètement possédé par sa découverte, voyez où ça l'a conduit !

— C'est vous qui l'avez tué !

— Non, je ne dirais pas ça… Il a voulu jouer et il a perdu, voilà tout ! Il nous a fait perdre beaucoup de temps pour en définitive revenir au même point. Allez, ne soyez pas stupides, remettez-moi les cornes et je vous laisse tranquille.

— Espèce de salaud ! Venez les cherchez, je vous attends !

Anna se mit en garde, prête à recevoir le premier des deux hommes qui viendrait l'attaquer tandis qu'Éric se mit un peu en retrait. Anders dégaina son arme et la braqua vers le procureur, mais un coup parti et il recula. La balle qu'il venait de recevoir lui avait transpercé l'épaule et son arme gisait par terre. L'un des deux agents avait été plus rapide et le canon de son pistolet fumait encore. À présent, ils étaient tenus en joue par les deux flics et la situation semblait inextricable.

— Voyons… Vous n'avez plus d'arme, qu'espérez-vous ? Remettez-moi ces cornes, je vous promets de vous laisser partir.

— Vous n'aurez rien !

— Bon, dans ce cas… Vous ne me laissez pas le choix ! De toute façon, le grand Maître souhaitait faire le grand ménage, alors… Abattez-les ! lança-t-il à ses hommes.

Les deux flics ne bougeaient pas. Un halo de lumière bleue les enveloppait et les empêchait d'effectuer le moindre mouvement.

— Éric comment fais-tu ça ?

— Je crois que je maîtrise, Anna, regarde…

L'un des hommes immobilisés par Éric se mit alors à flotter à quelques dizaines de centimètres du sol et vint se plaquer contre le mur. Le procureur un temps surpris, reprit ses esprits et dégaina un revolver de sa ceinture. Éric amplifia alors la puissance et un flot de lumière bleue propulsa les trois hommes et tout ce qui se trouvait autour à travers la grande baie vitrée du hall qui vola en éclat, créant la panique chez les passants.

— Éric !

— Désolé… Je ne pensais pas que ça allait être aussi fort !

— Bravo ! S'ils ne savaient pas après quoi ils couraient, maintenant ils en ont une petite idée. Ça ne va pas nous arranger !

— Qu'est-ce que vous voulez dire, Douglas ?

— Si certains d'entre eux doutaient de la réalité de ce pouvoir, tu viens de les remotiver !

— Je…

— Dites tous les deux ! Vous ne voudriez pas poursuivre cette petite conversation ailleurs ? Parce que ces trois-là ne vont pas rester inconscients tout le temps et il commence à y avoir des curieux.

— Oui tu as raison Fergus ! On te suit…

Le petit groupe sortit de la banque tranquillement pour ne pas attirer plus l'attention sur eux. Avec un peu de chance, les gens ne feraient pas le lien entre eux et les trois hommes qui gisaient dans les débris de verres, une arme à la main. Éric jeta quand même un coup d'œil sur la scène en toute discrétion pour y déceler une trace de vie. Il ne supportait pas l'idée qu'il pourrait être un assassin même si, encore une fois, il n'avait fait que se défendre. Le procureur bougea le bras et semblait revenir à lui.

— Vite ! Cria-t-il à ses amis. Ils reviennent à eux !

Les cinq amis disparurent dans la première ruelle venue, guidés par Fergus puis retrouvèrent leur véhicule deux ou trois rues après. Une fois à l'intérieur, il fallait bien décider de la direction à prendre.

— Qu'est-ce qu'on fait maintenant ? demanda Anna.

— Montrez-moi votre bras Anders, demanda Éric, on va commencer par le plus urgent !

— Qu'est-ce que tu vas faire ?

— Soyez tranquille, je vais juste vous soigner.

Éric approcha la main de l'épaule d'Anders et aussitôt elle s'entoura de lumière bleue qui se propageât jusqu'à la plaie. Le sang ne coula plus et les chairs se reconstituèrent en quelques secondes, jusqu'à faire disparaître toute trace de la balle, pas la moindre cicatrice.

— Ça alors ! Tu es capable de ça aussi ! C'est incroyable.

— Oui, c'est une longue histoire.

— Mais qui es-tu ?

— Je voudrais bien le savoir moi aussi, Anders !

— Je pense que vous saisissez mieux les enjeux, commissaire !

— Je n'aurais jamais cru ça possible si je ne l'avais pas vu moi-même !

— Vous comprenez pourquoi je vous disais que vous ne m'auriez jamais cru, commissaire !

— Tout à fait Douglas !

— Bon et ensuite ? Quelqu'un a une idée ? dit Anna.

— Nous pourrions retourner en Écosse ? émit Fergus.

— Tu n'y penses pas, mon frère… Ils ne referont pas la même erreur deux fois. Les aéroports vont être sous surveillance maintenant.

— Et Roskilde c'est fichu aussi ! dit Anders. Je ne peux plus retourner chez moi. Tous les flics du pays me connaissent.

— et le musée c'est pareil ! On est coincé…

— Il reste encore chez moi ! Anna…

— À quoi penses-tu Éric ?

— Angoulême !

— Anglème ? C'est où ?

— Non, « An-gou-lême », commissaire, c'est chez moi en France.

— C'est loin ?

— 1500 km environ !

— Mais on ne peut pas y aller ! Les aéroports et les gares seront surveillés…

— En voiture !

— C'est bien trop long, Éric !

— Attendez, commissaire, ce n'est pas si aberrant que ça ce que dit Éric.

— Oui et on pourra demander à mon oncle de nous aider.

— Oui de toute façon pour aller plus loin il nous faut l'aide du professeur Christiansen.

— Eh! Pour l'argent j'ai ce qu'il faut! dit Fergus en montrant sa ceinture. J'ai suffisamment de dollars pour se dépanner.

— Attendez, je réfléchis par où on pourrait passer.

— Alors rapidement Douglas! Je commence déjà à entendre des sirènes! Ça ne va pas tarder à grouiller de flics!

— Démarre! Fergus…

— Pour aller où?

— Va aux embarcadères, on va prendre le ferry…

Fergus démarra la voiture et fila vers la rocade tandis que Douglas expliquait le parcours.

— Le ferry… D'ici c'est le plus court pour quitter le Danemark!

— Et vous n'avez pas peur qu'ils surveillent les ferries?

— Non Anna… Enfin oui mais je pense qu'avant que tout ne soit bloqué, on a une vingtaine de minutes, n'est-ce pas commissaire?

— Oui, au pire un quart d'heure…

— Suffisamment pour accéder à l'embarcadère, c'est à cinq minutes d'ici!

— Mais la première chose qu'ils vont faire c'est de demander le contrôle des lignes, et ils nous attendrons à l'arrivée.

— Oui Éric, c'est pour cela que nous n'irons pas en France!

— Je ne comprends plus, Douglas, où va-t-on alors?

— En France!

— Arrêtez, je vais devenir fou !

— En France mais pas directement… Les seules directions qu'ils ne surveilleront pas sont celles vers les pays de l'Est et…

— et celles vers l'Allemagne… J'ai compris ! s'enthousiasma Anna.

— Oui ! Si on prend un ferry de la *Scanline*, on atterrit à *Puttgarden* et de là on file à Hambourg. On échange quelques Dollars contre des Deutsche Marks, on fait le plein de vivres et d'essence puis on descend sur Hanovre et on arrive à Strasbourg ! Personne ne pensera que l'on rejoint la France par la route !

— Faut que j'appelle mes parents pour les prévenir !

— Non Éric, c'est la première chose qu'on recherchera ! Crois-moi, ils vont éplucher nos vies.

— Oui… je suppose qu'au MI6 c'est ce que vous auriez fait !

— Oui… mais tu as peut-être quelqu'un de confiance à qui tu peux laisser un message ?

— J'ai bien ma copine Mathilde !

— Mathilde ? Qui c'est celle-là ? Tu ne m'en as jamais parlé, Éric !

— Euh… Mathilde c'est… Euh, juste une amie de Mia qui en pince pour moi et je…

— Comment ça, elle en pince pour toi ? C'est ta petite amie ?

— Anna, calme-toi, voyons, c'est peut-être juste une copine, c'est tout, dit Anders.

— Oui, je n'ai pas de petite copine ! dit Éric en pensant immédiatement qu'il avait encore dit une bêtise et qu'Anna avec son caractère de feu ne manquerait pas de le lui reprocher.

— Quoi ? Tu n'as pas de petite copine ? Et moi alors, je ne compte pas ?

— Ce n'est pas pareil, voyons Anna !

Anna ne voulut plus rien dire et colla son visage contre la vitre de la voiture, se forçant à regarder le paysage qui défilait. Elle s'était encore une fois murée dans sa bouderie. C'était bien là son plus gros défaut : bouder ! Et Éric ne chercha plus à se justifier tant il savait que cela ne servait à rien.

— Elle est fiable cette Mathilde ? demanda Douglas.

— Autant que je sache, de toute façon elle ne connaît rien de l'histoire, et si on ne lui raconte rien, je ne vois pas ce qu'elle pourrait dire.

— Et tu penses qu'elle pourra contacter ta cousine Mia le moment venu ?

— Oui, si je lui demande, elle le fera. Je n'aurai qu'à dire que je n'arrive pas à les joindre et ça passera.

— Bon d'accord ! Mais promets-moi quelque chose, Éric !

— Oui quoi ?

— Ne fais plus d'expérience avec toi-même ou avec les cornes ou le cristal tant que nous ne sommes pas arrivés à Angoulême, promis ?

— J'ai compris, d'accord… Promis !

Chapitre 14

Bien qu'un peu trop à l'étroit à cinq dans la voiture d'Anders, tout s'était déroulé comme prévu. À la descente du ferry, personne ne les attendait et ils avaient pu filer sur Hambourg sans encombre. Ensuite, ils s'étaient arrêtés à Hanovre le temps de voler deux plaques d'immatriculation allemandes car les plaques danoises se remarquaient un peu trop facilement. Et une fois en France, ils avaient pu s'octroyer une bonne pause à Nancy. Puis comme on pouvait s'y attendre, Anna avait encore une fois piqué sa crise de jalousie lorsqu'Éric avait prévenu Mathilde de leur arrivée. Ce coup-ci, elle n'avait boudé que sur 50 kilomètres.

Fergus gara la voiture dans la rue Gervais, une perpendiculaire de la rue Saint-Roch, à 30 mètres de la maison d'Éric. La rue était déserte. Il est vrai qu'à cette période de l'été la plupart des gens étaient partis en vacances ou s'offraient facilement un petit séjour à la plage, la mer n'étant qu'à une heure de route. Ils filèrent alors directement à la maison et ce fut Anna qui, la première, frappa à la porte, motivée par une envie plutôt pressante.

— Bonjour ! fit la personne qui ouvrit.

Dans la précipitation, Anna avait tout bonnement oublié, qu'ici, on parlait français et elle non ! Elle se trouva donc bien bête devant Véra qui lui avait ouvert.

— Tu dois être Anna je suppose ? reprit-elle immédiatement en danois.

— Oui, dit-elle soulagée en entendant ces quelques mots dans sa langue natale.

— Je suis Véra, la mère d'Éric et…

— Hiiiiii ! Anna !

C'était Mia qui s'était faufilée jusqu'à la porte d'entrée et qui en apercevant Anna, avait simplement laissé exploser sa joie et embrassait son amie. Éric arriva à son tour sur le palier pour embrasser sa mère avant de lui présenter Anders, Douglas et Fergus qui suivaient. Véra les invita à entrer et à se retrouver dans le jardin où le reste de la famille les attendait.

— Commissaire Anders, Douglas ? Que faites-vous ici ? demanda le professeur Allan Christiansen, surpris, en se levant brusquement de sa chaise.

— Cher professeur, c'est une longue histoire mais je crois qu'on va prendre le temps de vous la raconter. Cette fichue enquête prend vraiment une tournure très particulière… Je suppose que vous êtes madame Christiansen, dit-il en s'adressant à Lenna qui ne pouvait pas se lever, le chat du voisin ayant fermement décidé de rester sur ses genoux prêt à griffer quiconque l'en délogerait.

Mia était partie montrer la salle de bain à Anna et tout le petit monde s'était installé autour de la grande table en bois du jardin, les chaises ne manquaient pas. Véra avait préparé le café et le thé, et Éric, fidèle à son habitude s'était jeté sur les petits gâteaux qu'elle avait sortis pour la circonstance.

Le commissaire Anders commença le récit de tout ce qui s'était passé, et pourquoi, lui-aussi, avait fui. Douglas et Éric se chargeaient de rajouter parfois quelques précisions utiles pour l'historien.

— Donc vous avez trouvé les véritables cornes de *Gallehus* ? C'est vrai ?

Les yeux du professeur Christiansen pétillaient comme un enfant devant un sucre d'orge. Il voulait rameuter tous ses amis historiens et les inviter à partager cette découverte qui soulevait tant de questions. Ce fut donc Douglas qui calma l'ardeur du professeur.

— Non professeur, nous devons nous montrer plus discret !

— Mais enfin cette chose révolutionne l'histoire de la Scandinavie tout entière et nous interroge sur nos origines !

— Justement professeur. Vous semblez oublier que nous avons une secte de fanatiques à nos trousses, et que nous ne savons rien sur ces cornes.

— Justement Douglas, vous n'êtes pas curieux d'aller plus loin ?

— Bien sûr, mais pas pour les mêmes raisons que vous !

— Que voulez-vous dire ?

— Je pense qu'Éric sera du même avis que moi, mais imaginez que vous ne contrôliez rien de tout cela, imaginez que ce pouvoir ne tombe entre les mains de ces nostalgiques du IIIe Reich, que pensez-vous qu'il va se passer ?

— Eh bien…

— Rappelez-vous la Bombe ! Tous les savants qui avaient participé à ce projet, étaient bourrés de bonnes intentions. Et puis, vous savez, l'enfer, lui aussi est pavé de bonnes intentions !

La fougue du professeur Christiansen était retombée comme un soufflé au fromage qu'on sort du four. Du fond de sa chaise de jardin, au demeurant pas confortable du tout, il resta un petit moment, le regard figé dans le vide, puis il se ressaisit enfin.

— Vous avez raison, Douglas, vous avez tous raison ! Je ne suis pas croyant mais si le pouvoir de Dieu existe, ce sont bien les hommes qui l'utiliseront à mauvais escient ! Il faut aller au bout de cette histoire, et résoudre cette énigme avant la confrérie, quitte à tout détruire s'il le faut… Mais je ne vous cache pas que ça me fait mal de vous dire ça.

— Bien parlé professeur ! se réjouit Douglas. Maintenant au travail ! Éric, va donc nous chercher ce qu'il faut !

Éric couru chercher son sac à dos qu'il avait laissé dans l'entrée, puis, il étala soigneusement les objets sur le bois de la grande table.

— Eh bien, elles sont bien calcinées ces cornes ! constata le professeur. Avez-vous essayé de les nettoyer ?

— Oui mon oncle ! Il n'y a rien à faire la couche noire est bien collée et même avec ce que j'ai en moi, il n'y a rien à faire, regarde...

Et pour lui prouver ses dires, Éric se mit à fixer les cornes qui s'élevèrent à quelques centimètres de la table, enveloppées dans une lueur bleue, ce qui fit son petit effet.

— C'est nouveau ça, dit Anna, d'habitude ça passait par tes mains !

— Oui c'est ce que je croyais aussi, j'ai voulu essayer autre chose et ça marche aussi ! Il suffit que je me concentre sur l'objet. Ça fonctionne un peu sur le même principe que pour les blessures. Je commence à saisir le processus.

— C'est de la télékinésie !

— De la quoi ?

— De la télékinésie, la capacité de faire bouger les objets par la pensée mais as-tu déjà essayé avec le cristal ?

— Quel cristal ? demanda Christiansen.

— Le cristal ? Ah, oui ! Il s'agit d'une des reliques de Saint Cuthbert et ce cristal lui donnait le don de guérir les gens... Mais je n'avais pas pensé à l'utiliser.

Éric sortit de sa poche la petite bourse en cuir et fit glisser le cristal dans le creux de sa main. Il se concentra et le cristal s'illumina. En le passant au-dessus des cornes, une petite lueur bleuâtre se dégagea faiblement d'un des motifs sculptés sur la pièce la plus longue et en révéla les contours.

— On dirait le symbole de l'eau !

— De l'eau ? On a déjà essayé, ça n'a aucun effet !

Le professeur réfléchit et repassa dans sa tête toutes les solutions déjà tentées par Éric.

— Et sur le bristol ? Il n'y a vraiment aucun indice ?

— Non mon père est resté assez évasif ! Il écrit seulement que tout est important mais l'étiquette d'hydromel est vraiment tout à fait ordinaire… Je ne comprends pas.

Le professeur attrapa le bristol sur la table et l'examina sous tous les angles…

— Pourquoi l'hydromel… Pourquoi mettre une étiquette d'hydromel ? pensait-il à haute voix.

— Parce qu'il n'avait que ça sous la main ou qu'il aimait ça, voilà tout ! Tel père, telle fille !

— Non Anna, ton père se sentait en danger, et de plus il avait une formation scientifique. Il a forcément laissé un indice… Mais pourquoi l'hydromel ?

Et Anders essaya lui-aussi d'apporter de l'eau au moulin, peut-être que son flair de flic pourrait aider en la circonstance.

— Anna, que mets-tu dans ton hydromel maison ?

— Rien d'extraordinaire ! Du miel, de l'eau, des épices, des framboises et après je laisse fermenter 6 semaines environ, voilà, c'est tout !

— On peut essayer, je dois bien en avoir une bouteille dans la cuisine, mais je vous préviens, il vient du supermarché ! lança Véra.

La mère d'Éric revint de la cuisine avec sa bouteille et versa l'hydromel bon marché sur l'une des cornes. Rien ne se passa ! Pas le moindre changement, ni en frottant ou en grattant, la couche noire était vraiment très tenace.

— Bon, ce doit être autre chose...

— Professeur ! Vous ne connaissez pas une histoire de viking à propos d'hydromel ? demanda Anna. Il y a certainement quelque chose qui pourrait nous aider.

— Une histoire avec de l'hydromel ? Euh, non pas vraiment, Anna. Il y a bien un récit à propos de son origine, mais c'est de la mythologie alors...

— Et c'est quoi ? demanda Éric.

— En fait, l'écrivain Snorri raconte dans ses poèmes qu'il y avait deux clans opposés parmi les Dieux. Eh bien évidemment, ces clans se faisaient la guerre. Un jour, ils ont décidé de se réconcilier et pour sceller cette trêve, ils crachèrent dans une cuve.

— Berk c'est dégueulasse !

— Non, Éric, à l'époque c'était une forme de promesse. Tu sais, il n'y a pas si longtemps, on se crachait encore dans la main avant de la serrer pour sceller un accord commercial ! Bref, avec leurs salives ils fabriquèrent un homme appelé *Kvasir*.

— C'est comme un *Golem*, alors ?

— Non pas tout à fait, le *Golem* est né de l'argile et puis il est créé uniquement pour défendre son créateur.

Kvasir est un être doué d'une sagesse extraordinaire et d'un savoir immense, on disait même qu'il connaissait la réponse à toute chose.

— C'est lui qui a inventé l'hydromel ?

— Non, non, Anna ! C'est un peu plus compliqué ! Je finis mon histoire, *Kvasir* parcourait le monde pour enseigner aux hommes le savoir. Un jour il tomba dans les griffes de deux nains.

— Je la connais cette histoire, il n'y aurait pas Blanche Neige dedans ?

— Éric ! Tu es pénible à la fin ! Les nains sont très courants dans la mythologie scandinave. Ce sont des êtres fourbes, méchants mais ils sont aussi très ingénieux. Certaines armes des Dieux ont été forgées par eux ! Tu le saurais si tu t'étais un peu intéressé à l'histoire de tes origines !

— Pour ça il faudrait trouver des livres en français...

— Oui, oui, bon... Je continue... *Kvasir* arrive chez ces deux nains qui le tuent et déversent son sang dans trois cuves de miel qui donnèrent l'hydromel. Mais attention, cet hydromel-là avait la particularité de rendre quiconque qui en boirait soit savant, soit poète, bien que pour l'époque, je ne vois pas trop la différence.

— Professeur, pour vous l'hydromel serait la combinaison des crachats, du sang et du miel ? C'est ça ?

— Oui Anna, le sang d'un Dieu et du miel pour fabriquer une boisson exceptionnelle !

— Professeur, Éric possède le pouvoir du *Draupnir*, cela fait-il de lui un Dieu ?

— Je ne sais pas Douglas, un Dieu ou un demi-Dieu peut-être, à quoi pensez-vous ?

— Peut-être qu'Éric…

— Si vous voulez que je crache dessus, pas de problème.

— Non Éric, dit Anna en se moquant, je crois que ce à quoi pense Douglas, c'est de reconstituer l'hydromel de *Kvasir* avec ton sang et du miel.

— Mon sang ?

— Allons, fait pas ta douillette, c'est juste quelques gouttes !

— Je ne suis pas d'accord, moi ! Ça doit faire mal !

— Allons, Éric, tu n'as pas confiance en moi ? dit-elle en lui passant les doigts dans les cheveux comme elle savait si bien faire pour l'amadouer.

— Euh, si mais…AÏE !

Anna avait été plus maline et s'était emparée du couteau qui servait à couper le cake. Elle venait de lui faire une petite coupure sur le bras et quelques gouttes commençaient à perler.

— Mais tu es complètement folle, toi !

— Ne me dit pas que tu as eu mal ?

La plaie se referma presque immédiatement sans qu'Éric n'eût à faire quoi que ce soit.

— Pff, ça sert à rien si tu guéris instantanément, il faut ouvrir plus grand… Et elle brandit le couteau à cake une nouvelle fois.

— Arrête Anna ! C'est totalement stupide ! On va faire ça plus proprement, dit Véra, Niels m'a déjà montré comment faire une prise de sang et j'ai encore tout le nécessaire dans la pharmacie.

— Oui pose le couteau, je préfère l'idée de maman.

— Quelle doudouille! On aurait pu s'amuser… se moqua-t-elle.

Véra rapporta le kit sanitaire de Niels, du miel et un ramequin, puis réalisa la prise de sang. Elle remplit deux tubes et retira l'aiguille. Mais lorsqu'elle voulut mettre un pansement comme lui avait montré Niels, il n'y avait déjà plus aucune trace de la piqûre…

— Eh bien! Si on m'avait dit un jour que ce serait possible de guérir instantanément…

— Ouais, c'est cool!

Anna versa du miel dans le ramequin qu'elle mélangea avec un peu d'eau puis elle y vida le contenu d'une éprouvette. Le liquide devint transparent et petit à petit prit une couleur bleue luminescente.

— Eh bien, on peut dire qu'il y a du changement! Je parie que ça va marcher ce coup-ci.

Elle trempa son doigt dans le liquide puis elle fit glisser une goutte sur la plus petite des cornes. La goutte s'étendit rapidement en découvrant le métal.

— ÇA MARCHE!

— Vas-y, Anna, mets en plus!

Anna versa alors le reste du ramequin sur la corne et l'étala avec la main sur toute sa longueur. Au fur et à mesure que le liquide entrait en contact avec l'objet, l'épaisse couche noire se désagrégeait laissant apparaître des éclats d'or que les rayons du soleil faisaient reluire.

Le métal étincelait comme s'il venait d'être coulé et les symboles gravés étaient magnifiques. Excitée devant cette réussite, elle prépara le même mélange avec la deuxième éprouvette qu'elle appliqua consciencieusement sur l'autre corne. Elle racla même avec soin le fond du ramequin avec son doigt pensant ne pas en avoir assez, et la grande corne se mit à briller elle aussi d'un or pur et lumineux.

— Anna NON !

Trop tard ! D'un geste machinal, Anna avait porté son doigt à la bouche, comme elle l'aurait fait si elle avait raclé une casserole de chocolat. Malheureusement, au contact de ses lèvres, son corps se raidit d'un coup et ses yeux se révulsèrent. Éric eut à peine le temps de la retenir qu'elle tombait par terre. Elle était brûlante et avait perdu connaissance, il ne savait pas quoi faire.

— Sa cheville, vite ! cria Véra.

La marque qu'elle portait à la cheville était devenue extrêmement lumineuse et commençait même à brûler son jeans. D'un geste vif, elle attrapa le pichet de limonade et le vida dessus. Puis brusquement son corps se détendit comme si toutes les tensions avaient disparu en même temps. Véra lui tapota la joue pour la ranimer, mais elle tardait à reprendre ses esprits. Alors Mia se mit à lui éponger le front avec une serviette humide. Éric voulu agir à sa manière mais Douglas l'arrêta net.

— Attends Éric, on ne sait pas si ça peut l'aider ou la tuer. Essayons d'abord la méthode traditionnelle, veux-tu ?

Mais au bout de quelques instants, Anna ouvrit les yeux et s'étonna d'être dans les bras de son amoureux.

— Ouaaaah! Ça déchire…

— Anna, on a cru que tu allais mourir!

— Faut pas t'inquiéter comme ça mon loulou! Il ne pouvait rien m'arriver, et puis tu étais là! lui dit-elle en lui caressant doucement la joue.

— Anna! Il faut être plus prudente, on nage en plein inconnu!

— Mais qu'est-ce qui s'est passé?

— Tu as goûté l'hydromel d'Éric et on a cru que ça allait te tuer…

— Je me sens bien, pas de panique! Et même je me sens vraiment très bien, en pleine forme…

— Bien, tant mieux alors.

— Par contre, j'ai fait un drôle de rêve!

— Un rêve?

— Pas exactement un rêve, j'ai vu des choses et en les voyant, j'ai eu le sentiment que c'était la réalité.

— Mais c'était quoi?

— Une pierre peinte avec deux guerriers à cheval et un grand tourbillon au milieu.

— Ça ne vous dit rien professeur?

— Absolument rien, c'est une pierre runique certainement mais laquelle?

— Et tu n'as rien vu d'autres, Anna?

— Euh, si mais vous allez me trouver idiote!

— Mais non voyons, qu'est-ce que c'était?

— Des moutons!

— Des moutons ?

— Oui plein de moutons gris sur une île… On aurait dit que leur laine était en argent.

— Des moutons en argent sur une île ?

— Attendez tous les deux, il faut rattacher ça à la prophétie, peut-être cela nous éclairera.

Le professeur fouilla dans sa poche et en sortit son précieux carnet qui ne le quittait jamais. Il feuilleta quelques pages puis lu à haute voix :

« *Telle est la dernière parole de Völuspá*
nul ne doit l'entendre, ni toi Wodan, […]

Au lendemain du Ragnarök, Du temps s'écoulera,
Jusqu'au jour où un fils de Lif […]

Choisi par Eir, Portera la marque céleste, […]

Par Gebō et Algiz, Et par le draupnir,
marchera dans la lumière des dieux (Bifröst),
plein richesses et la sagesse. »

— Non décidément la prophétie ne nous apprend rien de plus ! Ah mais, il y a aussi les tablettes de *Bryggen* ! Tu sais le message que tu nous as révélé au musée, Éric…

Christiansen continua à tourner les pages de son carnet à la recherche de ses notes…

— J'y suis, « La pierre d'Heimdall et l'anneau d'Odin ne font qu'un sur la terre de Gaut. »

— La terre des Goths, professeur ?

— Non Anna, pas exactement mais ce n'est pas faux non plus, en fait, on parle de Goths, Guts ou Geats, pour désigner trois peuples qui descendent tous de la même origine germanique ancienne : Gaut, le peuple de Gaut… et plus précisément ce qui veut dire en germain, le peuple d'Odin !

— Alors il y avait un peuple qui descendait directement d'Odin ?

— Certains le croient, mais ce sont que des légendes.

— Mais la terre des Goths ou des Gauts, comme tu dis mon oncle, c'est peut-être n'importe-où ! Avec les grandes invasions, les Visigoths, les Ostrogoths, enfin tout ça, ils ont été partout !

— Oui, oui… Mais non je suis stupide, la terre des Gauts, c'est Gotland !

— Gaut, Gautland, Toto, Totoland, c'est facile, encore faudrait-il savoir si ça existe vraiment et où ça se trouve !

— À Gotland ! Gotland, c'est une île suédoise, une île, vous comprenez ?

— Oui professeur… une île ?

— Avec des moutons ! Cette île est aussi réputée pour ses moutons !

— Et vous pensez que cette pierre se trouve là-bas ?

— J'en donnerais ma main au feu ! En plus il n'y a qu'une seule ville, *Visby*, et elle possède un musée…

— Ça va être facile alors !

— Détrompe-toi, Anna, l'île est classée au patrimoine culturel de l'UNESCO, il te faut une autorisation pour déplacer le moindre grain de sable !

— Merdouille, comment va-t-on faire ?

À ce moment une sonnerie désagréable résonna, c'était le téléphone du salon. Véra rentra prendre la communication puis revint presque immédiatement.

— Une erreur ?

— Non, un certain monsieur Smith demande à parler à Douglas.

— Smith, vous dites ?

— Oui, et il a un fort accent anglais.

— Où est le téléphone Véra s'il vous plaît ?

— Dans l'entrée !

Douglas disparut rapidement dans la maison et revint tout aussi rapidement.

— Il faut partir, nous ne sommes plus en sécurité !

— Comment ça ? demanda Anders.

— Votre voiture commissaire, nous n'avons pas été assez prudents, ils ont placé un mouchard dessus.

— Nous avons combien de temps ?

— D'après M. Smith, à peine 10 minutes au plus, il faut partir maintenant. Véra, pourrions-nous emprunter votre voiture ?

— Bien sûr, je vous donne les clefs tout de suite, mais vous allez où ?

— Vous pourrez la récupérer à la base aérienne de Cognac, ils seront avertis.

— Oui d'accord mais vous ?

— Je vais aller avec Éric et Anna sur Gotland tandis qu'Anders et Fergus passeront un peu de temps au MI6 pour un débriefing. Après nous verrons bien mais vous, surtout vous ne devez rien changer à ce que vous aviez projeté de faire. N'essayez pas de nous couvrir ! Vous leur raconterez que nous sommes passés, que nous sommes restés un moment puis nous vous avons emprunté votre voiture, la nôtre étant en panne. Voilà ! Et bien sûr, nous devons revenir d'ici peu. Vous avez tout compris ?

— Oui, oui, je leur dis le minimum, mais je ne mens pas, juste la vérité succinctement !

— Excellent, c'est tout à fait ça, je m'arrangerai, en partant, pour crever un pneu... Cela sera plus plausible !

Éric eut juste le temps d'embrasser sa mère et de ramasser les affaires sur la table que déjà au loin on entendait les sirènes de police.

Chapitre 15

L'île de Gotland avait au premier abord un petit quelque chose qui tenait à la fois de la campagne bretonne et des falaises d'Étretat. Mais ce qui frappait le plus lorsqu'on posait le pied sur l'île, c'était cette marée de pâturages qui venaient noyer le paysage dans un vert intense. Un véritable paradis pour ovidés.

Éric regardait filer le paysage à travers la vitre du taxi qu'ils avaient pris à la descente de l'avion. Rien ne lui permettait de déceler la présence du moindre vestige médiéval au milieu des habitations modernes et typiques de l'architecture suédoise. Ils passèrent devant une petite zone commerciale où sévissaient quelques concessionnaires automobiles, et au loin, il distinguait nettement le bleu de la mer Baltique. Puis d'un coup, ils se trouvèrent aux abords de la ville ; par-delà le mur d'enceinte, pratiquement intact avec ses 27 tours depuis 1288, se dressaient les ruines d'une ancienne église plantée juste à côté d'une cathédrale à trois clochers aux toits noirs et à la découpe originale. Sur certaines maisons, pendaient des oriflammes multicolores, sans doute pour donner le ton. Enfin, ils arrivaient dans la vieille ville.

— Éric ! Regarde ! Des soldats d'époque ! hurla Anna, complètement hystérique devant un tel spectacle.

Des petits groupes de soldats armés et casqués se promenaient gentiment le long des rues. Sur leur tunique blanche et rouge, avait été cousu un blason représentant trois lions bleus sur fond jaune.

— J'ai l'impression d'avoir vu ce blason quelque part, dit Éric…

— Hé gros bêta ! Ce sont les armoiries du Danemark !

— Mais qu'est-ce qu'ils font là les danois ?

Le chauffeur de taxi, qui avait entendu leur échange, les renseigna sur la semaine médiévale qui commémorait l'invasion danoise de 1361 par le roi Valdemar et l'occupation de l'île pendant plus de 300 ans.

Enfin la voiture s'arrêta pile devant le *Strangatan 14*. Douglas paya le chauffeur et tous les trois entrèrent dans le *Länsmuseet,* le musée régional de Gotland.

A priori le bâtiment devait être divisé en plusieurs parties car dans le hall d'accueil, qui servait aussi de boutique, on pouvait apercevoir plusieurs flèches indicatives qui pointaient dans des directions radicalement différentes. Éric fut attiré par une petite salle attenante qui portait le nom de *Gotlands Fornsal* (salle des anciens). Un panneau mural affichait la liste des membres et *des Hedersmedlemmar* ou membres d'honneur. Il mit le doigt sur une ligne qui attira plus particulièrement son attention, « Kurt Felix Wirth, Hambourg ».

— Eh bien le monde est petit ! dit Douglas en apercevant la ligne lui aussi.

— Pourquoi dites-vous ça ?

— Kurt Felix Wirth est le petit-fils d'Herman Wirth, Éric, il était l'un des responsables de l'*Ahnenerbe*, cette organisation nazie qui recherchait des origines scandinaves aux ariens.

— Ah bon ?

— Enfin peut-être ! Parce que d'après ce que vous nous avez raconté tous les deux, je crains fort que Kurt Felix Wirth et Herman Wirth ne soient une seule et même personne !

— Vous voulez dire que le grand Maître serait Herman Wirth ?

— Oui, c'est fort probable !

— Bon ! Vous arrivez tous les deux ! On peut prendre des tickets au guichet là-bas.

Éric et Douglas rejoignirent Anna près du comptoir et Douglas se fit connaître auprès de la personne en charge des entrées.

— Bonjour, je suis Douglas Miller, l'assistant du professeur Christiansen et nous appartenons au musée de Roskilde !

Cependant la mine de la jeune fille au guichet ne laissait aucun doute sur son incompréhension. Douglas s'était essayé à parler suédois mais visiblement sans succès. Aussi il recommença en Anglais.

— Excusez-moi, mon suédois est certainement une calamité, mais je me nomme Douglas Miller, je suis l'assistant du professeur Christiansen du musée de Roskilde…

— Oui je comprends très bien votre anglais ! Que voulez-vous savoir ? dit-elle dans un anglais impeccable qui aurait fait pâlir de jalousie Shakespeare lui-même.

— Euh, hum, savez-vous s'il est possible de venir après la fermeture, avec l'accord de votre directeur, bien sûr. Ce serait pour examiner de plus près certaines de vos pièces en dehors des yeux du public ?

— Je ne comprends pas bien pourquoi vous voulez venir après la fermeture ?

— Eh bien mademoiselle, il s'agit d'une étude très particulière et nous avons besoin de calme pour mener à bien nos investigations… Et puis cela pourrait déranger votre public, ce serait dommage de perturber les visites !

— Ça va être impossible, monsieur…

— Mais pourquoi donc ?

— C'est la semaine médiévale !

— La semaine médiévale ? Je ne comprends pas !

— Oui, pendant cet événement, tous les responsables sont mobilisés, et bien sûr, les administrations sont fermées ! Il vous sera donc impossible d'obtenir une quelconque autorisation.

— Ah mais c'est embêtant ! Nous ne restons que quelques jours… N'y aurait-il pas moyen de faire une petite exception pour quelques heures ?

— Je suis désolée, je n'ai pas le droit… Mais vous pouvez toujours entrer, il n'y a pas beaucoup de monde cet après-midi et si vous ne dérangez rien vous pourrez peut-être faire quelques études ?

— C'est possible… Dans ce cas…

— Ça vous fera 195 couronnes, je vous ai appliqué le tarif étudiant.

— Oh! Merci beaucoup, c'est bien gentil à vous, dit Douglas en sortant une liasse de 200 couronnes. Je vous en prie gardez la monnaie.

La jeune fille leur remit les tickets d'entrée et un plan en anglais de l'ensemble du musée.

— Hé! Sur le plan on parle d'une importante collection de pierres runiques dans la salle des antiquités! Vous pensez qu'on va trouver quelque chose qui ressemble à ce que j'ai vu?

— Je n'en sais rien Anna, quoiqu'il en soit, profitons qu'il n'y ait pas trop de monde pour aller jeter un coup d'œil. Quant à toi, Éric, essaye de trouver des symboles ou des choses qui te parlent.

— Qui me parlent?

— Oui des choses bizarres, d'une autre langue… Enfin tu trouveras!

— Je trouverai, je trouverai, facile à dire!

— T'as pas un peu fini de ronchonner aujourd'hui?

— Mais je ne ronchonne pas, Anna! Mais comment veux-tu que je trouve quelque chose, je ne sais même pas ce que je dois rechercher!

— Tu sauras tout de suite ce que tu cherches quand tu l'auras trouvé, hihihi!

— Pff! C'est sûr que ça aide, ça! Merci Anna!

— À ton service mon petit français préféré!

Le musée était effectivement très bien doté en pièces vikings de tout âge, réparties sur plusieurs salles. Des armes, des outils, des vases et divers objets, dont l'utilité leur échappait parfois, se côtoyaient dans une lumière tamisée et savamment disposée. Cette demi-pénombre avait quelque chose de reposant et de silencieux qui invitait au recueillement. Curieusement au milieu de ce voyage temporel, une salle avait été dédiée à l'art viking moderne et plus spécifiquement aux artistes locaux. Mais la salle la plus extraordinaire était sans doute, celle consacrée à la reconstitution d'une ferme d'époque, remarquable ! Après avoir visité quelques salles, ils arrivèrent enfin dans l'espace consacré aux pierres runiques.

— J'espère qu'on va trouver la pierre de mon rêve ! dit Anna un peu perdue au milieu de ce champ de cailloux.

La petite bande se dispersa rapidement dans la salle à la recherche de la pierre d'Anna. Très vite, Éric tomba en arrêt devant un monolithe de quelques centaines de kilos posé le long du mur.

— Anna, regarde celle-là ! Il y a deux guerriers et une espèce de tourbillon rouge…

— Oui Éric ! C'est bien le même dessin… Le tourbillon… Les deux guerriers en bas qui semblent attendre quelque chose… Ou se combattre, je ne sais pas. Oui… Mais ce n'est pas de la même couleur !

— Comment ça pas « de la même couleur » ?

— Oui, dans mon rêve les dessins étaient noirs ou bleus foncés et là ils sont rouges !

— Mais tu en es certaine ?

— Je te dis qu'ils n'étaient pas rouges ! Enfin, Éric, je ne suis pas folle…

— Mais tu sais, des fois les rêves déforment les choses, donc il est possible que ce ne soit pas la bonne couleur que tu aies vue.

— Puisque je te dis que ce n'est pas du rouge !

— Hé ! Doucement tous les deux ! intervint Douglas, regardez plutôt par-là !

À seulement quelques mètres de la première stèle, se dressait une autre pierre runique. Elle semblait jaillir de terre, et à sa base on avait disposé des cailloux comme s'il s'agissait d'éboulis, pour mieux renforcer cette idée. Elle était en tous points identiques à la première. Cependant, le tourbillon et les deux guerriers avaient été peints en bleu ou noir, la teinte s'étant détériorée avec le temps.

— C'est pas croyable ! On dirait des sœurs jumelles !

— *Havor* et *Martebo*…

— Qu'est-ce que vous dites Douglas ?

— Je lisais tout haut ce qu'il y a écrit sur les panonceaux ! Cette pierre a été trouvée vers le lieu-dit « Havor » et date du Ve siècle environ. L'autre, la noire, date de la même époque mais elle a été trouvée à l'autre bout de l'île, à « Martebo ».

— C'est curieux que deux pierres identiques aient été placées en des endroits différents.

— Oui c'est comme si on avait voulu qu'elles soient éloignées l'une de l'autre.

— Je ne sais pas vraiment si c'est la bonne explication, Éric ! Ce qui est fascinant, c'est que ces deux pierres runiques soient identiques, il y a forcément une raison.

— Et les couleurs, Douglas, vous pensez que ça a un rapport ?

— À vrai dire, Anna, je n'en sais rien. Il y a beaucoup de pierres sculptées et peintes en noir ou en rouge dans cette pièce. Peut-être qu'à l'époque c'était à la mode, ou bien ils n'avaient pas d'autres couleurs à leur disposition. Je t'avoue que je ne sais pas trop quoi te répondre.

— J'ai bien envie de les toucher, vous croyez que c'est possible, Douglas ?

— Eh bien, nous sommes seuls dans la salle, il n'y a pas de caméra. D'ailleurs je n'ai pas vu non plus d'alarme, sauf aux fenêtres. Je pense que ça ne risque rien, et puis la jeune fille de l'entrée nous y a un petit peu autorisé... Si on ne dérangeait pas... Je pense que tu peux y aller Anna !

Anna plaça la main au milieu du tourbillon et commença tout doucement à en suivre les contours comme si elle avait voulu s'imprégner des moindres aspérités de la roche. Mais au bout de 30 secondes, Douglas lui enleva la main brutalement.

— Arrête Anna !

— Quoi ? Quelqu'un arrive ?

— Non ! Ce sont tes yeux !

— Quoi mes yeux ?

— Ils font comme Éric, ils sont en train de devenir luminescents !

— Quoi ? Mais je n'ai aucun pouvoir moi !

— Je n'en suis pas si sûr, Anna ! Tu portes bien la même marque qu'Éric à la cheville ! Et vu ce qui s'est passé à Angoulême l'autre jour... On peut s'attendre à tout.

— Et si tu essayais l'autre pierre, Anna ! Même si tu ne l'as pas vue dans ton rêve, peut-être est-ce qu'elle va te faire le même effet !

— Attention les enfants ! Pas d'expérience hasardeuse ! On nage dans l'inconnu là… Il vaudrait mieux revenir plus tard !

— Allez Douglas, quoi ! Il n'y a encore personne ici ! Et puis c'est juste pour voir ! Allez !

— OK ! OK ! Mais faites vite, vous touchez les pierres chacun votre tour, on voit ce qu'il se passe puis on s'en va !

— Oui, oui Douglas, pas de problème.

Anna s'avança vers la pierre rouge et comme tout à l'heure, elle approcha lentement la main de la pierre. Mais rien ne se passa. Elle caressa alors les contours du tourbillon mais ses yeux demeurèrent inexorablement verts comme à l'accoutumée.

— Non décidément tu as raison, Anna, cette pierre n'est pas la bonne !

— Essaye, toi… Peut-être qu'avec toi il y aura quelque chose, et après tu touches la noire.

— Tu crois ? Bon, on va voir…

Éric reproduisit exactement les mêmes gestes qu'Anna sur la pierre runique rouge. Aussitôt ses yeux s'illuminèrent. Douglas arrêta immédiatement l'expérience.

— Alors là je ne comprends pas ! Pourquoi cette pierre te fait de l'effet et à moi rien !

— Je pense, répondit Douglas, que vous avez chacun votre pierre ! On pourra l'affirmer que si Éric ne réagit pas à la pierre noire !

Éric essaya alors la même chose sur la pierre noire. Mais rien ne se passa, comme Douglas l'avait soupçonné. Ils avaient chacun leur stèle, la rouge pour Éric et la noire pour Anna…

— Je crois que c'est clair ! Les pierres ont été volontairement séparées l'une de l'autre… Maintenant reste à savoir le pourquoi !

— Oui, mais il faut continuer… Il faut voir ce qui va se passer ! dit Éric en appuyant à nouveau la main sur la pierre rouge.

— Non pas maintenant, Éric ! Il va y avoir des visiteurs et il vaut mieux être tranquille pour faire ce genre de choses.

— D'accord, Douglas, mais comment allons-nous faire pour tester les pierres si on n'a pas le droit de rester dans le musée ?

— Voyons, Éric, qui te dit qu'il est impossible de rester au musée ?

— Eh bien la fille à l'accueil, non ?

— Éric ! Tu ne percutes jamais, toi ? C'est quoi l'idée Douglas ?

— On revient faire un petit tour ce soir...

— Vous voulez dire entrer par effraction ?

— Eh bien, disons qu'une petite visite nocturne serait bien sympathique.

Douglas avait affiché son inexorable petit sourire en coin qui laissait à penser que la chose était déjà réglée. Aussi, ils quittèrent rapidement la salle et terminèrent la visite comme de simples touristes. Mais depuis ce moment, Anna avait changé d'attitude et portait toute sa curiosité sur le comportement de Douglas et ça l'amusait beaucoup. Celui-ci furetait discrètement dans tous les recoins du musée comme si de rien n'était et elle trouvait ça drôle! Ça lui donnait des airs de Sherlock Holmes, il ne manquait que la pipe.

*
* *

Ils avaient passé le reste de la journée à errer dans les rues de la vieille ville, de ruine en ruine, de maison d'époque à maison pittoresque, de jardin en jardin. On pouvait vraiment dire que Visby portait bien son nom de «ville des roses et des ruines».

La nuit était maintenant tombée et pour plus de sécurité, Douglas avait demandé d'attendre minuit. Les festivités de la nuit liées à la semaine médiévale avaient drainé les foules vers le centre-ville et les rues entourant le musée était devenues désertes et silencieuses.

— Bon les enfants, vous m'attendez là 10 minutes et je reviens!

—Où allez-vous, Douglas?

— Ne t'inquiète pas Anna, je vais juste traficoter le boîtier relais de l'alarme du musée, je l'ai repéré tout à l'heure, il est à l'extérieur.

Douglas glissa le long des murs en fuyant la lumière des quelques lampadaires encore allumés et utilisa les ombres pour se faufiler jusqu'au fameux boîtier à peine dissimulé sur le mur principal du bâtiment. Subitement toutes les lumières de la rue s'éteignirent. À peine eurent-ils le temps de le réaliser que Douglas était déjà de retour parmi eux.

— Bon c'est fait !

— Et c'est normal que les lumières se soient toutes éteintes ?

— C'est mieux non ? J'ai aussi coupé le courant dans tout le quartier... Enfin juste la lumière des lampadaires...

— Et maintenant ?

— Suivez-moi on va faire le tour par derrière, on sera juste devant la salle des pierres.

Tous les trois arrivèrent devant la fenêtre de la salle. Douglas sortit un canif et une tablette de chewing-gum qu'il ouvrit et dont il plia le papier d'aluminium en forme de petit bâton.

— C'est pour quoi faire le couteau ?

— Regarde, Éric ! Je le glisse dans la fente du battant... Et... En forçant un petit peu sur la lame... Voilà !

Un petit clic se fit entendre indiquant que le loquet de la fenêtre avait cédé.

— Et le papier d'aluminium ?

— C'est pour faire contact sur le capteur d'ouverture...

— Et le chewing-gum ?

— Pour manger pourquoi ? Il l'enfourna dans la bouche et commença à le mâcher.

Douglas glissa ensuite le papier dans la fente entre les deux battants jusqu'aux contacteurs puis ouvrit la fenêtre. Finalement, il plaça un peu de chewing-gum mâchouillé sur le capteur pour bien fixer le papier d'aluminium.

— Oui, je vois ! Le chewing-gum ce n'est pas que pour manger !

— Mais si, c'est très sain le chewing-gum, Anna ! fit Douglas en arborant un sourire qui s'étirait jusqu'aux oreilles. Bon, maintenant sérieusement. Faites attention au contacteur ! Tant que le papier est en place on ne risque rien. Allez, entrez d'abord, moi je passe en dernier pour refermer la fenêtre !

Très vite ils se rejoignirent devant les deux stèles...

— Comment procède-t-on, Douglas ?

— Je n'en sais rien, c'est vous qui devriez le savoir !

— Euh...

— Je plaisante, Éric ! Placez-vous chacun auprès de vos pierres ! Toi la rouge et toi, Anna, tu prends la noire.

— Oui et ensuite on la touche ensemble ?

— Oui, je ne vois que ça... Attendez... Avant, aidez-moi à les mettre bien en face...

Anna et Éric aidèrent Douglas à bouger les stèles de quelques centimètres de sorte qu'elles puissent se regarder.

— Allez-y maintenant !

Les deux ados reproduisirent exactement les mêmes gestes qu'ils avaient commencés dans l'après-midi tandis que Douglas reculait par précaution. Immédiatement leurs yeux s'embrasèrent de bleu. Ensuite, ils commencèrent à dessiner le contour des tourbillons avec les doigts et à chaque effleurement, une partie des dessins s'enflammait de bleu. Très vite tous les motifs étaient devenus luminescents.

— Maintenant, Éric et Anna, vous enlevez en même temps vos mains des stèles... 1... 2... 3... Allez !

Aussitôt leurs mains retirées, un faisceau bleu jaillit des deux tourbillons de pierre. Les deux monolithes étaient à présent reliés par la lumière bleue.

— Ahhhh ! Ça brûle...

— Qu'est-ce qu'il y a Éric ?

— Ça me brûle, là, dans la jambe !

Il mit la main dans sa poche de jeans et en retira la pochette en cuir toute fumante. Il en sortit immédiatement le cristal qui s'était illuminé et alors qu'il voulut s'en saisir, le cristal lui échappa et s'envola jusqu'au milieu du faisceau de lumière pour finir par s'immobiliser en tournoyant lentement.

— Ça alors ! C'est incroyable !

— Oui je ne sais pas ce qui va se passer maintenant mais c'est tout ce qu'il y a de plus étrange. Et puis vous me faites peur tous les deux avec vos yeux lumineux !

— Éric ! Ton sac à dos ! Il est en train de brûler lui aussi !

Éric renversa immédiatement le contenu du sac sur le sol. Mais au lieu de voir les cornes en sortir, une bouillie étincelante se déversa pour former un amas lumineux et bleu.

— Les cornes ! Elles ont fondu !

— Attendez ! Regardez ça bouge !

La bouillie commençait à former deux amas distincts et des dessins apparaissaient progressivement sur chacune des masses.

— Ça fait pareil que pour les tablettes dans le bureau de Matthaeus! dit Éric. J'espère que je ne vais pas hériter d'un autre bracelet ce coup-ci!

À présent, les deux amas s'étaient changés en deux sphères métalliques, ornées de motifs et d'inscriptions lumineuses bien définies. Elles commencèrent à décoller lentement du sol et s'en allèrent se placer lentement de chaque côté du faisceau en tournant sur elles-mêmes. Au bout de quelques instants, tous les objets s'immobilisèrent dans la lumière et le temps sembla lui aussi suspendu. Personne n'osait plus bouger dans la pièce. Chacun attendait le moment où quelque chose d'extraordinaire allait encore se passer. Ces quelques minutes de silence étaient vraiment pesantes. Puis un léger sifflement, à peine audible, débuta. La lumière du cristal s'amplifia alors progressivement en même temps que le son du sifflement.

— Ça ne me dit rien qui vaille! Abritez-vous derrière une stèle les enfants! hurla Douglas en se cachant derrière la première dalle qu'il trouva.

Éric et Anna plongèrent immédiatement derrière la pierre la plus proche! D'un coup, la lumière et le son atteignirent des niveaux incroyablement élevés à vous fendre le crâne. Fort heureusement, cela ne dura qu'une fraction de seconde, le son disparut et la lumière reprit une intensité plus supportable. Les trois cambrioleurs en herbe se risquèrent à jeter un œil depuis leur cachette. La scène était apocalyptique! Toutes les pierres runiques qui se trouvaient dans la pièce avaient été sectionnées net à la hauteur de la ceinture. Un véritable massacre, des siècles de culture et d'histoire avaient été tronçonnés en un instant et le sol était jonché de cailloux donnant un aspect lunaire à l'ensemble. Ils l'avaient échappé belle!

— Hé! Dans le faisceau! Il y a quelque chose! lança Anna.

Effectivement, dans le tube de lumière, un étrange bâton métallique d'à peine 30 centimètres de long, flottait, immobile. Le cristal et les sphères avaient complètement disparu.

— Qu'est-ce que c'est que ce truc?

— J'en sais rien Éric! On dirait un sceptre ou un bâton de commandement.

— Attendez, dit Douglas en s'approchant de plus près pour mieux observer l'objet. On dirait, avec le motif en haut, je crois bien que c'est le symbole d'un *Irminsul*!

— Un quoi?

— Un arbre!

— UN ARBRE?

— Pas n'importe quel arbre, Éric!

— Et ça veut dire quoi?

— À toi de nous le dire! C'est toi qui parles toutes les langues!

— *Irminsul, irminsäule, irmin*... Un frêne... *Irminiar*, le pilier de Thor... *Jörmun*! C'est Odin en norrois, Tiwaz le dieu Tyr... Bon, je ne sais pas! Ça veut dire plein de choses. Il y a la notion de force, puissance.

— Non Éric c'est autre chose!

— Que veux-tu dire, Anna?

— Je ne sais pas... Je le ressens ce bâton ou cet *Irminsul*, peu importe, il m'appelle.

— Tu peux préciser ?

— Je ne sais pas comment dire, mais je crois qu'il m'est destiné.

Anna s'avança dans la lumière et se saisit du bâton.

— Il est magnifique, regardez ! Il y a des anneaux qui coulissent, et ... Oh ! Le cristal est complètement incrusté à l'intérieur !

À peine eut-elle effleuré le cristal que celui-ci projeta un hologramme. Des milliers de symboles flottaient dans l'espace, bien rangés dans des colonnes de lumières.

— Qu'est-ce que c'est que ça encore ?

— On dirait... mais oui... c'est un guide d'utilisation !

— Un mode d'emploi ? Tu es sûre ? Je ne reconnais aucun symbole ! Je n'y comprends strictement rien.

— Moi ça me parle, Éric... c'est limpide même !

— Je ne comprends pas pourquoi toi qui n'as aucun pouvoir comprends tout et moi qui suis supposé connaître toutes les langues de l'univers, je suis incapable de déchiffrer celle-ci !

— C'est une sécurité !

— Qu'est-ce que vous dites, Douglas ?

— C'est une sécurité, les personnes ou les forces qui ont conçu ça n'ont pas voulu donner tous leurs pouvoirs ou leur science à une seule personne. C'est plutôt sage de leur part.

— Mais pourquoi suis-je incapable de lire ça ?

— Je pense que leur système doit bloquer ou contrôler ton esprit. Même moi, j'arrive à reconnaître des symboles que tu as déjà vus auparavant et pourtant ici tu ne reconnais rien !

— C'est un outil d'information !

— De quoi parles-tu Anna ?

— Le bâton, ce truc, c'est un outil d'information, c'est une sorte d'atlas !

— Une sorte d'atlas ? Mais qu'est-ce que tu veux dire, Anna ?

Anna fit tourner le premier anneau et l'hologramme se modifia en quelque chose de très organisée. On aurait dit effectivement une sorte d'atlas avec 9 zones clairement définies.

— Je comprends... Il y a 9 symboles sur l'anneau et ils correspondent aux 9 cartes affichées !

— Des cartes, tu vois des cartes, toi ?

— Oui, là c'est *Asgard*, ici *Vanaheim*, *Jotunheim*, *Svartalfaheim*... et...

— Je suppose que les autres sont *Midgard*, *Muspelheim*, *Niflheim* et *Helheim* ? enchaîna Douglas.

— Comment savez-vous ?

— Ce sont les 9 mondes d'*Yggdrasil* !

— *Yggdrasil*, ce n'est pas l'arbre des mondes ? Il me semble qu'Anna m'en a déjà parlé une fois !

— Oui c'est ça, c'est la conception du monde selon la mythologie scandinave.

— Vous avez dit 9 mondes, Douglas ? Mais vous en avez cité que 8 tous les deux !

— Regarde Éric, ici, tu ne reconnais pas ce symbole, là ?

— Si Anna, c'est la dernière rune, celle que nous portons !

— Elle désigne *Alfheim*...

— Alfa comme en grec ? La première lettre de l'alphabet ?

— Non Éric, ici c'est Alf pour les Alfes de Lumière, mais quelque part tu n'as pas tort, il s'agit du premier monde... Le plus élevé dans l'arbre.

— Et les Alfes, c'est quoi ?

— À vrai dire on ne sait pas trop ce que c'est ou ce qu'ils sont. Dans l'Edda de Snorri, ce serait des êtres de lumière, des êtres supérieurs ! Ou bien peut-être ce sont des « elfes »... Je pense que le professeur Christiansen aura un avis sur la question.

— Et le deuxième anneau, Anna ! Qu'est-ce ça dit ?

— Je... Je crois que c'est...

— Quoi ?

— C'est le temps ! Ce truc permet d'afficher les cartes dans l'espace et dans le temps ! Regarde les symboles indiquent le présent, le passé... et mince alors, c'est le futur !

Anna fit tourner l'anneau sur le bâton et l'hologramme affichait des informations différentes en fonction du symbole qui était représenté.

— Comment ça fonctionne ?

— Ça affiche une sorte de compteur, tu vois, je peux manipuler les symboles lumineux comme s'il s'agissait de boutons de commande, c'est génial !

— Et qu'est-ce qu'ils disent ?

— D'après ce que je comprends, ce sont des chiffres pour fabriquer des dates, et tu vois là, c'est la date d'aujourd'hui. Par défaut le système est réglé sur le présent.

— Et le dernier anneau ?

— C'est l'activateur !

— L'activateur ?

— Oui le bidule qui valide tout ce que j'ai demandé !

— Quand tu dis « qui valide », ça veut dire quoi ?

— Je ne sais pas, moi ! C'est pas moi qui l'ai inventé ce truc ! Ça dit juste qu'il faut appuyer là pour lancer l'activateur. Je vais le faire, on va bien voir !

— Non, non, non ! Anna ! Certainement pas ! On a assez fait de dégâts ici ! C'est même un coup de chance que nous n'ayons pas encore attiré l'attention ici. Je serais plutôt partisan de quitter les lieux et de voir ça avec ton oncle, Éric.

— Mon oncle ? On retourne à Angoulême alors ?

— Non ! On retourne au musée, il est revenu à Roskilde ! Il assure la direction en intérim depuis que Matthaeus a perdu la tête !

— On prend un vol de nuit alors ?

— Non... le prochain vol est à 9.30 du matin, je vous propose de nous mêler aux festivités et de profiter un peu... On pourra toujours piquer un somme sur la plage, la nuit est suffisamment chaude.

Chapitre 16

Le petit groupe contourna le grand Hangar pour se diriger vers le parking des employés de l'aéroport de Roskilde. Encore une fois, ils empruntaient les chemins de traverse, c'en était même devenu une habitude. Ils aperçurent au milieu des voitures, Fergus qui leur faisait signe et qui les invitait à grimper dans une fourgonnette de livraison où le commissaire Anders les attendait assis à l'arrière.

— Qu'est-ce que c'est que cette camionnette que tu nous as dégotée ?

— Douglas ! Tu ne vas pas faire ton difficile, j'ai trouvé ce que j'ai pu !

— Mais ça pue là-dedans ! dit Anna en se pinçant le nez.

— Oui je sais ! C'est une camionnette de livraison de fromages, je n'ai pas eu le choix !

— Ah ! Ça explique pourquoi vous portez une blouse blanche !

— Oui Éric ! Je l'ai empruntée au chauffeur derrière.

— Qui ça ? Anders ?

— Non pas du tout ! répondit le commissaire. C'est au chauffeur dans le gros sac, là !

Effectivement à l'arrière du fourgon, gisait un gros sac de toile complètement difforme dont la taille pouvait aisément être comparée à celle d'un être humain recroquevillé.

— C'est une blague ? Il y a vraiment quelqu'un là-dedans ?

— Oui, Fergus lui a administré un puissant sédatif, il devrait se réveiller d'ici quelques heures.

— Aussi curieux que cela puisse te paraître, dit Douglas, Fergus et moi, essayons toujours de ne pas faire de victimes.

— Nous sommes aux ordres de Dieu avant d'être à ceux du MI6 ! ajouta Fergus en éclatant de rire.

— Bon, Fergus ! En arrivant au musée, fais le tour par l'annexe, comme pour faire une livraison en cuisine. On passera par-là, comme ça, on n'attirera pas l'attention.

— Une livraison de fromages ? C'est astucieux !

— Merci, Anna !

Le véhicule arriva aux abords du musée et Fergus entreprit de prendre la petite route adjacente qui longeait le parking des visiteurs permettant d'accéder à l'arrière cuisine du restaurant.

— Ralentissez, Fergus, voulez-vous !

— Que se passe-t-il commissaire ?

— Je viens de voir un de nos véhicules banalisés. Le musée a dû être placé sous surveillance.

— Vous croyez que nous sommes compromis ? Je fais demi-tour ?

— Non ! Attendez... Attendez... Non c'est bon, on continue le plan !

— Vous êtes sûr ?

— Oui, il n'y a qu'un seul véhicule et en plus c'est celui de Lars.

— Si ça vous pose un problème, je peux m'en débarrasser discrètement, Anders ?

— Non, au contraire, je pense même qu'il peut nous être utile !

— Que voulez-vous dire ?

— Lars est mon adjoint, on se connaît bien. En plus, je suis certain qu'il n'a pas cru un seul instant les allégations qu'a pu faire courir sur moi le procureur.

— Si vous le dites...

La fourgonnette arriva dans la cour et commença sa manœuvre pour se placer directement en face des portes de l'arrière cuisine, de sorte que personne ne pouvait les voir passer.

— Douglas ? Mon oncle est au courant que nous arrivons ?

— Oui Éric ne t'inquiète pas, j'ai averti ta mère !

— Quoi ma mère est ici aussi ?

— Je pense plutôt qu'Anders a appelé ta mère et qu'ensuite elle a appelé au musée en prétextant lui avoir envoyé du fromage sans doute ! Hihihi !

— C'est à peu près ça, Anna ! Fergus, une fois que nous sommes à l'intérieur, tu t'arranges pour abandonner la camionnette plus loin, et pense à détacher le chauffeur ! Ne fait pas comme à Belfast la dernière fois !

— Pff, Belfast... Tu m'en veux encore après toutes ces années ?

— Oui bon, ce n'est pas le moment, mais libère-le, et met-le au volant, il croira s'être assoupi quand il se réveillera !

— Pourquoi pas, ça peut être marrant...

La petite bande traversa discrètement les cuisines et la salle du restaurant encore vide à cette heure pour rejoindre le bâtiment administratif. Puis, ils pénétrèrent dans le bureau de la direction, où le professeur Christiansen les attendait !

— Ah vous voilà ! Vous avez fait bon voyage ? Vous n'avez pas eu trop de problèmes ?

— Non, monsieur, répondit Douglas. Nous avons seulement détruit une bonne partie du patrimoine historique de *Visby*, mais ça en valait la peine !

— Quoi ?

— Montre-lui Éric !

Éric sortit le bâton métallique de ce qui ressemblait autrefois à son sac à dos.

— Qu'est-ce que c'est que ça ? dit-il en prenant l'objet que lui tendait Éric.

— Je pense qu'il s'agit d'un *Irminsul*, mais c'est plutôt à vous de nous le dire professeur, c'est vous l'expert.

— Un *Irminsul* vous dites ? Eh bien, j'en doute ! Un *Irminsul* est une colonne ou un arbre, il s'agit généralement d'un symbole représentant un axe cosmique, ou spirituel, une sorte d'équilibre des mondes... Cet objet ressemble plus à un bâton de commandement, mais il est assez surprenant, je le concède.

— Et même avec le symbole de *Tyr* gravé en haut ?

— Oui, il s'agit bien de *Tyr* mais ce n'est pas logique, normalement on ne doit pas avoir autant d'ornements. Là les anneaux, je ne vois pas pourquoi ils sont décorés de cette façon ! Ils semblent d'ailleurs désigner les neuf mondes d'*Yggdrasil*... Mais le reste je ne vois pas si...

— Je vous arrête professeur, je crois qu'il vaut mieux qu'Anna vous montre... Vous comprendrez !

Anna reprit le bâton et mit son doigt sur le cristal. Aussitôt l'hologramme se projeta dans la pièce et afficha ce qu'elle appelait « mode d'emploi ».

— Qu'est-ce que c'est que ça ? dit le professeur complètement médusé.

— Je pense que c'est une sorte d'atlas, mais en mieux ! affirma fièrement Anna.

— Un atlas ? Et tu comprends quelque chose à ce qui s'affiche Éric ?

— Moi ? Absolument rien, il n'y a qu'Anna qui comprend !

— Mais aurais-tu perdu ta capacité à comprendre toutes les langues ?

— Non ! Douglas dit que le système contrôle mon esprit, en fait, ça m'interdit l'accès à ce truc !

— Mais, mais...

— C'est une protection, professeur, j'ai bien peur que ce bâton ne soit bien plus qu'un simple atlas comme le dit Anna ! Je pense que les gens qui ont inventé ça, n'ont pas voulu que plusieurs personnes puissent s'en servir. Et pour l'instant, seule Anna a accès au fonctionnement de cette chose.

— Oui professeur, regardez !

Anna bougea la première bague du bâton ce qui eut pour effet de modifier l'hologramme qui afficha alors la carte des 9 mondes.

— C'est vraiment incroyable ! s'extasia le professeur. Je reconnais presque toutes les runes. Oh ! Là c'est *Vanaheim*... et là je crois que c'est Asgard... Ils y sont tous !

Le professeur voulu toucher les symboles mais sa main ne fit que traverser l'air.

— Mince, comment ça fonctionne ? C'est le bâton qui commande la carte ?

— Non professeur, c'est moi !

Anna prit un symbole dans la main et le déplaça comme s'il s'agissait d'un véritable objet. En fait, elle pouvait manipuler dans l'air tous les symboles lumineux générés par l'hologramme. Elle les déplaçait dans tous les sens, partout où elle voulait dans l'espace. À un moment, elle toucha du doigt un texte, et quelque chose se mit à parler dans une langue inconnue que seuls Éric et Anna comprirent.

— Ça parle du monde qu'Anna a touché, dit Éric : « *Jotunheim : terre froide et glacée, balayée par les vents. Présence d'habitants dans les grottes... Monde inhospitalier et inamical...* ». Après je ne comprends pas, on dirait des coordonnées...

— Des coordonnées ?

— Oui ce sont des chiffres et des symboles que je comprends mais je ne sais pas comment les traduire.

Anna voulu agrandir le texte en étirant l'objet lumineux avec les mains mais au lieu de ça, une image apparut.

— Regardez ça ! C'est une planète ! Les neuf mondes seraient alors de véritables planètes ? jubila Éric.

— Chez les vikings, chaque rune désigne une constellation, on peut donc supposer que toutes ces planètes se trouvent dans la même constellation désignée par cette 25e rune !

— Avec Anna, on avait supposé d'après sa forme qu'il ne pouvait s'agir que de la constellation de la Lyre.

— La constellation de la Lyre ? Pourquoi pas ! Les grecs la connaissaient à cette époque, mais ce que je n'ai jamais compris, c'est pourquoi les vikings, eux, n'en parlaient jamais !

— Attendez professeur, si je vous suis, vous voulez dire que cette constellation était déjà connue à l'époque des grecs et qu'elle aurait dû l'être des viking ? C'est bien ça ?

— Oui Douglas !

— Cela signifie-t-il qu'ils l'ont dissimulée sciemment ?

— Certainement, ils devaient avoir une bonne raison pour cacher un objet céleste !

— Vous avez dit un objet céleste mon oncle ?

— Oui Éric, mais je voulais parler de la constellation...

— J'avais bien compris, je pensais à l'objet que les nazis avaient trouvé...

— De quel objet parles-tu, Éric ?

— Euh.. Eh bien, dans la crypte à Durham, un document nazi s'était glissé entre les pages de l'évangile de Saint Cuthbert. Il parlait d'une météorite tombée à Nuremberg vers 1551 ou 1561, je crois. Et elle serait aux mains de la confrérie.

— Une météorite à Nuremberg, tu dis ?

— Oui !

— Ça ne me dit rien... Par contre 1561 est une date qui me parle... Attendez, je crois qu'il est par là...

Et il se mit à lire le titre de chacun des livres présents sur l'étagère, et en parcourait un puis le reposait, puis reprenait la lecture des titres.

— Mais qu'est-ce que tu cherches ?

— Un livre mais je ne me rappelle plus du titre... Il était...voyons... Marron... Ah... Ah ! Je crois que c'est celui-là.

Le professeur Christiansen feuilleta rapidement les pages du vieux livre puis s'arrêta sur une page.

— Oui ! C'est là regardez !

Le livre relatait les événements inexpliqués du Moyen Âge et présentait des hypothèses scientifiques en regard des explications religieuses de l'époque. À cet endroit, il avait été reproduit une gravure particulièrement colorée. C'était un paysage de campagne, on y voyait des vallons au loin et sur la gauche, une ville reconnaissable à son église avait été dessinée. Mais le plus surprenant, c'était ce qui avait été représenté dans le ciel. Un soleil présentant un visage expressif faisait la grimace et flottant dans le ciel, on avait dessiné une multitude de croix, de triangles, de cercles de toutes les couleurs. Tous ces dessins géométriques inondaient la gravure de sorte qu'on ne voyait qu'eux et on oubliait l'épaisse fumée de l'arrière-plan qui supposait que quelque chose, au loin, avait pris feu. La légende titrait « Nuremberg, 14 avril 1561 ».

— Vous voyez ? s'extasia le professeur.

— Qu'est-ce que c'est ?

— Cette gravure illustre un événement qui a eu lieu en 1561 et qui avait fait l'objet d'un article de journal... Enfin ça ne s'appelait pas comme ça à l'époque... Mais... Je... Enfin bref, c'était l'équivalent de nos journaux actuels.

— C'est certainement un phénomène météorologique qui a eu lieu et les habitants de Nuremberg l'ont interprété comme un fait religieux, la manifestation de Dieu, par manque de connaissances scientifiques.

— Douglas, je ne vous contredirais pas ce point car à cette époque toute chose inexplicable prenait une tournure divine... Mais lisez plutôt le texte qui s'y rapporte.

Douglas pris le livre entre les mains et se mis à le lire à voix basse.

— Une guerre des cieux ? Vous y croyez ?

— Écoutez c'est plutôt clair ! Les habitants ont vu un ciel rougeoyant et des objets lumineux flotter dans le ciel. Ils les ont décrits en forme de sphères, de croix ou de flammes... C'était l'étendue de leurs connaissances !

— Oui enfin de là, à en déduire une guerre des cieux, c'est peut-être un peu trop exagéré, vous ne trouvez-pas ?

— Peut-être, cependant n'oubliez pas mon cher Douglas, qu'à cette époque la violence, les guerres, les maladies, la mort même, faisaient partie de leur existence. Je pense qu'ils pouvaient parfaitement reconnaître des manifestations belliqueuses. D'ailleurs, ils ont même dessiné un de ces objets en feux au fond dans les collines.

— Peut-être qu'il s'agissait simplement d'une pluie de météorites qu'ils ont mis sur le compte de la fureur divine !

— Franchement Douglas ! Des météorites ! Vous y croyez vraiment ?

— Bon bien... Admettons ! Mais dans ce cas, il faudrait que Nuremberg ne soit pas un cas isolé...

— Justement, regardez quelques pages plus loin, voulez-vous ?

— Fort bien professeur...

À nouveau, Douglas feuilleta lentement le livre du professeur Christiansen à la recherche d'autres informations du même genre et finalement, tomba sur une nouvelle page tout aussi surprenante.

— Ça alors ! On dirait la même illustration, la couleur en moins !

— Oui... Curieux non ? Il s'agit d'un autre événement similaire à Bâle en 1566.

— On est pratiquement à trente ans !

— À trente ans, c'est seulement cinq ans ?

— Je veux dire à trente ans de l'ouverture du tombeau de Saint Cuthbert en 1537.

— Ah! Mais vous voulez encore plus fort?

Le professeur Christiansen retourna à nouveau dans la salle de réunion et revint cette fois-ci avec quelques feuilles qu'il tendit à Douglas.

— Qu'est-ce que c'est?

— Ce sont des textes sur lesquels je travaillais, c'est en vieil anglais, certains sont en norrois, mais regardez la transcription de la première invasion viking de 793.

> *« En cette année féroce, présages de mauvais augure sont venus sur la terre des Northumbriens, et les pauvres gens tremblaient ; il y avait des tourbillons excessifs, la foudre, et les dragons de feu ont été vus volant dans le ciel. Ces signes ont été suivis par une grande famine, et un peu après celles-ci, la même année, le 6 ides de Janvier, le ravage de gens misérables païens détruit l'église de Dieu à Lindisfarne. »*

— Des dragons volants dans le ciel de Lindisfarne?

— Oui, il est question de combat dans le ciel et non de vos météorites! Mais j'ai mieux, regardez à présent cette gravure, cela vient d'Inde et plus précisément du *Bhagavad-gita*, trois mille ans plus tôt.

La gravure montrait principalement des personnages à l'intérieur de chars volants, en train de se combattre en plein ciel. Il y avait même d'autres objets qui ressemblaient à des machines volantes et qui semblaient, elles aussi, prendre part aux combats aériens.

— Moi, je trouve que tout ce que tu dis, ressemble énormément à ce que nous a décrit Niels ! dit subitement Éric qui, avec Anna, étaient restés très attentifs aux échanges entre les deux érudits.

— Niels ? Mais qu'est-ce que ton cousin vient faire ici, Éric ?

— Euh... Niels nous a raconté qu'il avait trouvé la pièce dans le Golfe… Elle provenait d'un objet volant qu'il n'avait jamais vu auparavant et qui a été détruit.

— Oui, professeur, il nous a dit aussi que lorsqu'il a vu cet appareil s'écraser, le ciel était tout rouge, il y avait des boules lumineuses et des lumières qui volaient au-dessus d'eux. Leur hélicoptère a même subi un orage magnétique et ils avaient dû procéder à un atterrissage d'urgence.

— En fait, vous êtes en train de me dire qu'il s'agit probablement des mêmes événements !

— Professeur ! Le document des nazis parle d'une météorite... mais ne pensez-vous pas qu'il s'agirait plutôt d'autre chose ?

— À vrai dire Anna, je n'en ai aucune idée ! Les événements mentionnés ici ne parlent d'aucune pierre tombée des cieux. Il est vrai que le dessin de Nuremberg intrigue car il montre clairement quelque chose en feu dans les collines.

— Oui, mais admettons que ce qui a été trouvé à Nuremberg ne soit pas une météorite et qu'il s'agit bel et bien d'un de ces objets volants.

— Où veux-tu en venir, Anna ?

— Eh bien, on sait que pour Éric, la pièce lui a permis de guérir et a développé chez lui plusieurs dons.

— Oui, mais je ne vois toujours pas où...

— Et si la confrérie avait elle aussi ce pouvoir ? Si quelqu'un avait reçu un don similaire à celui d'Éric ?

— Je ne pense pas Anna ! répondit Douglas. En fait si c'était le cas, ils l'auraient manifesté d'une manière ou d'une autre ! Et puis dans la cathédrale, si le grand Maître possédait une quelconque puissance, il s'en serait servi, tu ne crois pas ?

— D'accord, mais quand même il faut avouer, que ce que nous avons vu dans la crypte, Éric et moi, n'est pas de l'ordre du normal ! Nous sommes d'accord ? Les gens ne survivent pas en passant d'un corps à l'autre !

— C'est évident... Tu as raison, cette météorite de Nuremberg, ou quoi que ce soit d'autre, possédait certainement des propriétés particulières, mais en tout cas, différentes de celles d'Éric ! Il est très probable que Nathan, enfin, le grand Maître, possède, lui aussi, des pouvoirs exceptionnels. Et c'est très inquiétant !

— Que voulez-vous dire ?

— Ce bâton que nous avons trouvé ou plus exactement qui s'est matérialisé, suscite toutes les convoitises de la part de cette confrérie, pour ne pas dire du grand Maître... Aussi, comme je pense qu'il ne s'agit pas d'un simple atlas mais de quelque chose de beaucoup plus puissant, il faut le détruire !

— Le détruire ? Mais Douglas vous n'y pensez pas ! C'est d'une valeur historique et scientifique inestimable !

— Voyons professeur... Rappelez-vous votre promesse, cet instrument est bien trop dangereux pour penser qu'il restera bien gentiment enfermé dans un coffre-fort. Il continuera de susciter de l'intérêt et engendrera des problèmes !

— Mais Douglas ! Si vous le détruisez, que faites-vous de moi ?

— De toi ? Éric ?

— Oui et de moi aussi ? surenchérit Anna.

— Que voulez-vous dire tous les deux ?

— Moi je détiens plusieurs dons, et peut-être même des capacités que je ne soupçonne encore même pas, tandis qu'Anna est la seule capable de faire fonctionner ce bâton... Vous allez nous détruire nous aussi ?

— Mais je...

— Oui, et qui vous dit, Douglas, que je ne suis pas liée à ce bâton puisque je le contrôle... Et que lorsque vous détruirez cet objet vous ne me tuerez pas en même temps ?

— Et le risque de voir arriver des choses bien pires encore ?

— D'accord ! Nous ne maîtrisons rien, mais je ne peux pas laisser un tel pouvoir risquer de tomber dans de mauvaises mains.

— Nous sommes d'accord ! ajouta le professeur. Et cela ne m'enchante pas plus que vous de voir ces nazillons s'emparer d'une telle chose.

— Alors que proposez-vous ?

— Détruisons cette confrérie !

— Oui ! Faisons disparaître le grand Maître ! Je suis sûr que j'en suis capable !

— Enfin Éric, c'est bien trop dangereux, tu as certes quelques pouvoirs surprenants mais tu es novice en ce domaine... Nathan était un mercenaire, il ne fera qu'une bouchée de toi !

— Peut-être mais je suis certain de pouvoir le vaincre, je le sens au fond de moi !

— Que « nous » pourrons le vaincre ! Éric ! Tous les deux !

— Mais Anna, tu n'as aucun pouvoir ! Enfin pas ce genre de pouvoir...

— Oui mais j'ai ma petite idée !

— Quoi ?

— Il faut attirer le grand Maître ici !

— Ici, au musée ? Mais tu n'y penses pas Anna ! Il y a bien trop de monde !

— Justement, professeur ! Ils n'oseront pas s'exposer... Il y aura bien trop de touristes, trop d'appareils photos, trop de témoins.

— Attendez professeur... Fergus est un très bon sniper, il pourra contrôler la situation, ajouta Douglas.

— Un sniper, vous voulez transformer le musée en zone de guerre avec tous ces gens ?

— Professeur, l'idée de Douglas est excellente ! Moi je propose de le combattre dans l'enclos !

— Dans l'enclos ? Tu veux le combattre avec ta petite armée de vikings ? Mais tu es folle Anna !

— Non... Calmez-vous, professeur ! Je veux dire que l'enclos est l'endroit parfait ! Le public est habitué à voir des simulacres de combats, donc si nous mettons en scène notre affrontement avec le grand Maître, tout le monde n'y verra que du feu !

— Mais est-ce que je suis le seul dans cette pièce à avoir encore la tête sur les épaules ?

— Je crois qu'on peut dire que je l'ai aussi, la tête sur les épaules !

— Ah Anders ! Aidez-moi à raisonner ces fous !

— Eh bien professeur, je suis désolé mais je crois que l'idée d'Anna n'est pas si farfelue !

— Enfin commissaire, ce n'est pas possible !

— Réfléchissez, professeur ! Avons-nous un autre choix ?

— Mais tous ces gens, ces enfants...

— Ils ne risqueront rien... Si Fergus est aussi bon que le prétend Douglas...

— Bon ! Il l'est ! Je vous le garantis !

— Alors nous sommes certains que cela ne dérapera pas ! C'est quand même le MI6 !

— MI6... Je ne sais pas si ça doit me rassurer ou m'inquiéter !

— Moi j'ai confiance en Anna. Elle ne craint personne dans l'enclos !

— Mais ces gens-là seront armés !

— De haches ou d'épées, professeur... Celles que nous utilisons pour nos démonstrations, ils ne prendront pas le risque de sortir une arme à feu devant le public.

— Je vous assure que personne d'autre ne sera blessé !

— Mais pourquoi ne pas faire appel à la police ? Vous êtes flic Anders !

— Le procureur est de leur côté... Ce ne serait vraiment pas une bonne idée !

— Et les services secrets ?

— Vous tenez vraiment à ce que tout ça atterrisse chez les politiques ?

— Ah...Euh... Non bien sûr ! Il n'y a donc pas d'autres solutions ?

— Je crains que non, professeur... En tout cas, je n'en vois pas d'autre.

— Mais comment attirer ce grand Maître ici ?

— Oh... Là je crois que c'est la partie la plus facile !

— Pourquoi ça ?

— J'ai repéré mon collègue Lars, à l'extérieur... Je suis persuadé qu'il va nous aider...

— Bon, j'y vais moi... je vais briefer Fergus et on va mettre tout ça en place, disons pour 16 heures ! C'est suffisant ? Qu'en pensez-vous Anders ?

— Oui, 16 heures me paraît très indiqué d'autant qu'à ce moment commence aussi le reportage dans la salle de projection, il y aura donc moins de public à l'enclos. Enfin c'est ce qu'il y a de noté sur le programme.

— Oui Anders je vous le confirme ! acquiesça le professeur. On pourra faire un appel au micro, les gens sont habitués et vous avez raison ça limitera le nombre de personnes sur l'enclos.

— Eh bien c'est entendu, je prépare ça avec Fergus pour 16 heures...

— Attendez-moi Douglas, je sors aussi, je vais voir Lars.
— Vous avez confiance en lui ?
— On va bien voir...

Douglas et Anders sortirent du bureau et disparurent dans le couloir laissant seuls Éric et Anna en compagnie du professeur.

— Eh bien je crois qu'il n'y a plus rien à dire, les enfants ! *Alea jacta est* comme dirait le grand Jules !
— Le grand Jules ?
— Jules Caesar, Éric !
— Anna montre-moi à nouveau les planètes, je voudrais bien les étudier avant cet après-midi... Peut-être je n'aurais plus jamais l'occasion de revoir cet engin.
— Pas de problème professeur ! Mais est-ce que vous conservez toujours une petite flasque de mon hydromel dans votre bureau ?
— Oui Anna ! Bien sûr !
— Cela vous ennuierait-il de m'en offrir un peu ?
— C'est raisonnable ça, Anna ?
— C'est la boisson des Dieux, professeur ! Et ce n'est qu'une goutte, peut-être la dernière même...
— Hum, Pourquoi pas ! En attendant affiche-moi d'abord *Alfheim* puis on terminera par *Helheim*. Je suis curieux de savoir ce que cette planète nous réserve.
— Pourquoi ça professeur ?
— C'est le monde des damnés !

Chapitre 17

16h00… Les appels répétés, effectués par les hôtesses au micro annonçant la projection du reportage sur les vikings, avaient réussi à capter un bon nombre de touristes dans la salle vidéo. Cependant il restait encore une bonne cinquantaine de personnes massées autour de l'enclos et ce n'était pas pour déplaire à Anna. Un peu de monde dissuaderait les sbires du grand Maître de dégainer leurs armes. Éric avait revêtu, pour la circonstance, le costume du guerrier viking et s'était choisi un casque gravé de serpents et de dragons qui lui donnait un air plus féroce. Quant à Anna, elle ne dérogeait pas à ses habitudes et portait son casque fétiche doré qui avait fait sa réputation de « guerrière de Roskilde ». À présent elle s'échauffait avec sa petite armée avant d'entrer en scène.

Le spectacle qu'avait mis au point Anna au fil des ans, était bien rôdé. Il commençait toujours par une séance d'échauffement à l'épée consistant en une série d'attaques, d'esquives et de parades. Ensuite, elle faisait enchaîner des petits duels à la hache et au bouclier, bien plus spectaculaires et difficiles, pour montrer le maniement des armes de l'époque. Enfin en guise d'apothéose, elle concluait systématiquement la représentation par un combat virulent avec le plus grand et le plus impressionnant de ses guerriers, ce qui épatait toujours le public. Cependant, il lui arrivait aussi de temps en temps de changer les règles et d'improviser une querelle qui tournait mal. Elle se battait contre plusieurs adversaires à la fois. Toujours est-il que le public était à chaque fois conquis par ce petit viking au casque doré qui terrassait des mastodontes dans une chorégraphie époustouflante réglée au dixième de millimètre près.

Anders et Douglas s'étaient dissimulés parmi la foule en restant tout de même un peu à part pour mieux observer les gens.

— Où avez-vous posté Fergus ? demanda le commissaire.

— Sur le toit du restaurant ! C'est le meilleur emplacement pour observer l'enclos et l'entrée du musée. Il pourra m'avertir s'il aperçoit des hommes de la confrérie.

— Parfait ! Et pour le tir ?

— Les conditions sont quasi idéales et impossible de manquer à cette distance, ne vous inquiétez pas !

— J'espère sincèrement qu'il n'aura pas besoin de tirer, je déteste ce genre de situation...

— Vraiment commissaire, il n'y a pas lieu de vous inquiéter ! Fergus est un excellent sniper et n'oubliez pas, c'est avant tout un homme d'Église, dit Douglas en esquissant un sourire.

— Dieu vous entende mon cher Douglas !

— De votre côté, j'ai cru comprendre tout à l'heure que votre adjoint Lars allait nous rejoindre avec quelques flics qui vous sont restés fidèles ?

— Oui... Il m'a rapporté que le procureur avait reçu la visite d'un drôle de personnage encapuchonné pas plus tard qu'hier !

— Le grand Maître est ici ! Parfait ! Il ne pourra pas résister, il voudra venir en personne.

— Je l'espère, d'autant que Lars a alerté le procureur de notre présence au musée, comme je lui avais demandé, en corsant un peu les détails.

— C'est-à-dire ?

— Oui, Lars n'a pas son pareil pour en rajouter. Il a parlé des cornes, de lumière bleue, d'une épée plus tranchante qu'un laser et je ne sais quoi d'autre d'invraisemblable pour pimenter l'histoire.

— Et le procureur a tout gobé ?

— A priori oui ! Bon, il s'est arrangé quand même pour que cela reste plausible.

— Ah ! Regardez, le professeur nous rejoint !

— Alors messieurs, tout est en place ?

— Comme vous voyez, professeur ! Mon adjoint est caché dans la remise de l'autre côté de l'enclos avec un micro canon et j'ai aussi quelques flics parmi le public.

— Un micro canon ?

— Oui un micro capable d'enregistrer une conversation à quelques dizaines de mètres.

— Pourquoi faire ?

— Disons que je voudrais bien piéger notre cher procureur royal et par la même occasion, réintégrer les effectifs de la police !

— Oui, oui bien sûr et votre tireur Douglas ?

— Ne vous en faites pas, les conditions sont parfaites et il n'agira que si la situation nous échappe ou si les enfants sont en danger.

— Hum... J'ai rapporté le bâton... Je ne peux rien en faire sans Anna, où est-elle au fait ?

— Elle est déjà en piste, elle a commencé l'échauffement.

— Sapristi j'aurai voulu lui dire...

— Quoi donc ?

— Ce bâton ! Ce bâton n'est pas qu'une simple carte interactive ! En étudiant les symboles et les runes qui apparaissent j'en ai déduit qu'il serait susceptible de déclencher quelque chose !

— Déclencher quelque chose, professeur ? Quoi donc ?

— Ne m'en demandez pas plus, Douglas, la seule chose que j'ai réussi à traduire c'est le mot « activateur » ! Je n'arrive pas à comprendre ce que cela signifie. En tout cas, ce bâton a le pouvoir « d'activer » quelque chose. C'est certain !

— Confiez-le à Éric ! Il est là-bas, accoudé à l'enclos, avec le casque aux serpents, il n'est pas encore entré en scène.

— Oui je le vois...Merci ! Je vais le lui donner et tenter de l'avertir.

Le professeur rejoignit Éric au bord de l'enclos et échangea quelques mots avant de lui confier le bâton métallique. Éric le glissa à la ceinture et attrapa une hache et un bouclier, bien déterminé à jouer un rôle dans le show. Ensuite il reprit sa place au milieu de la petite troupe de vikings, le spectacle pouvait commencer.

Anna avait séparé ses guerriers en deux groupes distincts, les uns portaient l'épée et les autres arboraient la hache et le bouclier. Les porteurs d'épées ouvraient toujours le bal tandis que les autres devaient attendre le deuxième tableau pour commencer.

Le petit viking au casque doré hurla quelques ordres à sa troupe de combattants et le premier groupe se mit immédiatement en position. Les autres vikings restèrent le long de la barrière à marteler en rythme leur bouclier avec la hache, ce qui avait pour but de faire monter la tension d'un cran auprès du public. Le bruit du métal s'entrechoquant ne tarda pas à se faire entendre dans toute l'esplanade.

Comme d'habitude, les vikings commencèrent par des combinaisons simples d'attaque et de défense puis sous les ordres d'Anna, ils se mirent à accélérer leurs mouvements tout en les complexifiant, de sorte qu'au bout d'un quart d'heure, il était impossible de distinguer s'il s'agissait d'une chorégraphie ou de véritables combats. Anna restait en retrait et encadrait son groupe tout en jetant de petits coups d'œil dans l'assemblée...

Puis soudain, le plus grand des vikings du deuxième groupe s'avança lentement vers le milieu de l'enclos en poussant des cris effroyables et en frappant très fort son bouclier avec la hache en signe de provocation. Le bruit des épées cessa instantanément comme par magie. Anna se retourna vers le mastodonte en fureur et s'adressa au public.

— Mesdames et messieurs, voilà ce qui arrivait à nos ancêtres lorsqu'ils manquaient d'hydromel!

Il y eut quelques rires parmi l'assemblée.

— Eh bien corrigeons ce gros bébé! dit-elle alors en se mettant en garde.

Le géant bondit alors sur elle en brandissant sa hache, le bouclier en avant. Anna s'élança vers lui et prit appui sur le bouclier de son adversaire pour réaliser un saut périlleux parfait. En un éclair, elle se retrouva alors derrière lui et lui asséna du plat de l'épée une bonne claque sur les fesses ce qui eut l'air de le mettre encore plus en rage. Il poussa encore un hurlement en levant en l'air, hache et bouclier. Le groupe des hommes en hache se rua alors sur les autres guerriers en poussant des cris effroyables à faire dresser les cheveux sur la tête. La bataille générale commença. Éric ne savait pas s'il devait lui aussi participer aux combats aussi préféra-t-il rester en observation à frapper son bouclier. Anna se remit en garde face à l'effrayant viking prête à en découdre une dernière fois pour le clou du spectacle lorsque trois hommes en costume noir sautèrent la barrière de l'enclos et s'approchèrent des combats. Aussitôt Anna fit un geste de la main qui stoppa immédiatement son colosse d'adversaire. Elle s'adressa encore une fois à son public.

— Mesdames et messieurs, je vous demande d'applaudir nos amis les cascadeurs qui vont nous faire une petite démonstration. Mais, malheureusement, comme vous pouvez le voir, ils n'ont pas eu le temps de se changer !

La foule applaudit et les trois hommes désemparés se retournèrent vers le public comme s'ils attendaient son ordre.

— Mais elle est folle ! Qu'est-ce qu'elle fait ? s'inquiéta le professeur Christiansen.

— Folle ? Mais elle est géniale au contraire ! répondit Douglas.

— Regardez, ils sont là ! dit le commissaire. Le grand Maître et le procureur !

— C'est parfait... fit Douglas en souriant, cette fois on y est !

Le grand Maître et le procureur royal avaient réussi à se glisser parmi les gens et se tenaient à présent tout au bord de l'enclos. Le grand Maître, encore vêtu de sa robe de bure ne passait pas inaperçu et semblait faire partie du spectacle. Il fustigea du regard ses hommes. Ceux-ci comprirent immédiatement qu'il valait mieux pour eux continuer à avancer. Le procureur royal, croyant certainement faire du zèle, les somma d'avancer, en hurlant, à la plus grande joie d'Anders qui n'en perdait pas une miette.

— Mesdames et messieurs ! Aujourd'hui est un jour spécial ! Nous avons des invités britanniques qui d'habitude travaillent dans les studios de cinéma !

continua Anna en provoquant un murmure d'admiration dans la foule.

Puis d'un seul coup, le visage de Douglas se figea d'effroi.

— Douglas! Qu'est-ce qui se passe?
— Fergus!
— Quoi Fergus?
— Ils l'ont eu!
— Quoi?

Le commissaire et le professeur scrutèrent immédiatement la foule à la recherche de Fergus. Il était là, coincé entre le procureur et le grand Maître, menotté, la tempe ensanglantée.

— Il faut tout arrêter, vous m'entendez, nous ne contrôlons plus rien! s'étrangla le professeur.

— Non professeur! C'est notre seule chance et Anna semble très bien gérer la situation.

Le grand Maître fit encore de grands gestes en direction de ses sbires. L'impatience et la colère montaient en lui. Les trois hommes continuèrent d'avancer prudemment en direction du petit guerrier au casque doré, la main à la ceinture près à dégainer leur pistolet, et Anna continua de plus belle.

— Mes chers amis, jouez donc avec nos règles, je vous en prie, choisissez vos armes!

Les trois hommes s'arrêtèrent encore une fois, très dubitatifs, tandis qu'un petit groupe de vikings s'avança et leur jeta aux pieds des épées, des haches et quelques boucliers. Puis toute la petite armée d'Anna se plaça en retrait à l'extérieur de l'enclos tout en continuant à frapper leurs boucliers. Seul Éric resta encore dans l'enclos.

Les hommes jetèrent un rapide coup d'œil vers leur chef, mais ce fut le procureur qui leur répondit.

— Ramassez-moi ça et tuez-les qu'on en finisse !

Éric rejoignit Anna au centre de l'enclos, en brandissant la hache comme il l'avait vu faire par les autres vikings.

— Voyons Éric, que fais-tu ? Ils ne sont que trois !

Le public se mit à rire et Éric se prit au jeu...

— Oh si tu le prends comme ça, débrouille-toi, chérie ! dit-il en faisant mine de faire la moue. Tu m'appelles si tu as besoin de moi... J'attends là-bas ! fit-il en montrant le snack-bar.

Puis il se dirigea vers le bord de l'enclos en faisant traîner sa hache au sol.

— Oui... Va boire un coup à leur santé, mon chéri, je n'en ai pas pour longtemps !

Puis en s'adressant au public avec un clin d'œil très appuyé et en faisant mine de murmurer.

— Il faut que je me dépêche sinon il va me siffler tout mon stock d'hydromel !

Encore une fois la foule sembla s'amuser de cette dernière boutade. Éric s'éloigna et vint se tenir contre la barrière en prenant une position désinvolte voire nonchalante.

— Bien allons y messieurs, jouons un peu...

Les trois hommes ramassèrent chacun une épée puis l'encerclèrent en brandissant leurs lames, l'air menaçant.

— Qu'est-ce que vous attendez, bande d'abrutis! brailla encore le procureur. Tuez-les donc! Mais tuez-les donc!

Le plus grand des trois se jeta alors sur elle qui, surprise, parvint à éviter de justesse la lame de l'épée qui frôla son épaule. Son adversaire fut légèrement déséquilibré entraîné par son propre coup. Anna en profita pour lui asséner un magistral coup de pied aux fesses qui l'envoya mordre la poussière.

— Ça va chérie? se moqua Éric. Tu t'amuses bien?

— Oui, ça va! Mais je m'ennuie un peu...

Les deux autres hommes marquèrent un temps d'arrêt puis décidèrent de s'élancer ensemble. Anna para le coup du premier assaillant et esquiva celui du deuxième pour lui envoyer un violent coup de pied derrière la nuque qui le mit immédiatement K.-O.. Le premier n'eut pas le temps de comprendre ce qui se passait qu'Anna lui balança le pommeau de son épée sur la tempe avec une telle force que celui-ci s'écroula d'un bloc.

Le dernier des trois hommes encore debout, blessé dans son amour propre, se remis en garde mais le grand Maître sauta la barrière en criant.

— Assez! Vous vous êtes suffisamment ridiculisés, bande d'incapables!

Anna profita de l'inattention de son adversaire pour le désarmer d'un coup sec de l'épée. Elle le tenait maintenant en joue, la pointe de la lame sur la gorge. Le dernier homme de main recula en levant les mains et se mit à l'abri derrière la barrière, sous les applaudissements de la foule. Le grand Maître ramassa alors l'épée et se mit en garde.

Anna voulu aussitôt lui asséner un coup d'épée très agressif, pensant bénéficier de l'effet de surprise. Le grand Maître le para à une vitesse saisissante. Surprise, elle balança illico le même coup de pied à la tête qui lui avait déjà réussi. Là encore le grand Maître fut plus rapide, il lui attrapa la cheville et l'envoya s'écraser dans la barrière.

Éric se précipita sur elle, heureusement elle n'était que légèrement groggy. Le sourire goguenard d'Éric avait disparu de son visage. Il avait compris qu'ils n'avaient pas affaire à un simple homme de main. La partie serait plus ardue que prévue. Soudain un cri dans la foule rejaillit. Le troisième homme avait saisi une hache et avait entamé son mouvement en direction d'Éric. Celui-ci dans un réflexe salutaire, fit jaillir un faisceau lumineux de son bracelet qui envoya son adversaire valdinguer à une dizaine de mètres, complètement sonné. Anna, encore un peu étourdie, se releva et continua à haranguer la foule en levant au ciel le bras d'Éric, en signe de victoire.

— Mesdames et messieurs, le grand Odin! Une nouveauté de notre spectacle!

Éric joua encore une fois le jeu d'Anna mais sans pour autant quitter des yeux le grand Maître qui sembla surpris.

— Eh bien je vois que tu possèdes le *Draupnir*!
— Oui, maintenant vous êtes averti!

— Oh mais ne t'inquiète pas pour moi ! De toute façon il ne m'intéresse pas... Je préférerai que tu me remettes ce que tu portes à la ceinture !

— Quoi le bâton ? Jamais !

— Enfin, à quoi peut-il te servir, mon garçon ? Ce n'est qu'une carte !

— Carte ou bâton, vous ne l'aurez pas !

— Tant pis pour toi !

La lame du grand Maître vint frapper Éric en pleine tête sans que celui-ci puisse voir venir le coup. Il s'écroula de tout son long, inconscient, la tête sanguinolente. Folle de rage, Anna reprit son épée et attaqua le grand Maître de toutes ses forces. Le grand Maître recula et fut mis en échec par les coups répétés du petit viking qu'il avait du mal à parer. Mais subitement, la situation se renversa. Les yeux du grand Maître s'étaient mis à rougeoyer et les coups qu'il portait avaient pris une autre dimension. Chaque choc sur l'épée d'Anna, la faisait reculer de près de deux mètres. Il frappait maintenant avec une force inimaginable qu'elle avait du mal à contenir.

— Éric réveille-toi, je t'en prie...

Éric ne bougeait pas et gisait toujours inconscient.

— Éric ! S'il te plaît... il est trop fort pour moi, je ne vais pas tenir !

Une lueur bleue apparut sur la plaie d'Éric et celle-ci se referma en un instant. Puis il ouvrit les yeux. Le bleu luminescent de son regard était très intense. Il se releva et fixa le grand Maître.

— Prends plutôt quelqu'un de ta taille au lieu de d'acharner sur elle !

Éric s'élança l'épée en avant. Le choc fut rude. La bataille s'engagea et la violence des coups était dure à supporter. À cet instant personne n'aurait pu parier sur la finalité du combat. Les deux adversaires étaient de forces égales. Mais soudain Éric trébucha sur l'un des boucliers oubliés là et se retrouva en un rien de temps au sol, vulnérable. Le grand Maître profita de la situation pour coincer le bras du jeune homme sous son pied et se saisir du bâton. Anna bondit alors et s'y agrippa de toutes ses forces. Éric fit alors jaillir un faisceau de son bracelet, mais le jet de lumière rencontra une espèce de champ de protection de lumière rouge émis par le grand Maître. Le faisceau bleu dont la puissance avait rudement faibli n'eut pour seul effet que de déséquilibrer son adversaire. C'était amplement suffisant pour permettre à Éric de se relever.

— Merde alors ! Il sait faire ça lui-aussi !
— Éric je m'en fiche ! Le bâton ! Il faut lui reprendre !

Anna n'avait pas lâché le bâton et le serrait tant qu'elle pouvait mais ses forces l'abandonnaient. Son ennemi s'en aperçut et effectua un mouvement brusque pour le lui faire lâcher. La main d'Anna ne se desserra pas mais ses doigts firent basculer le troisième anneau. Le bâton émit un bruit strident et sa couleur changea. Effrayé, le grand Maître lâcha prise et recula.

Une mini tornade jaillit de nulle part et commença à engloutir ce qui se trouvait autour d'elle. Puis au milieu, une espèce de spirale lumineuse apparue. C'était magnifique, des anneaux de lumière multicolores tournaient sur eux-mêmes en changeant de tonalité. Tout le monde était fasciné par ce spectacle.

Éric et Anna se regardèrent. La même idée venait de leur traverser l'esprit. D'un bond ils poussèrent ensemble dans le tourbillon de lumière le grand Maître qui disparut à l'intérieur dans un cri effroyable. Les anneaux de lumière continuèrent de changer de couleur encore quelques secondes puis tout se volatilisa.

Personne n'osa émettre le moindre son. Il y eut comme un moment de flottement au milieu de la foule puis subitement un tonnerre d'applaudissements rejaillit.

— Eh bien je crois que le spectacle est à leur goût cette année, Éric !

— Qu'ils ne s'habituent pas trop vite ! J'espère bien qu'il n'y en aura pas d'autres comme ça.

Anna se tourna vers son public en saluant et en faisant signe à sa petite troupe de vikings de venir la rejoindre comme cela se faisait.

— Merci, merci beaucoup mesdames et messieurs ! Ceci vient clôturer la dernière représentation de la saison ! Je voudrais en profiter pour remercier nos amis cascadeurs et techniciens des studios de cinéma, sans qui tout cela n'aurait pas été possible.

La foule redoubla d'applaudissements et de sifflets d'encouragement. Les sbires de la confrérie, qui avaient repris connaissance, tentèrent de s'éclipser, mais ceux-ci furent très rapidement interceptés et menottés par des agents en civil dissimulés dans la foule. Les gens commencèrent à se disperser tranquillement et à reprendre le cours de leur visite, le show était terminé.

Anders arriva alors, accompagné d'un inconnu et du procureur menotté.

— Eh bien, on peut dire que vous nous avez fait très peur ! Je vous présente mon adjoint, Lars !

— Bonjour ! Magnifique spectacle ! Du jamais vu !

— Pardon ? fit Anna en jetant un regard interrogateur au commissaire.

— Oui ! répondit immédiatement le commissaire. Lars a été très impressionné par les jeux d'acteurs et les moyens techniques mis en œuvre, et je crois qu'il n'est pas le seul.

— Mais je...

Anna n'eut pas le temps de terminer sa phrase, qu'Anders continua.

— De toute façon, il n'était pas venu pour ça. Mais grâce à ce qu'il a enregistré et les photos qui ont été prises... Nous avons de quoi mettre ce gaillard sous les verrous.

— Oui, reprit Lars. Le procureur avait été mis sous surveillance depuis quelque temps, ses agissements devenaient suspects. Nous attendions seulement d'avoir suffisamment de preuves pour l'inculper. Aujourd'hui je pense que nous avons ce qu'il faut, incitation à la violence, complicité pour tentative de meurtre et j'en passe... Je crois qu'on ne va pas le revoir de sitôt.

— Bon les enfants, c'est pas tout ça ! Encore bravo pour ce magnifique spectacle, mais nous devons y aller !

Tu connais la chanson, Anna! Papiers, formulaires, encore des papiers... Le quotidien du flic.

— Oui, pas de problème, Anders, en tout cas merci d'être venu.

— Merci à toi, Anna, et toi aussi Éric, vous nous avez bien aidés.

Sur ces entrefaites, Douglas, Fergus et le professeur Christiansen rejoignirent alors les deux vikings.

— Eh bien Fergus, ils vous ont vraiment bien amoché! s'étonna Anna.

— Oui... Ils m'ont eu par surprise... Ça arrive!

— Vous dégoulinez de sang, c'est une sacrée plaie! Tu peux peut-être faire quelque chose Éric?

— Oui, oui bien sûr...

Éric posa sa main sur la tempe de Fergus. Ses yeux étaient redevenus bleus luminescents et une lueur de la même couleur inonda la plaie de Fergus qui se referma en un instant. Et pendant quelques secondes encore, il ne subsista sur sa peau qu'un léger filet rosé. Puis la lumière bleue disparut comme elle était arrivée.

— Merci, Éric!

— Y a pas de quoi!

— Professeur! Que s'est-il passé avec le bâton? demanda alors Anna.

— Eh bien, je pense que le bâton a ouvert un trou noir, un vortex ou quelque chose comme ça, qui a avalé le grand Maître.

— Vous y croyez vraiment professeur?

— À vrai dire, non!

— C'est ce que je pensais...

Anna reprit le bâton dans les mains et appuya sur le cristal. L'hologramme apparut, affichant comme tout à l'heure l'ensemble de ses cartes. Elle déplaça quelques symboles et l'image d'une planète apparut.

— *Helheim*!

— Que veux-tu dire Anna?

— On l'a envoyé sur *Helheim*!

— Quoi?

— Oui professeur, souvenez-vous, la dernière planète que je vous ai montrée tout à l'heure dans le bureau, c'était *Helheim*! Et vous voyez là, c'est un journal de bord, ça donne les dates d'ouverture de ce vortex et la localisation, c'est très instructif. C'est ça que tu n'arrivais pas à traduire Éric!

— Alors la prophétie dit vrai... «*Par Gebo et Algiz, et par le Draupnir, marchera dans la lumière des dieux, plein richesses et la sagesse.*»

— Oui professeur, ce bâton ouvre un passage vers ces neuf mondes! Maintenant j'ai compris...

— Quoi?

— Le deuxième anneau, il sert à définir si on voyage dans le présent, le passé ou le futur!

— Non Anna! Je connais ce regard, je t'arrête tout de suite!

— Ayez confiance professeur, je sais ce que je fais!

— Non Anna, je ne suis pas d'accord!

Mais Anna n'écoutait pas. Elle manipulait déjà les symboles lumineux de l'hologramme comme si elle l'avait toujours fait. Elle fit apparaître *Midgard* et zooma sur l'Écosse.

— Anna ! Mais qu'est-ce que tu veux faire ?

— Aller à Lindisfarne !

— Ce n'est vraiment pas une bonne idée !

— Je dois savoir, professeur, c'est important !

Elle fit pivoter d'un cran le deuxième anneau, l'hologramme se modifia et Anna continua d'agencer quelques symboles. Enfin, elle tira le troisième anneau et le vortex réapparut aussitôt.

— Anna vraiment ne fais pas ça ! Tu ne sais même pas si ça fonctionne !

— Vous l'avez dit vous-même professeur, c'est la prophétie qui se réalise ! Seuls ceux choisis par *Eir* et portant la marque céleste pourront marcher sur le chemin des Dieux !

— Mais ce n'est qu'une prophétie, Anna !

Anna regarda Éric. Ses longs cheveux noirs dépassaient de son casque et flottaient dans l'air poussés par la force du vortex. Son regard était déterminé, elle sauterait, mais pas seule. Éric sentit que c'était de son devoir de la suivre, comme si une petite voix lui disait tout au fond de lui que son destin se trouvait là. Elle lui tendit la main et son regard à travers sa visière dorée exprimait tout l'amour qu'elle lui portait. Éric attrapa alors sa main et leurs yeux se remplirent de la lumière des Dieux. Fergus comprit immédiatement ce qu'ils s'apprêtaient à faire et plongea pour retenir Éric. Le vortex disparut, ils s'étaient volatilisés.

Fergus enrageait d'avoir été si long à la détente et martelait le sol à s'éclater le poing. Le professeur, quant à lui, restait comme pétrifié dans la glace, tétanisé, effondré et se répétait à lui-même comment il pourrait expliquer la perte de son neveu. Seul Douglas, impassible, jouait de sa chevalière.

— Cela devait-être ainsi ! dit-il enfin.

— Quoi ? enragea le professeur, mais vous êtes devenu fou !

— Professeur, calmez-vous, Anna maîtrise cet engin ! Et seules les personnes qui portent la marque de *Eir* peuvent voyager, c'est bien ça ?

— Enfin, Douglas, ce n'est qu'une prophétie... Ce peut être un poème, un adage religieux ou la liste des courses du supermarché ! Nous nageons dans « l'à peu près » tout en jouant avec des phénomènes très puissants qui nous sont totalement inconnus !

— Peut-être, mais quelque chose me dit que cela ne peut pas se terminer ainsi.

Chapitre 18

La lumière avait disparu. Une obscurité sourde et oppressante régnait à présent tout autour d'eux. Le souffle chaud et marin de Roskilde avait cédé la place à un air froid et humide, teinté d'une très forte odeur de moisi qui envahissait leurs narines.

— Éric ? Tu me tiens toujours la main ?
— Oui… Où sommes-nous ?
— Je ne sais pas. À l'odeur, je dirais que nous sommes dans une pièce qui n'est pas souvent ventilée.
— Tu vois quelque chose ?
— Pas plus que toi… mais nous marchons sur du dur.

Éric se baissa pour caresser le sol et sa main sentit quelque chose de froid, granuleux et collant.

— On dirait de la glaise, ou de la terre battue. Je pense que tu as raison nous sommes certainement dans une salle.

Anna avança alors prudemment son bras et sa main rencontra rapidement la froideur d'une surface dure et rugueuse. Elle promena lentement les doigts sur cette matière et devina le sillon rectiligne d'un scellement. Elle s'aventura alors du côté opposé qui lui renvoya les mêmes sensations.

— Je confirme, Éric, il y a un mur de chaque côté, ce doit être une sorte de tunnel !

— Un souterrain, nous sommes dans un souterrain ! s'exclama Éric.

— Eh ! Calme-toi ! On n'est pas encore tiré d'affaire.

Leurs yeux s'étaient maintenant habitués à l'obscurité et ils parvenaient à distinguer vaguement le relief de leur cellule. Un petit filet de lumière un peu plus loin attira leur attention.

— Éric ! Regarde une lumière… Il doit y avoir une issue là-bas…

Prudemment ils cheminèrent sur ce sol humide et collant jusqu'à l'endroit où se tenait le point lumineux.

— Je sens un brin d'air… Ça doit donner sur l'extérieur !

— Tu as raison, Anna, je le sens aussi, mais je ne distingue aucune porte !

— Sers-toi de ton bracelet, Éric ! On n'a pas le choix, les souterrains peuvent parcourir des kilomètres et on n'est même pas certain de trouver une sortie.

Éric se plaça devant Anna pour la protéger puis tendit son bras vers le filet de lumière. Très vite, ses yeux s'embrasèrent de bleu puis un faisceau éblouissant jaillit du bracelet et pulvérisa la paroi. Une intense lumière inonda alors subitement le souterrain et un air frais et marin emplit leurs poumons. Après quelques secondes d'aveuglement, ils découvrirent devant eux une lande verdoyante qui se terminait par une petite plage sur laquelle venaient s'écraser des vagues boueuses et, sur la gauche, une petite colline.

— Où nous as-tu emmenés, Anna ?

— Si je ne me suis pas trompée, il nous a projetés à Lindisfarne ! dit-elle en regardant le bâton qu'elle tenait toujours dans la main.

— Lindisfarne ? Mais pourquoi ?

— Il fallait que je vérifie quelque chose, fais-moi confiance !

Ils enjambèrent les gravats qui jonchaient le sol et grimpèrent sur la petite colline. La vue d'en haut était magnifique et ils reconnaissaient parfaitement le pourtour de l'île. Au loin, ils pouvaient apercevoir un léger brouillard flottant à la surface de la mer en direction des côtes écossaises. Quelques lambeaux de brumes osaient même s'aventurer jusqu'au bord et s'évaporaient sur la lande. C'était à coup sûr le petit matin.

— Où est le château ? demanda Éric.

— Quel château ?

— Celui de Lindisfarne !

— Il n'y en a pas !

— Enfin Anna, je ne suis pas fou, il y a bien un château à Lindisfarne !

— Oui enfin... Il n'existe pas encore !

— Comment ça « pas encore » ?

— Oui ! Le château n'est apparu qu'au XVIe siècle et...

— Qu'est-ce que tu as fait Anna ? En quelle année sommes-nous ?

— euh... 793...

— QUOI ? 793 !

— Oui ça a marché ! C'est génial ! Tu te rends compte, on peut voyager dans le temps, on va pouvoir voir les vikings débarquer !

— Tu es folle !

— Mais quoi ? On ne fait que regarder ! Je veux savoir ce qui s'est vraiment passé.

— Mais regarde-nous ! Nous sommes habillé en viking ! Qu'est-ce que tu crois qu'il va nous arriver ?

— Ah... Euh... Je n'avais pas pensé à ça...

— Fais-nous repartir, Anna ! Vite ! Avant que ça tourne mal ou que l'on change le cours du temps...

— Oui tu as raison...

Anna manipula fébrilement les anneaux du bâton et appuya sur le cristal. L'hologramme apparut comme la dernière fois et elle commença à organiser les objets lumineux qui flottaient devant elle.

— Allez, dépêche-toi, chaque seconde que nous passons ici est un danger pour notre futur.

— Je fais ce que je peux, Éric ! Mais c'est bloqué !

— Comment ça c'est bloqué ?

— Euh... On dirait qu'on ne peut plus l'activer !

— Quoi ? Tu veux dire qu'on est coincé ici ? Dans le passé ?

— Euh... Non...

— Bien alors quoi ?

— On ne peut pas voyager tant que le compteur défile...

— Quel compteur ?

— Là… Tu vois ces symboles qui changent tout le temps ?

— Oui et alors ?

— C'est un compte à rebours ! Tant qu'il ne s'arrête pas, le bâton ne peut pas générer de vortex !

— Pourquoi ?

— Je ne sais pas… On dirait que la machine calcule les interactions du temps présent avec le futur…

— Tu veux dire que c'est une sorte de système de sécurité ?

— Peut-être, un truc pour éviter que nos actions aient trop de conséquences dans le futur, je ne peux pas te dire…

— Et on est bloqué ici pour combien de temps ?

— Enfin je n'en sais rien, moi ! Tu vois bien que les symboles changent tout le temps… Comment veux-tu que j'estime la durée de ce machin !

— Génial ! Alors qu'est-ce qu'on fait ?

— Bien… On peut aller en bas, au monastère !

— C'est ça ! En viking !

— Mais nous ne sommes pas armés ! Ils le verront bien, nous n'avons rien à craindre, ce sont des moines !

— Ça c'est toi qui le dis !

— Éric, tu es capable de parler n'importe quelles langues… Tu pourras bien leur parler et te faire comprendre non ?

— Pff ! Après tout ici ou là-bas, ça ne change pas grand-chose !

Anna referma l'hologramme et glissa le bâton à sa ceinture. Puis ils se dirigèrent tous deux vers le monastère. Les laudes avaient certainement été dites et pourtant aucun bruit ne filtrait hors de l'enceinte. Subitement, arrivés à quelques pas de la grande porte, le ciel se tinta de rouge et d'inquiétantes volutes nuageuses se matérialisèrent çà et là.

— Qu'est-ce qui se passe Anna ?

— C'est ce que je voulais savoir justement !

Un objet lumineux sorti de nulle part passa rapidement au-dessus d'eux puis s'évanouit dans les nuages à une vitesse stupéfiante, sans aucun bruit. Puis, un son strident leur transperça les oreilles. Un nouvel objet venait d'apparaître et cette fois, ils pouvaient en distinguer parfaitement la forme. Contrairement au premier, celui-ci se tenait immobile à une trentaine de mètres au-dessus du monastère. C'était une sorte de croix noire dont les extrémités étaient terminées par des sphères électrisées entourées d'un halo orange. Puis, par on ne sait quel enchantement, une quinzaine d'objets noirs apparurent en même temps dans le ciel. À présent, une multitude de formes géométriques flottaient dans l'air : des sphères plus ou moins grosses, des tubes, des triangles et encore des croix, et tous arboraient des halos de lumière orange grésillants. Cette nuée demeura immobile et silencieuse comme si elle attendait quelque chose.

— Ça ne me dit rien qui vaille, Anna !

— Moi non plus, Éric...

Elle prit la main de son amoureux et de l'autre elle poussa sans hésitation la grosse porte de l'enceinte.

— Mais tu savais qu'elle n'était pas fermée ?

— Oui... C'est comme si je l'avais toujours su !

La porte donnait directement sur les jardins et plusieurs moines étaient déjà dehors. Le silence qu'ils avaient perçu tout à l'heure avait fait place à un brouhaha indescriptible. Certains moines priaient agenouillés à même le sol et les yeux rivés sur les objets, tandis que d'autres levaient les bras au ciel en louant Dieu et en courant dans tous les sens. Il régnait une vraie pagaille...

— Qu'est-ce qu'ils ont tous ?

— Réfléchis Éric ! Des objets en forme de croix dans le ciel ! Qu'est-ce que tu crois que cela signifie pour eux, à cette époque ?

— Oui bien sûr !

Une autre sphère lumineuse fendit le ciel et s'immobilisa d'un coup face au premier engin noir en forme de croix. On avait l'impression que les deux appareils se jaugeaient mutuellement. La sphère projetait par moment des petits jets de lumière plus forte comme une sorte de crépitement silencieux. La scène était comme suspendue dans le temps et un silence hypnotique entourait les deux engins.

Obnubilés par ce spectacle, Anna et Éric n'avaient pas du tout perçu le bruit du tocsin que les cloches du monastère faisaient résonner à tout vent. Mais maintenant leur corps ressentait la moindre vibration, c'était comme si leur instinct s'était mis en marche et les pilotaient – ils pouvaient même ressentir les vibrations de l'airain.

Soudain, une myriade de sphères lumineuses envahit le ciel rouge et même si la lumière qui les entourait était particulièrement puissante et aveuglante, on parvenait néanmoins à deviner quelques formes géométriques.

— Éric! Il ne faut pas rester là, ça ne sent pas bon!

— Mais qu'est-ce qu'ils font? dit-il, encore ensorcelé par cette magie surréaliste.

— ÉRIC! IL FAUT BOUGER MAINTENANT JE TE DIS!

Elle le prit par le bras et l'entraîna avec elle.

— Ça va péter!

— Qu'est-ce qui va péter Anna?

— Tu n'as pas encore compris, Éric? Dans le désert en Irak, l'objet qui s'est écrasé... Le texte qu'a lu ton oncle rapportant l'invasion Viking avec des trucs bizarres... Réveille-toi!

— MAIS QUOI ENFIN? fit-il agacé.

— On est au beau milieu d'une guerre entre ces choses là-haut! Et franchement je n'ai pas envie de savoir qui sont les bons ou les méchants...

Elle le traîna jusqu'au cloître et ils s'engouffrèrent dans la première ouverture venue. Ils débouchèrent alors dans une grande salle complètement déserte. Les murs hauts et dépouillés de toute décoration se terminaient par des voûtes en pierres aux courbes romanes. C'était certainement la salle du chapitre. Au fond, ils pouvaient apercevoir une ouverture obstruée par une grande étoffe lourde et rustique. Anna poussa Éric dans le tissu puis le rejoignit. C'était un couloir sombre et sans aucune autre ouverture...

— Où est-ce que ça va ?

— J'en sais rien Éric ! Mais quelque chose me dit que c'est par là qu'il faut aller.

Les murs commencèrent à gémir et à gronder en lâchant des vomissures de poussière. Puis les plafonds se disloquèrent lentement, lacérés par de multiples fissures.

— Allez, y a pas le choix, il faut bouger avant que ça nous tombe dessus !

Les deux jeunes gens dévalèrent le corridor à toute vitesse dans l'obscurité pour finalement atterrir dans une autre pièce et tomber nez à nez avec deux moines. Ceux-ci étaient en train de s'affairer autour d'un sarcophage ouvert mais en les voyant arriver, ils se tétanisèrent immédiatement comme instantanément changés en statue de sel. Puis, une fraction de seconde après, ils poussèrent un hurlement de terreur à vous percer les tympans ce qui décontenança totalement les deux ados.

— Dis-leur quelque chose Éric !

— *Errare humanum est* !

— T'as vraiment pas autre chose en magasin ?

Les deux moines avaient arrêté d'hurler en entendant parler le latin. Ils échangèrent alors quelques mots entre eux en chuchotant dans une sorte de jargon qui ressemblait à de l'anglais. Il n'en suffisait pas plus à Éric pour s'ajuster et essayer autre chose.

— N'ayez pas peur, nous ne sommes pas armés et nous ne vous voulons aucun mal! dit-il en vieil anglais.

Les deux moines brandirent alors leur crucifix en bois en direction des deux vikings et en psalmodiant une prière inintelligible.

— Je ne sais pas ce que tu leur as dit Éric, mais manifestement ça ne les a pas rassurés! glissa Anna à l'oreille de son homme.

— Je crois que si on enlevait nos casques ça les calmerait.

Les deux jeunes vikings ôtèrent lentement leur casque et les posèrent sur le sol tout en douceur. Les moines furent alors très surpris de reconnaître sous son casque les traits féminins d'Anna avec sa longue chevelure noire.

— Vous voyez, reprit Éric en vieil Anglais et en latin, nous ne sommes pas vos ennemis...

— Comment des barbares païens connaissent-ils le latin? répondit le plus grands des moines.

— Nous ne sommes pas vikings, mon père, nous portons seulement leurs vêtements pour mieux les fuir.

— Vous fuyez les vikings?

— Oui, ils arrivent...

— Partez! Vous n'avez rien à faire ici! leur lança le deuxième moine dans un élan de courage.

Éric jeta un coup d'œil sur le corps qui se trouvait dans le sarcophage, et fut surprit de son bon état de conservation. Il reconnut l'inscription sur la pierre tombale et trouva bon de s'en servir.

— Nous sommes ici pour vous aider à protéger les reliques de Saint Cuthbert !

— Partez mécréants ! Ce ne sont pas vos affaires !

Éric s'adressa alors à Anna.

— Ils ne veulent rien entendre et nous somment de quitter les lieux !

Anna défit son bracelet en cuir et s'enfonça l'ardillon tranchant de la boucle dans la paume de la main, le sang jaillit immédiatement !

— Pourquoi fais-tu ça, Anna ?

— J'ai mon idée, vas-y soigne-moi...

Éric approcha la main de la plaie de la jeune fille et ses yeux s'illuminèrent de bleu. Un halo bleu entoura la plaie qui se referma presque instantanément et Anna répéta alors plusieurs fois comme une incantation « *Sic itur ad astra* » : c'est ainsi qu'on s'élève vers les étoiles. Les deux moines s'agenouillèrent immédiatement et se signèrent plusieurs fois.

— Nous devons absolument mettre à l'abri des barbares les reliques de Saint Cuthbert, leur pria à nouveau Éric qui avait compris la ruse de sa bien-aimée.

Cependant les moines n'eurent pas le temps de réagir, que la pièce tout entière se mit à trembler fortement, laissant tout le monde pétrifié. Une forme lumineuse se matérialisa alors devant eux et à l'intérieur le dessin d'un visage commença à apparaître.

— Ce cristal est nôtre ! dit une voix au fond de la lumière.

— Non il nous appartient ! lança bravement Anna.

La lumière disparut et un être tout entier demeura debout à sa place, complètement luminescent. C'était un homme assez grand, d'une quarantaine d'année tout au plus. Il était enveloppé d'une robe similaire à celle d'un moine et portait une barbe parfaitement taillée qui lui donnait un air confiant.

— Je crois que c'est un hologramme ! souffla alors Anna à l'oreille d'Éric.

— Tu crois qu'il peut nous voir et nous entendre ? susurra Éric.

— Voir, entendre et parler ! leur répondit l'homme dans une langue que seuls Anna et Éric semblaient comprendre.

Déstabilisés par ce qu'ils voyaient, les deux jeunes gens marquèrent un temps d'arrêt tandis que les moines n'en finissaient pas de répéter toutes sortes de supplications ponctuées par des « amen » et des « notre père ».

— Qui êtes-vous ? demanda Éric dans un sursaut de bravoure.

— Je suis Myrddin d'*Alfheim* pour vous servir.

— Que se passe-t-il ? demanda à son tour Anna.

— Hel ambitionne de régner sur *Mannheim* et pour cela elle a besoin du cristal.

— Hel ? Qui est-ce ? demanda Éric. Et que voulez-vous ?

Anna voulu lui répondre qu'il s'agissait certainement de la déesse des enfers dans la mythologie nordique mais l'homme continua de parler à Éric.

— Hel règne sur l'ordre de *Niflheim*. Et le cristal que nous vous avons laissé lui permettrait de relier *Mannheim* à son royaume. Je suis donc venu le détruire avant qu'elle s'en empare.

Ce faisant, l'hologramme se tourna vers le sarcophage puis leva la main en sa direction. Le cristal que Saint Cuthbert tenait dans ses mains se dégagea des doigts comme par magie et vint flotter dans les airs à quelques centimètres de lui. Puis, il commença à tourner lentement sur lui-même en projetant des jets de lumière sur les murs de la pièce qui se firent de plus en plus intense et rapide.

— Vous ne pouvez pas ! hurla alors Anna en brandissant le bâton métallique en guise d'épée.

L'hologramme marqua un temps d'arrêt et regarda Anna sans montrer le moindre signe d'émotion sur le visage... Le cristal n'accélérait plus et Anna ne s'aperçut pas que la pierre de son bâton s'était mis lui aussi à briller d'une façon étrange. L'homme scruta alors minutieusement Anna puis son instrument comme s'il les passait au scanner. Ensuite il s'intéressa à Éric et lui fit subir le même examen. Enfin, il se décida à parler.

— Mille excuses, mes seigneurs, nous ignorions que le cercle des Gardiens avait été rétabli... Si tels sont vos ordres, qu'il en soit ainsi. Et il s'inclina respectueusement devant Anna et Éric en signe d'adieu.

— NON ! NE PARTEZ PAS ! cria Anna.

Mais l'hologramme s'était déjà volatilisé et la pénombre avait repris ses droits dans la pièce. Le cristal était retombé inerte et fade dans le tombeau.

— Anna! Qu'est-ce qu'il a dit?

— Il a dit que le cercle des Gardiens avait été rétabli!

— Je sais, mais ça veut dire quoi ça?

— Comment veux-tu que je sache! En tout cas, il a renoncé à détruire le cristal et c'est tant mieux! S'il l'avait fait nous aurions été bloqués ici toute notre vie!

Avec l'apparition de l'hologramme, ils en avaient complètement oublié ce qui se passait autour d'eux et ignoré les deux pauvres moines qui n'en pouvaient plus de marmonner louanges et prières. Une autre vibration secoua alors toute la pièce et les ramena à la réalité.

— ÉRIC LE TOIT! hurla Anna.

Le toit s'effondra, emporté par un énorme bloc de pierre qui s'était détaché. Instinctivement, Éric ferma les yeux en levant le bras pour se protéger puis un silence étrange inonda la pièce. Il rouvrit prudemment les yeux et vit que les blocs de pierres flottaient au-dessus de leur tête. Le bracelet émettait une espèce de champ de force et tous les quatre se trouvaient à présent sous la protection d'une énorme bulle d'énergie. D'un mouvement sec du poignet, Éric envoya promener tous les débris au fond de la pièce et la bulle d'énergie disparut comme elle était venue.

La pièce n'avait plus de toit et des reflets rouges venaient maintenant lécher les murs de ce qui restait de la salle. Dans le ciel, une nuée d'engins volaient dans tous les sens à des vitesses faramineuses. Des éclairs jaillissaient de partout et certains objets en flammes s'écrasaient aux alentours. Éric se tourna alors vers les deux moines complètement subjugués et s'adressa à eux en latin de manière très solennelle.

— Mes frères, vous êtes l'espoir de l'ordre de Saint Cuthbert, cachez le cristal afin que nul ne puisse le trouver. Missionnez un de vos frères pour rendre les cornes aux terres du nord et protégez les reliques. Car tel est le chemin menant aux étoiles, « *Sic itur ad astra* »... Allez!

Les deux moines s'exécutèrent immédiatement en se signant et commencèrent à rassembler les objets du caveau.

— Dis-donc! Qu'est-ce que tu parles bien!

— Mais tu as compris tout ce que je disais?

— Non! Mais qu'est-ce que c'est beau dans ta bouche...

— Ouais, arrête de te moquer Anna, regarde plutôt si le compte à rebours est terminé! Sinon on va finir par y laisser notre peau...

Anna appuya sur le cristal de son appareil et immédiatement les symboles réapparurent dans l'espace. Elle en bougea quelques-uns puis le décompte s'afficha devant eux. Trois symboles identiques flottaient là en clignotant.

— C'est bon Éric! On peut y aller!

— Alors dépêche-toi, fais-nous repartir, vite!

Anna continua de manipuler les symboles puis la pièce fut balayée par un vent puissant et le vortex apparut au beau milieu des ruines. Les deux moines apeurés s'étaient plaqués contre ce qui restait du mur et n'osaient plus bouger. Éric leur adressa un geste d'adieu amical et Anna fit de même. Les deux moines leur répondirent timidement de la même manière. Puis elle ramassa les casques, tendit le sien à son ami et elle lui prit la main.

— Allez, viens…

Ils sautèrent dans le tourbillon de lumière qui se volatilisa instantanément, ne laissant plus aucune trace de leur passage.

Éric ouvrit les yeux. Tout était à nouveau noir autour d'eux et une brise fraîche teintée de sel marin vint chatouiller ses narines.

— Anna, ça n'a pas marché ! Nous sommes toujours sur Lindisfarne ?

— Non Éric, je reconnaîtrais cette odeur entre mille, c'est Roskilde.

— Mais il fait noir ?

— Je me suis peut-être trompée de date !

— QUOI ? Qu'est-ce que tu as fait encore ?

— Mais rien, Éric ! Dit-elle en s'accrochant à son cou et lui glissant un baiser qui le fit frissonner. J'ai seulement projeté notre arrivée dans la nuit.

— Mais pourquoi ça ?

— Parce que c'est plus romantique et puis histoire qu'un vortex intersidéral venu de nulle part, ne vienne provoquer la panique chez nos visiteurs, mon chéri !

Anna glissa le bâton dans sa ceinture puis elle lui prit tendrement la main.

— Tu ne trouves pas que les étoiles brillent autrement ce soir ?

Il ne répondit pas. Il glissa son bras autour de la taille de son amour, et une petite lueur bleue scintilla tout au fond de ses yeux. Ses lèvres vinrent alors effleurer celles de sa compagne et son baiser fut à la fois si léger, si doux et si tendre qu'ils savaient au plus profond de leur âme qu'ils étaient liés pour la vie, « *Sic itur ad astra* », car tel est le chemin menant aux étoiles.

DANS LA MÊME COLLECTION

Tome 1. - Le secret de la dernière rune

Tome 2. - La confrérie de l'ombre

Tome 3. - Les épées maudites

CONTES FANTASTIQUES

Petits contes diaboliques
*Roman fantastique et philosophique
ne faisant pas peur!*

Der ungewöhnliche Reisende - Erzählungen
*« Le voyageur insolite », contes fantastiques en
langue allemande*

OUVRAGES TECHNIQUES

EPUB 3.0 Concevez et réalisez des eBooks enrichis, Éditions Pearson

EPUB 3.2 Concevez des eBooks modernes et accessibles, Éditions BOD

Mémento Epub 3.2 (à paraître)

Loi n°49-956 du 16 juillet 1949 sur les publications destinées à la jeunesse, modifiée par la loi n°2011-525 du 17 mai 2011.

Retrouvez-nous sur :

Le site : http://serie9mondes.wixsite.com/site
Facebook : https://www.facebook.com/9mondes/

Couverture :
Landry Miñana

ISBN : 978-2-3223-9964-2

Édition :
BoD – Books on Demand,
12/14 rond-point des Champs-Élysées,
75008 Paris

Impression :
BoD-Books on Demand,
Norderstedt, Allemagne

Dépôt légal : octobre 2021

© 2021 Landry Miñana